EL LARGO VIAJE

colección andanzas

Bibliografía de Jorge Semprún

El largo viaje *(Tusquets Editores)*

La segunda muerte de Ramón Mercader *(Planeta)*

Autobiografía de Federico Sánchez *(Planeta)*

El desvanecimiento *(Planeta)*

La algarabía *(Plaza & Janés)*

Montand, la vida continúa *(Planeta)*

La montaña blanca *(Alfaguara)*

Netchaiev ha vuelto *(Tusquets Editores)*

Aquel domingo *(Tusquets Editores)*

Federico Sánchez se despide de ustedes *(Tusquets Editores)*

La escritura o la vida *(Tusquets Editores)*

Adiós, luz de veranos... *(Tusquets Editores)*

Viviré con su nombre, morirá con el mío *(Tusquets Editores)*

Veinte años y un día *(Tusquets Editores)*

Pensar en Europa *(Tusquets Editores)*

JORGE SEMPRÚN
EL LARGO VIAJE

Traducción de Jacqueline y Rafael Conte

Título original: *Le grand voyage*

1.ª edición: mayo de 2004
2.ª edición: mayo de 2004
3.ª edición: junio de 2011

© Éditions Gallimard, 1963

© de la traducción: Jacqueline y Rafael Conte
Traducción cedida para esta edición por Editorial Seix Barral, S.A.
Reservados todos los derechos de esta edición para
Tusquets Editores, S.A. - Cesare Cantù, 8 - 08023 Barcelona
www.tusquetseditores.com
ISBN: 978-84-8310-272-5
Depósito legal: B. 24.615-2011
Fotocomposición: Foinsa - Passatge Gaiolà, 13-15 - 08013 Barcelona
Impresión: Reinbook Imprès, S.L.
Encuadernación: Reinbook
Impreso en España

A Jaime,
porque tiene dieciséis años

Este hacinamiento de cuerpos en el vagón, este punzante dolor en la rodilla derecha. Días, noches. Hago un esfuerzo e intento contar los días, contar las noches. Tal vez esto me ayude a ver claro. Cuatro días, cinco noches. Pero habré contado mal, o es que hay días que se han convertido en noches. Me sobran noches; noches de saldo. Una mañana, claro está, fue una mañana cuando comenzó este viaje. Aquel día entero. Después, una noche. Levanto el dedo pulgar en la penumbra del vagón. Mi pulgar por aquella noche. Otra jornada después. Aún seguíamos en Francia y el tren apenas se movió. En ocasiones, oíamos las voces de los ferroviarios, por encima del ruido de botas de los centinelas. Olvídate de aquel día, fue una desesperación. Otra noche. Yergo en la penumbra un segundo dedo. Tercer día. Otra noche. Tres dedos de mi mano izquierda. Y el día en que estamos. Cuatro días, pues, y tres noches. Avanzamos hacia la cuarta noche, el quinto día. Hacia la quinta noche, el sexto día. Pero ¿avanzamos nosotros? Estamos inmóviles, hacinados unos encima de otros, la noche es quien avanza, la cuarta noche, hacia nuestros inmóviles cadáveres futuros. Me asalta una risotada: va a ser la Noche de los Búlgaros, de verdad.

–No te canses –dice el chico.

En el torbellino de la subida, en Compiègne, bajo los golpes y los gritos, cayó a mi lado. Parece no haber hecho otra cosa en su vida, viajar con otros ciento diecinueve tipos en un vagón de mercancías cerrado con candados. «La ventana», dijo escuetamente. En tres zancadas y otros tantos codazos, nos abrió paso hasta una de las ventanillas de ventilación, atrancada con alambre de espino. «Respirar es lo más importante, ¿entiendes?, poder respirar.»

–¿De qué te sirve reír? –dice el chico–. Cansa para nada.

–Pienso en la noche que viene –le digo.

–¡Qué tontería! –dice el chico–. Piensa en las noches pasadas.

–Eres la voz de la razón.

–Vete a la mierda –me responde.

Llevamos cuatro días y tres noches encajados el uno en el otro, su codo en mis costillas, mi codo en su estómago. Para que pueda colocar sus dos pies en el suelo del vagón tengo que sostenerme sobre una sola pierna. Para que yo pueda hacer lo mismo y sentir relajados los músculos de las pantorrillas, también él se mantiene sobre una pierna. Así ganamos algunos centímetros, y descansamos por turno.

A nuestro alrededor, todo es penumbra, con respiraciones jadeantes y empujones repentinos, enloquecidos, cuando algún tipo se derrumba. Cuando nos contaron ciento veinte ante el vagón, tuve un escalofrío, intentando imaginar lo que podía resultar. Es todavía peor.

Cierro los ojos, los vuelvo a abrir. No es un sueño.

–¿Ves bien? –le pregunto.

–Sí, ¿y qué? –dice–, es el campo.

Es el campo, en efecto. El tren rueda lentamente sobre una colina. Hay nieve, abetos altos, serenas humaredas en el cielo gris.

Mira un momento.

–Es el valle del Mosela.

–¿Cómo puedes saberlo? –le pregunto.

Me mira, pensativo, y se encoge de hombros.

–¿Por dónde quieres que pasemos?

Tiene razón el chico, ¿por dónde quiere usted pasar, y para ir Dios sabe dónde? Cierro los ojos y algo canturrea suavemente en mí: valle del Mosela. Estaba perdido en la penumbra cuando he aquí que el mundo se vuelve a organizar en torno a mí, en esta tarde de invierno que decae. El valle del Mosela, esto existe, debe de encontrarse en los mapas, en los atlas. En el liceo Henri IV armábamos jaleo al profesor de geografía, seguro que de allí no guardo recuerdo alguno del Mosela. En todo aquel año no creo haber aprendido una sola lección de geografía. Bouchez me tenía una rabia mortal. ¿Cómo era posible que el primero en filosofía no se interesara por la geografía? No había relación alguna, claro está. Pero me tenía una rabia mortal. Sobre todo desde aquella historia de los ferrocarriles de Europa central. Me tocó el gordo, y hasta le solté los nombres de los trenes. Me acuerdo del Harmonica Zug, le puse entre otros el Harmonica Zug. «Buen trabajo», anotó, «pero apoyado en exceso en recuerdos personales.» Entonces, en plena clase, cuando nos devolvió los ejercicios, le advertí que no tenía ningún recuerdo personal de Europa central. No conozco la Europa central. Simplemente, lo saqué del diario de viaje de Barnabooth. ¿No conoce usted a A.O. Barnabooth, señor Bouchez? En verdad, nunca he sabido si Bouchez conocía o no a A.O. Barnabooth. Estalló y por poco me forman consejo de disciplina.

Pero he aquí el valle del Mosela. Cierro los ojos y saboreo esta oscuridad que me invade, esta certeza del valle del Mosela, fuera, bajo la nieve. Esta certeza deslumbrante de matices grises, los altos abetos, los pueblos rozagantes, las serenas humaredas bajo el cielo invernal. Procuro mantener los ojos cerrados el mayor tiempo posible. El tren rueda despacio, con un monótono ruido de ejes. De repente, silba. Ha debido de desgarrar el paisaje de invierno, como ha desgarrado mi corazón. Deprisa, abro los ojos, para sorprender el paisaje, para pillarlo desprevenido. Ahí está.

Está, simplemente, no tiene otra cosa que hacer. Podría morirme ahora, de pie en el vagón atestado de futuros cadáveres, él seguiría ahí. El valle del Mosela estaría ahí, ante mi mirada muerta, suntuosamente hermoso como un Breughel de invierno. Podríamos morir todos, yo mismo y este chico de Semur-en-Auxois, y también el viejo que aullaba hace un rato sin parar, sus vecinos han debido de derribarle, ya no se le oye, él seguiría ahí, ante nuestras miradas muertas. Cierro los ojos, los abro. Mi vida no es más que este parpadeo que me descubre el valle del Mosela. Mi vida se me ha escapado, se cierne sobre este valle de invierno, es este valle dulce y tibio en el frío del invierno.

–¿A qué juegas? –dice el chico de Semur. Me mira atentamente, intenta comprender–. ¿Te encuentras mal? –me pregunta.

–En absoluto –le digo–. ¿Por qué?

–Entornas los párpados como una señorita –afirma–. ¡Vaya cine!

Le dejo hablar, no quiero distraerme.

El tren tuerce por el terraplén de la vía, en la ladera de la colina. El valle se despliega. No quiero que me distraigan de esta tranquila alegría. El Mosela, sus ribazos, sus viñedos bajo la nieve, sus pueblos de viñadores bajo la nieve me entran por los ojos. Hay cosas, seres y objetos de los que se dice que te salen por las ventanas de la nariz. Es una expresión francesa que siempre me ha hecho gracia. Son los objetos que os estorban, los seres que os agobian, que se arrojan, metafóricamente, por las ventanas de la nariz. Vuelven a su existencia fuera de mí, arrojados de mí, trivializados, degradados por este rechazo. Las ventanas de mi nariz se vuelven la válvula de escape de un orgullo desaforado, los símbolos propios de una conciencia que se imagina soberana. ¿Esta mujer, este amigo, esta música? Se acabó, no se hable más, por las ventanas de la nariz. Pero el Mosela es todo lo contrario. El Mosela me entra por los ojos, me inunda la mirada, empapa mi alma con sus aguas lentas como si fuera una esponja. Ya no soy más que este Mosela que invade mi ser por los ojos. No se me debe distraer de esta alegría salvaje.

–Se hace buen vino en esta tierra –dice el chico de Semur.

Quiere que hablemos. No habrá adivinado que me estoy anegando en el Mosela, pero siente que hay algo sospechoso en mi silencio. El chico quiere que seamos serios, no es una broma este viaje hacia un campo en Alemania, no hay por qué entornar los párpados, como un idiota, ante el Mosela. Él es de tierra de viñedos, pues se aferra a los viñedos del Mosela, bajo la nieve fina y pulverizada. Es algo serio, los viñedos, él está al tanto.

–Un vinillo blanco –dice el chico–. Aunque no tan bueno como el chablis.

Se venga, es normal. El valle del Mosela nos ha encerrado en sus brazos, es la puerta del exilio, un camino sin retorno, quizá, pero su vinillo blanco no se puede comparar al chablis. En cierto modo es un consuelo.

Él quisiera hablar del chablis, y yo no le hablaré del chablis, desde luego, no ahora. Sabe que tenemos recuerdos comunes, que tal vez hayamos coincidido en algún lugar, sin conocernos. Él estaba en el maquis, en Semur, cuando Julien y yo fuimos a llevarles armas, después del golpe de la serrería, en Semur. Él quisiera que evocásemos recuerdos comunes. Son recuerdos serios, como los viñedos y el trabajo en las viñas. Recuerdos sólidos. Quién sabe, ¿tendrá miedo de estar solo, de repente? No lo creo. Al menos, todavía no. Es mi soledad, sin duda, lo que le da miedo. Ha creído que yo flaqueaba, de repente, ante este paisaje dorado sobre fondo blanco. Ha creído que este paisaje me había afectado en algún punto flaco, y que yo cedía, que me enternecía de repente. Ha tenido miedo de dejarme solo, el chico de Semur. Me ofrece el recuerdo del chablis, quiere que bebamos juntos el vino nuevo de los recuerdos comunes. La espera en el bosque, con los de las SS emboscados en las carreteras, después del golpe de la serrería. Las salidas nocturnas en Citroën con los cristales rotos, con las metralletas apuntando a la sombra. Recuerdos de hombre, vamos.

Pero no, hijo, no vacilo. No tomes a mal mi silencio. Dentro de un rato hablaremos. Era hermoso Semur, en septiembre. Hablaremos de Semur. Además, hay algo que no te he contado todavía. A Julien le fastidiaba haber perdido la moto. Una Gnôme et Rhône potente y casi nueva. Se quedó en la serrería aquella noche, cuando los de las SS llegaron en tromba y tuvisteis que echaros al monte, a las alturas boscosas. A Julien le fastidiaba haber perdido la moto, y fuimos a por ella. Los alemanes habían instalado un puesto encima de la serrería, al otro lado del agua. Fuimos en pleno día y nos colamos en los cobertizos por entre los montones de leña. Allí estaba la moto, oculta bajo unas lonas, con el depósito lleno de gasolina hasta la mitad. La empujamos hasta la carretera. Los alemanes, claro está, iban a reaccionar al oír el ruido del arranque. Había un tramo de carretera con un fuerte declive, totalmente al descubierto. Los alemanes, desde lo alto de su observatorio, iban a disparar sobre nosotros como en una feria. Pero Julien estaba muy apegado a esa moto, se empeñó en recuperarla a toda costa. Ya te contaré esta historia dentro de un rato, te alegrará saber que no se perdió la moto. La llevamos hasta el maquis del «Tabou», en las alturas de Larrey, entre Laignes y Châtillon. Pero no te contaré la muerte de Julien. ¿Para qué contártela? De todos modos, todavía no sé si ha muerto Julien. Julien no ha muerto, todavía, va en la moto conmigo, nos largamos hacia Laignes bajo el sol del otoño, y aquella moto fantasma por los caminos otoñales trastorna a las patrullas de la Feld,* ellos disparan

* Feld (Feldgendarmerie): Servicio de Policía Militar alemán. *(N. de los T.)*

a ciegas al ruido fantasmal de la moto por las carreteras doradas de otoño. No te contaré la muerte de Julien, tendría demasiadas muertes que contar. Incluso tú morirás, antes de que acabe este viaje. No podré contarte cómo murió Julien, no lo sé aún, y tú habrás muerto antes del final de este viaje. Antes de que regresemos de este viaje. Aunque estuviéramos todos muertos en este vagón, muertos apiñados de pie, ciento veinte en este vagón, el valle del Mosela, de todas formas, seguiría ahí, ante nuestras miradas muertas. No quiero distraerme de esta certeza fundamental. Abro los ojos. Aquí está el valle labrado por un trabajo secular, con los viñedos escalonados por los ribazos, bajo una fina capa de nieve resquebrajada, estriada por vetas parduzcas. Mi mirada no es nada sin este paisaje. Sin este paisaje yo estaría ciego. Mi mirada no descubre este paisaje, es revelada por él. Es la luz de este paisaje la que inventa mi mirada. La historia de este paisaje, la larga historia de la creación de este paisaje por el trabajo de los viñadores del Mosela, es la que da a mi mirada, a todo mi ser, su consistencia real, su densidad. Cierro los ojos. Sólo queda el ruido monótono de las ruedas en los raíles. Sólo permanece esta realidad ausente del Mosela, ausente de mí, pero presente en sí misma, tal como en sí misma la hicieron los viñadores del Mosela. Abro los ojos, los cierro, mi vida no es más que un parpadeo.

–¿Estás viendo visiones? –dice el chico de Semur.

–No –digo–, no exactamente.

–Pues lo parece, sin embargo. Parece que no crees en lo que ves.

–Desde luego que sí.

–O que te vas a desmayar.

Me mira con desconfianza.

–No te preocupes.

–¿Resistes? –me pregunta.

–Aguanto, te lo juro. En realidad, aguanto bien.

De repente se oyen gritos, aullidos, en el vagón. Un empujón brutal de toda la masa inerte de los cuerpos amontonados nos pega literalmente a la pared del vagón. Nuestras caras rozan el alambre de espino que cubre las aberturas de ventilación. Miramos el valle del Mosela.

-Está bien labrada esta tierra -dice el chico de Semur.

Contemplo la tierra bien labrada.

-Claro que no es como en mi tierra -dice-, pero está bien trabajada.

-Los viñadores son los viñadores.

Vuelve ligeramente la cabeza hacia mí, y se burla.

-¡Cuántas cosas sabes! -me dice.

-Quiero decir...

-Claro -dice, impaciente-, quieres decir, está claro lo que quieres decir.

-¿Dices que su vino no es tan bueno como el chablis?

Me mira de reojo. Debe de pensar que mi pregunta es una trampa. Me encuentra muy complicado, el chico de Semur. Pero no es una trampa. Es una pregunta para reanudar el hilo de cuatro días y tres noches de conversación. No conozco todavía el vino del Mosela. No lo probé hasta más tarde, en Eisenach. Cuando volvimos de este viaje. En un hotel de Eisenach, donde estaba instalado el centro de repatriación. Fue una noche curiosa, la primera de la repatriación. Para vomitar. En realidad, nos sentíamos más bien desplazados. Tal vez era necesaria aquella cura de inadaptación, para acostumbrarnos al mundo otra vez. Un hotel de Eisenach, con oficiales americanos del III Ejército, franceses e ingleses de las misiones militares enviadas al campo. El personal alemán, todos viejos disfrazados de *maîtres* y camareros. Y chicas. Muchas chicas alemanas, francesas, austriacas, polacas, qué sé yo. Una velada como es debido, en el fondo muy normal, cada cual desempeñando su papel y cumpliendo con su oficio. Los oficiales americanos mascando su chicle y hablando entre sí, bebiendo sin parar del gollete de sus botellas de whisky. Los oficiales ingleses, con aire aburrido, solitarios, por encontrarse en el continente, en medio de esta promiscuidad. Los oficiales franceses, rodeados de chicas, apañándoselas muy bien para hacerse entender por todas esas chicas de diversos orígenes. Cada cual cumplía su papel. Los *maîtres* alemanes cumplían con su oficio de *maîtres* alemanes. Las chicas de procedencias diversas cumplían con su oficio de chicas de diversas procedencias. Y nosotros, con el de supervivientes de los campos de la muerte. Algo desplazados, claro está, pero muy dignos, con el cráneo afeitado, los pantalones de tela rayada enfundados en las botas que habíamos recuperado en los almacenes de las SS. Desplazados, pero muy como es debido, contando nuestras anécdotas a esos oficiales franceses que metían mano a las chicas. Nuestros ridículos recuerdos de hornos crematorios y de formaciones interminables bajo la nieve. Después, nos sentamos en torno a una mesa, para cenar. Había sobre la mesa un mantel blanco, cubiertos para pescado, para carne, de postre. Vasos de formas y colores distintos, para el vino blanco, para el tinto, para agua. Nos habíamos reído tontamente al ver aquellas cosas inhabituales. Y bebimos vino del Mosela. Este vino del Mosela no era tan bueno como el chablis, pero era vino del Mosela.

Repito mi pregunta, que no es una trampa. Aún no he bebido el vino del Mosela.

–¿Cómo sabes que el vino de por aquí no es tan bueno como el chablis?

Se encoge de hombros. Es evidente. No se puede comparar con el chablis, es evidente.

Acaba por irritarme.

–¿Cómo sabes, además, que es el valle del Mosela?

Se encoge de hombros, otra vez, también eso es evidente.

19

–Oye, tío, no seas pelma. El tren tiene que seguir los valles a la fuerza. ¿Por dónde quieres que pase?

–Claro –digo, conciliador–. Pero ¿por qué el Mosela?

–Ya te digo que es el camino.

–Pero nadie sabe adónde vamos.

–Pues claro que lo sabemos. ¿Qué puñetas hacías en Compiègne? Es obvio que vamos a Weimar.

En Compiègne, dedicaba mi puñetero tiempo a dormir. En Compiègne estaba solo, no conocía a nadie, y la salida del convoy estaba anunciada para dos días después. Dediqué mi puñetero tiempo a dormir. En Auxerre tenía compañeros de varios meses y la cárcel se había vuelto habitable. Pero en Compiègne éramos miles, un auténtico desbarajuste, no conocía a nadie.

–Me pasé el tiempo durmiendo. Sólo estuve día y medio en Compiègne.

–Y tenías sueño –me dice.

–No tenía sueño –le contesto–, no especialmente. No tenía otra cosa que hacer.

–¿Y conseguías dormir, con la barahúnda que había aquellos días en Compiègne?

–Lo conseguí.

Luego me explica que se quedó varias semanas en Compiègne. Tuvo tiempo de enterarse. Era la época de las deportaciones en masa hacia los campos. Se filtraban algunas informaciones vagas. Los campos de Polonia eran los peores, los centinelas alemanes, al parecer, hablaban de ellos en voz baja. Había otro campo, en Austria, al que uno debía esperar no ir. Luego había otros muchos, en la misma Alemania, más o menos por el estilo. La víspera de la salida, supimos que nuestro convoy se dirigía a uno de éstos, cerca de Weimar. Y el valle del Mosela, sencillamente, era el camino.

–Weimar –digo– es una ciudad de provincias.

–Todas las ciudades son de provincias –me dice–, excepto las capitales.

Reímos juntos, porque el sentido común, en el mundo, es lo mejor repartido.

–Quiero decir una ciudad provinciana.

–Ya –dice–, algo así como Semur, es lo que insinúas.

–Quizá mayor que Semur, no sé, seguramente mayor.

–Pero en Semur no hay un campo de concentración –me dice, hostil.

–¿Por qué no?

–¿Cómo, que por qué no? Pues porque no. ¿Quieres decir que podría haber un campo en Semur?

–¿Y por qué no? Es cuestión de circunstancias.

–A la mierda las circunstancias.

–Hay campos en Francia –le explico–, es posible que haya en Semur.

–¿Hay campos en Francia?

Me mira, desconcertado.

–Claro.

–¿Campos franceses, en Francia?

–Claro –repito–, no campos japoneses, campos franceses en Francia.

–Hay el de Compiègne, es verdad. Pero no llamo a eso un campo francés.

–Hay el de Compiègne, que ha sido un campo francés en Francia, antes de ser un campo alemán en Francia. Pero hay otros que nunca han dejado de ser campos franceses en Francia.

Le hablo de Argelès, de Saint-Cyprien, Gurs, Châteaubriant. «Mierda, vaya», exclama.

Esta novedad le desconcierta. Pero se repone pronto.

–Tienes que explicarme eso –me dice.

No pone en duda mi afirmación, la existencia de campos franceses en Francia. Pero tampoco se deja conmover por el descubrimiento. Tendré que explicárselo. No pone en duda mi afirmación, pero ésta no encaja con la idea que se hacía de las cosas. Es una idea muy sencilla, muy práctica, la que se hacía de las cosas, con todo el bien de un lado y el mal del otro. No tiene dificultad en exponérmela, en unas pocas frases. Es hijo de campesinos más bien acomodados, a él le hubiera gustado abandonar el campo, hacerse mecánico, quién sabe, ajustador, tornero, fresador, lo que sea, un bonito trabajo sobre bonitas máquinas, me dice. Pero luego vino el STO.* Es evidente que no iba a permitir que le mandaran a Alemania. Alemania estaba lejos, y además no era Francia, y, para colmo, tampoco iba a trabajar para los ocupantes. Se convirtió en rebelde, pues, y se unió al maquis. Lo demás vino de ahí, por sí solo, como un encadenamiento lógico. «Yo soy patriota», me ha dicho. Me estaba interesando el chico de Semur, era la primera vez que veía a un patriota en carne y hueso. Pues no era nacionalista, en absoluto, era patriota. Yo conocía a unos cuantos nacionalistas. El arquitecto era nacionalista. Tenía la mirada azul, directa y franca, fija en la línea azul de los Vosgos. Era nacionalista, pero trabajaba para Buckmaster y el War Office.** El chico de Semur era un patriota, no tenía ni pizca de nacionalista. Era mi primer patriota en carne y hueso.

–De acuerdo –le digo–. Te lo explicaré luego.

–¿Por qué luego?

–Estoy mirando el paisaje –le contesto–, déjame mirar el paisaje.

–Es el campo –dice con asco.

Pero me deja mirar el campo.

El tren silba. Pienso que un silbido de locomotora obedece siempre a razones concretas. Tiene un sentido concreto. Pero, por la noche, en los cuartos de hotel alquilados bajo nombre falso cerca de la estación, cuando se

* Servicio de Trabajo Obligatorio. *(N. de los T.)*
** Servicio británico y el Ministerio de la Guerra británico, que colaboraban con la Resistencia francesa. *(N. de los T.)*

tarda en dormir por todo lo que se piensa, o se piensa demasiado, en estos cuartos de hotel desconocidos, el silbido de las locomotoras cobra resonancias inesperadas. Los silbidos pierden su sentido concreto, racional, se convierten en una llamada o un aviso incomprensibles. Los trenes silban en la noche y uno da vueltas en la cama, extrañamente inquieto. Es una impresión que se alimenta de mala literatura, sin duda, pero no deja de ser real. Mi tren silba en el valle del Mosela y veo desfilar lentamente el paisaje de invierno. Cae la noche. Hay gente que se pasea por la carretera, junto a la vía. Van hacia ese pueblecito, con su halo de humaredas tranquilas. Acaso tengan una mirada para este tren, una mirada distraída, no es más que un tren de mercancías, como los que pasan a menudo. Van hacia sus casas, este tren les trae sin cuidado, ellos tienen su vida, sus preocupaciones, sus propias historias. Por lo pronto, y al verles caminar por esta carretera, advierto, como si fuera algo muy sencillo, que yo estoy dentro y ellos están fuera. Me invade una profunda tristeza física. Estoy dentro, hace meses que estoy dentro y ellos están fuera. No sólo es el hecho de que estén libres, habría mucho que decir a este respecto; sencillamente, es que ellos están fuera, que para ellos hay caminos, setos a lo largo de las carreteras, frutas en los árboles frutales, uvas en las viñas. Están fuera, sencillamente, mientras que yo estoy dentro. No se trata tanto de no ser libre de ir a donde quiero, nunca se es libre para ir a donde se quiere. Nunca he sido tan libre como para ir a donde quería. He sido libre para ir a donde tenía que ir, y era preciso que yo fuera en este tren, porque era también preciso que yo hiciera lo que me ha conducido a este tren. Era libre para ir en este tren, completamente libre, y aproveché mi libertad. Ya estoy en este tren. Estoy en él libremente, pues hubiera podido no estar. No se trata, así pues, de esto. Sencillamente es una sensación física: se está dentro. Existe un afuera y un adentro, y yo estoy dentro. Es una sensación de tristeza física que le invade a uno, nada más.

Después, esta sensación se hace todavía más violenta. A veces se hace intolerable. Ahora miro a la gente que pasea, y no sé todavía que esta sensación de estar dentro va a resultar insoportable. Quizá no debiera hablar más que de esta gente que pasea y de esta sensación, tal como ha sido en este momento, en el valle del Mosela, para no trastornar el orden del relato. Pero esta historia la escribo yo, y hago lo que quiero. Hubiera podido no hablar del chico de Semur. Hizo el viaje conmigo, al final murió, en el fondo es una historia que no interesa a nadie. Pero he decidido hablar de ella. A causa de Semur-en-Auxois, primero, a causa de esta coincidencia de hacer un viaje semejante con un chico de Semur. Me gusta Semur, adonde no he vuelto jamás. Me gustaba mucho Semur en otoño. Habíamos ido, Julien y yo, con tres maletas llenas de plástico y de metralletas Sten. Los ferroviarios nos ayudaron a esconderlas, mientras esperábamos tomar contacto con el maquis. Después, las transportamos al cementerio, y allí fueron los muchachos a buscarlas. Era bonito Semur en otoño. Nos quedamos dos días con los compañeros, en la colina. Hacía buen tiempo, septiembre lucía de un lado a otro del paisaje. He decidido hablar de este chico de Semur, a causa de Semur y a causa de este viaje. Murió a mi lado, al final de este viaje, acabé este viaje con su cadáver contra mí, de pie. He decidido hablar de él, y eso sólo me atañe a mí, nadie tiene nada que decir. Es una historia entre este chico de Semur y yo.

De todas formas, cuando describo esta sensación de estar dentro, que me atrapó en el valle del Mosela, ante la gente que paseaba por la carretera, ya no estoy en el valle del Mosela. Han pasado dieciséis años. Ya no puedo detenerme en aquel instante. Otros instantes vinieron a añadirse a él, formando un todo con esta sensación violenta de tristeza física que me acometió en el valle del Mosela.

Eso era algo que podía ocurrir los domingos. Una vez que habían pasado la lista del mediodía, teníamos varias horas por delante. Los altavoces del campo difundían música lenta en todos los barracones. Y es en la primavera cuando esta impresión de estar dentro podía llegar a ser insoportable.

Me iba más allá del campo de cuarentena, al bosquecillo junto al *revier*.* Me detenía en la linde de los árboles. Más allá no había más que una franja de terreno despejado, delante de las torres de vigilancia y las alambradas electrificadas. Se veía la llanura de Turingia, rica y fértil. Se veía el pueblo en la llanura. Se veía la carretera, que bordeaba el campo a lo largo de un centenar de metros. Se veía a los que paseaban por la carretera. Era domingo y primavera, la gente paseaba. En ocasiones había niños. Corrían hacia adelante, gritaban. También había mujeres que se detenían en la cuneta para coger las flores primaverales. Yo estaba allí, de pie, en la linde del bosquecillo, fascinado por estas imágenes de la vida de fuera. Era eso, había un adentro y un afuera. Yo esperaba allí, en medio del aire primaveral, el regreso de los paseantes. Regresaban a sus casas, los niños estaban cansados, caminaban despacio al lado de sus padres. La gente volvía del paseo. Yo me quedaba solo. Sólo quedaba el adentro y yo estaba dentro.

Más tarde, un año después, otra vez era primavera, el mes de abril, también yo me paseé por esta carretera y estuve en este pueblo. Yo estaba fuera, pero no conseguía saborear la alegría de estar fuera. Todo había terminado, íbamos a hacer este mismo viaje en sentido contrario, pero quizás este viaje nunca puede hacerse en sentido contrario, tal vez este viaje no se puede borrar jamás. En verdad, no

---

* Hospital del campo de concentración. *(N. de los T.)*

lo sé. Durante dieciséis años he intentado olvidar este viaje, he olvidado este viaje. Nadie piensa ya, a mi alrededor, que yo hice este viaje. Pero, en realidad, he olvidado este viaje sabiendo perfectamente que un día tendría que rehacerlo. Al cabo de cinco años, al cabo de diez, de quince, necesitaría rehacer este viaje. Todo estaba ahí, esperándome, el valle del Mosela, el chico de Semur, este pueblo en la llanura de Turingia, esta fuente en la plaza de este pueblo adonde voy a ir otra vez a beber un largo trago de agua fresca.

Tal vez de este viaje no se puede volver.

–¿Qué miras ahora? –dice el chico de Semur–. Ya no se ve nada.

Tiene razón, la noche ha caído.

–Ya no miraba –reconozco.

–Eso es malo –dice secamente.

–¿Por qué es malo?

–Malo de todos modos –me explica–. Mirar sin ver nada, soñar con los ojos abiertos. Todo eso es malo.

–¿Recordar?

–También, recordar también. Distrae.

–¿Distrae de qué? –le pregunto.

Este chico de Semur no deja de asombrarme.

–Distrae del viaje, debilita. Hay que durar.

–¿Para qué, durar? ¿Para contar este viaje?

–No, no, para volver –dice con severidad–. Sería estúpido. ¿No te parece?

–Siempre hay algunos que vuelven, para contárselo a los demás.

–Yo soy de los que vuelven –dice–, pero no para contar, eso no me interesa. Para volver, simplemente.

–¿No crees que será preciso contarlo?

–No hay nada que contar, hombre. Ciento veinte individuos en un vagón. Días y noches de viaje. Viejos que desvarían y chillan. Me pregunto si hay algo que contar.

–¿Y al final del viaje? –le pregunto.

Su respiración se vuelve entrecortada.

–¿Al final?

No quiere pensar, claro está. Se concentra en los problemas del viaje. No quiere pensar en el final de este viaje.

–Cada cosa a su hora –dice finalmente–. ¿No te parece?

–Claro que sí, tienes razón. Era una pregunta porque sí.

–Siempre haces preguntas de este tipo –dice.

–Es mi oficio –le contesto.

No dice nada más. Debe de preguntarse qué clase de oficio puede ser el que obliga todo el rato a preguntar porque sí.

–Sois unos imbéciles –dice la voz detrás de nosotros–. Imbéciles redomados.

No le respondemos, ya estamos acostumbrados.

–Estáis ahí como unos tontos, como pequeños imbéciles, no paráis de contaros vuestras vidas. Imbéciles redomados.

–Oigo voces –dice el chico de Semur.

–De ultratumba –preciso.

Nos echamos a reír los dos.

–Reíros, desgraciados, podéis emborracharos de palabras. Pero vais dados. ¿Contar este viaje? Dejadme reír, imbéciles. Vais a reventar como ratas.

–Entonces, también nuestras voces son de ultratumba –dice el chico de Semur.

Reímos a carcajadas.

La voz babea de rabia, y nos insulta.

–Cuando pienso –reanuda la voz– que estoy aquí por culpa de tipos como vosotros. Cerdos auténticos. Juegan a los soldaditos, y nosotros pagamos los platos rotos. Idiotas redomados.

Desde el principio del viaje es así. Por lo que hemos entendido, el tipo tenía una granja en una región del maquis. Lo atraparon en una redada general, cuando los alemanes quisieron limpiar la región.

–Corren de noche por las carreteras –dice la voz con odio–, hacen saltar los trenes, arman jaleo por todas partes, y nosotros pagamos los platos rotos.

–Empieza a fastidiarme este tío –dice el chico de Semur.

–Acusarme a mí de haber proporcionado víveres a estos hijos de perra. Antes me dejo cortar la mano derecha, mejor denunciarles, eso es lo que tenía que haber hecho.

–Ya vale –dice el chico de Semur–. Ten cuidado de no dejarte cortar otra cosa, los cojones en rodajas te van a cortar.

La voz aúlla de espanto, de rabia, de incomprensión.

–Cállate –dice el chico de Semur–, cállate o te pego.

La voz se calla.

Al principio del viaje, el chico de Semur ya le ha pegado un buen golpe. El tipo sabe a qué atenerse. Fue pocas horas después de la salida. Apenas comenzábamos a darnos cuenta de que no se trataba de una broma pesada, de que iba a ser preciso, en realidad, permanecer así días y noches, apretados, prensados, ahogados. Algunos viejos empezaban ya a gritar, enloquecidos. No lo aguantarían, se iban a morir. En verdad, tenían razón, en realidad algunos iban a morir. Después, unas voces pidieron silencio. Un joven –se suponía que pertenecía a un grupo– dijo que con algunos compañeros habían logrado ocultar unas herramientas. Iban a serrar el suelo del vagón, en cuanto anocheciera. A quienes quisieran intentar la fuga con ellos, les bastaría acercarse al agujero y dejarse caer de bruces a la vía, cuando el tren fuera despacio.

El de Semur me miró, y le dije que sí con la cabeza. Nosotros nos íbamos con ellos, claro que nos íbamos.

–Son formidables, los tíos –murmuró el chico de Semur–. Haber pasado las herramientas a través de todos los registros, eso sí que es formidable.

En el silencio que siguió, habló el chico de Semur.

–De acuerdo, muchachos, adelante. Decidnos que nos acerquemos cuando estéis listos.

Pero esta frase provocó un concierto de protestas. La discusión duró una eternidad. Todo el mundo intervino. Los alemanes descubrirían el intento de evasión, e iban a tomar represalias. Y además, incluso si la fuga tenía éxito, no todos podrían escapar; quienes se quedaran serían fusilados. Hubo voces temblorosas que suplicaron, por el amor del cielo, que no se intentara una locura semejante. Hubo voces temblorosas que nos hablaron de sus hijos, de sus hermosos hijos que se iban a quedar huérfanos. Pero les hicimos callar. Fue durante esta discusión cuando el chico de Semur golpeó a este tipo. No se andaba con rodeos el tipo. Dijo claramente que, si empezaban a serrar el suelo del vagón, llamaría a los centinelas alemanes en la siguiente parada. Miramos al individuo, que estaba justo detrás de nosotros. Tenía cara de hacerlo, desde luego. Entonces el chico de Semur le golpeó. Hubo alboroto, caímos unos encima de otros. El tipo se derrumbó, con el rostro ensangrentado. Cuando se puso de pie, nos vio a su alrededor, media docena de caras hostiles.

–¿Has entendido? –le dijo un hombre de pelo ya gris–, ¿has entendido, cabrón? Un gesto sospechoso, uno solo, y te juro que te estrangulo.

El tipo comprendió. Comprendió que nunca le daría tiempo de llamar a un centinela alemán, que antes habría muerto. Se secó la sangre de la cara, una cara que era la del odio.

–Calla la boca –le dice ahora el chico de Semur–, cállate o te sacudo.

Tres días han pasado desde aquella discusión, tres días y tres noches. La evasión fracasó. Se nos adelantaron unos muchachos de otro vagón, durante la primera noche. El tren se detuvo entre chirridos. Se oyeron unas ráfagas de ametralladora y los proyectores barrieron el paisaje. Luego los de las SS vinieron a registrar, vagón por vagón. Nos hicieron bajar a porrazos, registraron a los hombres uno tras otro y nos mandaron descalzarnos. Tuvimos que tirar las herramientas antes de que llegaran a nuestro vagón.

–Dime –dice el chico de Semur en un susurro. No le conocía esta voz, baja y ronca.

–¿Sí? –le pregunto.

–Dime, tendremos que intentar quedarnos juntos. ¿No te parece?

–Ya estamos juntos.

–Quiero decir después, cuando hayamos llegado. Tenemos que seguir juntos cuando lleguemos.

–Lo intentaremos.

–Entre dos será más fácil, ¿no crees? Aguantaremos mejor –dice el chico de Semur.

–Tendremos que ser más de dos. Sólo dos no será muy fácil.

–Tal vez –dice el chico–. Pero ya es algo.

Cae la noche, la cuarta; la noche despierta los fantasmas. En la negra turbamulta del vagón, los hombres se vuelven a encontrar a solas con su sed, con su angustia y su cansancio. Se ha hecho un silencio pesado, entrecortado por algunas quejas confusas y prolongadas. Todas las noches igual. Después vendrán los gritos enloquecidos de quienes creen que van a morir. Gritos de pesadilla, que hay que detener como sea. Sacudiendo al tipo que aúlla, convulso y con la boca abierta. Abofeteándole si es preciso. Pero todavía estamos en la hora turbia de los recuerdos. Suben a la garganta, ahogan, debilitan la voluntad. Expulso los recuerdos. Tengo veinte años, mando a la mierda los recuerdos. Hay otra solución también. Es aprovechar este viaje para seleccionar. Hacer un balance de todo lo que contará en mi vida, y de lo que no dejará ni rastro. El tren silba en el valle del Mosela, y dejo escapar los recuerdos ligeros. Tengo veinte años, puedo todavía permitirme el lujo de escoger en mi vida lo que asumiré y lo que rechazo. Tengo veinte años, puedo borrar de mi vida muchas cosas. Dentro de quince años, cuando escriba este viaje, ya no será posible. Por lo menos, lo imagino. Las cosas no sólo tendrán un peso en tu vida, sino también en sí mismas. Dentro de quince años los recuerdos serán menos ligeros. El peso de tu vida, tal vez, será algo irremediable. Pero esta noche, en el valle del Mosela, con el tren que silba y mi compañero de Semur, tengo veinte años y mando a la mierda el pasado.

Lo que más pesa en tu vida son los seres que has conocido. Lo comprendí esa noche, de una vez para siempre. Dejé escapar cosas ligeras, agradables recuerdos, pero que sólo se referían a mí. Un pinar azul en el Guadarrama. Un rayo de sol en la calle de Ulm. Cosas ligeras, repletas de una dicha fugaz pero absoluta. Digo bien, absoluta. Pero lo que más pesa en tu vida son algunos seres que has conocido. Los libros, la música, es distinto. Por enriquecedores que sean, no son nunca más que medios de llegar a los seres. Cuando lo son de verdad, claro está. Los otros, al final, te resecan. Esa noche aclaré este asunto de una vez. El chico de Semur se hundió en un sueño poblado de sueños. Murmuraba cosas que no pienso repetir. Es fácil dormir de pie, cuando se está atrapado en la masa jadeante de todos estos cuerpos amontonados en el vagón. El chico de Semur dormía de pie, con un murmullo angustiado. Yo advertía simplemente que su cuerpo pesaba mucho más.

En la calle Blainville, en mi habitación, nos instalábamos tres compañeros, durante horas, para seleccionar las cosas de este mundo. El cuarto de la calle Blainville contará en mi vida, ya lo sabía, pero esa noche, en el valle del Mosela, lo inscribí definitivamente en el haber del balance. Habíamos dado un largo rodeo para llegar a las cosas reales, a través de montañas de libros y de ideas preconcebidas. Sistemática y ferozmente, fuimos mirando con lupa las ideas preconcebidas. Después de aquellas largas sesiones bajábamos al Coq d'Or, los días de fiesta, para atracarnos de col rellena. La col crujía bajo los largos dientes de nuestros dieciocho años. En las mesas de al lado, rusos emigrados, coroneles y tenderos de Smolensk palidecían de rabia al leer los diarios, durante la gran retirada del Ejército Rojo en el verano del 41. Para nosotros, en aquella época, las cosas estaban ya muy claras en la práctica. Pero nuestras ideas iban retrasadas. Teníamos que conciliar nuestras ideas con la práctica del verano del 41, cuya claridad cegaba. Es algo complicado, pese a las apariencias, conciliar unas ideas retrasadas y una práctica en plena evolución. Yo había conocido a Michel en *hypokhâgne*,* y habíamos seguido siendo amigos cuando tuve que abandonarlo, ya que no podía conciliar la vida estudiosa, abstracta y totémica de *hypokhâgne* con la necesidad de ganarme la vida. Y Michel llevó a Freiberg, cuyo padre había sido amigo de su familia, un universitario alemán, israelí, de quien se perdió toda huella durante el éxodo de 1940. Le llamábamos Von Freiberg zu Freiberg, porque su nombre era Hans y nos recordaba el diálogo de Giraudoux. Lo vivíamos todo a través de los libros. Después, para fastidiarle, cuando Hans, a veces, tenía proclividad de buscar tres pies al gato, le lanzaba el calificativo de austromarxista. Pero era un insulto gratuito, sólo para provocarle. En realidad, en gran parte a él le debemos no habernos quedado a medias en nuestra revisión del mundo. Michel estaba obsesionado por el kantismo, como una mariposa nocturna por las luces de las lámparas. Eso era normal en aquella época entre los universitarios franceses. Por otra parte, todavía hoy, miren a su alrededor, hablen

* Curso de Letras Superiores o preparación a la Escuela Normal Superior. *(N. de los T.)*

32

con la gente. Encontrarán multitud de tenderos, de aprendices de barberos y desconocidos en los trenes, que son kantianos sin saberlo. Pero Hans nos lanzó de cabeza a la lectura de Hegel. Después, sacaba triunfalmente de su cartera libros de los que nunca habíamos oído hablar, y que no sé dónde encontraba. Leímos a Masaryk, a Adler, a Korsch, a Labriola. *Geschichte und Klassenbewusstein* nos llevó más tiempo, a causa de Michel, que se aferraba a sus opiniones, pese a las advertencias de Hans, poniendo de relieve toda la metafísica subyacente a las tesis de Lukács. Recuerdo una colección de ejemplares de la revista *Unter dem Banner des Marxismus,* que analizamos como laboriosos escoliastas. Las cosas serias empezaron con los volúmenes de la *Marx-Engels-Gesamt-Ausgabe,* que Hans poseía, claro está, y que llamaba la MEGA. Llegados aquí, la práctica recobró de golpe todos sus derechos. No volvimos a encontrarnos en la calle Blainville. Viajábamos en los trenes nocturnos, para hacerlos descarrilar. Íbamos al bosque de Othe, al maquis del «Tabou», los paracaídas se abrían, sedosos, en las noches de Borgoña. Como nuestras ideas se habían puesto en claro, se alimentaban de la práctica cotidiana.

El tren silba y el chico de Semur se sobresalta.
–¿Qué pasa? –dice.
–Nada –contesto.
–¿Has dicho algo?
–Nada en absoluto –respondo.
–Me había parecido –dice.
Le oigo suspirar.
–¿Qué hora será? –pregunta.
–No tengo la menor idea.

–De noche –dice, y se interrumpe.

–¿Cómo, de noche? –le pregunto.

–¿Va a durar mucho aún la noche?

–Acaba de empezar.

–Es verdad –dice–, acaba de empezar.

Alguien grita de repente, en el fondo del vagón, en el extremo opuesto.

–Ya está –dice el chico.

El grito se para en seco. Quién sabe, una pesadilla, o habrán sacudido al tipo. Cuando es otra cosa, como el miedo, dura más. Cuando grita la angustia, o la idea de que uno se va a morir, dura mucho más.

–¿Qué es eso de la Noche de los Búlgaros? –pregunta el chico.

–¿Cómo?

–Pues la Noche de los Búlgaros –insiste.

No creía haber hablado de la Noche de los Búlgaros. Creía tan sólo haberlo pensado en un momento dado. ¿Tal vez lo he mencionado? O quizás es que pienso en voz alta. Habré pensado en voz alta, en la noche asfixiante del vagón.

–¿Y bien? –dice el chico.

–Pues es toda una historia.

–¿Qué historia?

–En el fondo –le digo–, es una historia absurda. Una historia así, sin pies ni cabeza.

–¿No quieres contármela?

–Claro que sí. Pero en realidad no hay gran cosa que contar. Es una historia que sucede en un tren.

–Eso es oportuno –dice el chico de Semur.

–Por eso pensé en ella. Por el tren.

–¿Qué pasó?

Le interesa. En el fondo, no tanto. Le interesa más conversar.

–Resulta confuso. Hay gente en un compartimento, y

después, sin venir a cuento, algunos empiezan a tirar a los demás por la ventanilla.

–¡Caramba!, sería divertido aquí –dice el chico de Semur.

–¿Tirar a algunos por la ventanilla o que nos tiren a nosotros? –le pregunto.

–Que nos tiren a nosotros, claro está. Rodaríamos por la nieve del talud, sería divertido.

–Pues, ¿ves?, la historia es algo así.

–Pero ¿por qué búlgaros? –pregunta enseguida.

–¿Y por qué no?

–¿No me vas a decir que es algo corriente que sean búlgaros? –dice el chico de Semur.

–Entre los búlgaros, debe de ser bastante corriente.

–No lo líes –responde–. No me vas a decir que los búlgaros son algo más corriente que los de Borgoña.

–Coño, en Bulgaria son mucho más corrientes que los borgoñones.

–¿Quién habla de Bulgaria? –dice el chico de Semur.

–Ya que se trata de búlgaros –explico–, Bulgaria es lo primero que se me ocurre.

–No intentes liarme –dice el chico–. Bulgaria está muy bien. Pero los búlgaros no son algo corriente en las historias.

–En las historias búlgaras, desde luego que sí.

–¿Se trata de una historia búlgara? –pregunta.

–Pues no –debo reconocer.

–¿Ves? –me corta–. No es una historia búlgara y está llena de búlgaros. Confiesa que es extraño.

–¿Hubieras preferido borgoñones?

–¡Desde luego!

–¿Piensas que son algo corriente los borgoñones?

–Me da igual. Pero sería divertido. Un vagón lleno de borgoñones que empiezan a tirarse por la ventanilla.

–¿Crees que es muy corriente, borgoñones que se tiran por la ventanilla del compartimento? –le pregunto.

–Exageras –dice el chico de Semur–. Esa confusa historia llena de búlgaros de los cojones..., no he dicho nada en contra de esa historia. Si nos ponemos a discutir, tu Noche de los Búlgaros se queda en nada.

Tiene razón. No tengo nada que decir.

De repente, surgen las luces de una ciudad. El tren rueda junto a casas rodeadas de jardines. Luego, edificios más importantes. Hay cada vez más luces y el tren entra en la estación. Miro el reloj de la estación y son las nueve. El chico de Semur mira también el reloj de la estación, y ha debido de ver la hora, desde luego.

–Mierda –dice–, no son más que las nueve.

El tren se detiene. Flota en la estación una luz azulada, escasa. Recuerdo esta pálida luz, hoy olvidada. Pese a ello, es una luz de espera, que conozco desde 1936. Es una luz para esperar el momento de apagar todas las luces. Una luz que precede a la alerta, pero en la que ya está contenida la alerta.

Más adelante, recuerdo –es decir, no lo recuerdo todavía, en esta estación alemana, pues todavía no ha ocurrido–, más adelante vi como no sólo era preciso apagar las luces. Había también que apagar el crematorio. Los altavoces difundían los comunicados que señalaban los movimientos de escuadras aéreas por encima de Alemania. Al atardecer, cuando los bombardeos estaban cerca, se apagaban todas las luces del campo. El margen de seguridad no era muy grande, pues las fábricas debían seguir funcionando y las interrupciones eran lo más breves posible. Pero a pesar de todo, en un momento dado, todas las luces se apagaban. Nos quedábamos en la oscuridad, oyendo cómo en la noche resonaban aviones más o menos lejanos. Pero a veces el crematorio estaba sobrecargado de trabajo. El ritmo de los muertos es difícil de sincronizar con la capacidad de un crematorio, por bien equipado que esté. En tales casos, como el crematorio funcionaba a pleno rendimiento, grandes llamaradas anaranjadas sobresalían ampliamente de su chimenea, en un torbellino de densa humareda. «Convertirse en humo», es una expresión de los campos. Ten cuidado con el Scharführer, es un bruto, si tienes un problema con él, vete preparando para «convertirte en humo». Tal compañero, en el *revier*, estaba en las últimas, iba a convertirse en humo. Las llamaradas sobrepasaban, pues, la chimenea cuadrada del crematorio. Entonces se escuchaba la voz del miembro de las SS de servicio, en la torre de control. Se oía su voz por los altavoces: «*Krematorium, ausmachen*», repetía varias veces. Crematorio, apagad, crematorio, apagad. Les preocupaba, desde luego, tener que apagar los fuegos del crematorio, eso disminuía el rendimiento. El de las SS no estaba contento, ladraba: «*Krematorium, ausmachen*», con voz opaca y rabiosa. Estábamos sentados en la oscuridad y oíamos el altavoz: «*Krematorium, ausmachen*». «Vaya», decía alguno, «las llamas sobresalen.» Y seguíamos esperando en la oscuridad.

Pero todo esto pasó mucho más tarde. Después de este viaje. Por el momento estamos en esta estación alemana, y yo ignoro todavía la existencia y los inconvenientes de los crematorios, las noches de alerta.

Hay gente en el andén de la estación, y su nombre escrito en un cartel: TRIER.

–¿Qué ciudad es ésta? –dice el chico de Semur.

–Ya lo ves, Tréveris –le respondo.

¡Oh, dios, rediós, mierda! He dicho Tréveris, en voz alta y de repente me doy cuenta. Es una mierda, el colmo de la estupidez, que sea Tréveris, precisamente. ¿Estaba yo ciego, señor, ciego y sordo, embrutecido, atontado, por no haber comprendido antes de qué me sonaba el valle del Mosela?

–Pareces estupefacto de que sea Tréveris –dice el chico de Semur.

–Mierda, sí –le respondo–, estoy con la boca abierta.

—¿Por qué? ¿Lo conocías?

—No, es decir, nunca he estado aquí.

—¿Pues conoces a alguien de aquí? —me pregunta.

—Eso es, desde luego, eso es.

—Ahora resulta que conoces a los *boches* —dice el chico, suspicaz.

Conozco a algunos *boches*, desde luego, es así de sencillo. Los viñadores del Mosela, los leñadores del Mosela, la ley sobre el robo de madera en el Mosela. Todo esto estaba en la MEGA, desde luego. Es un amigo de la infancia, santo Dios, este Mosela.

—¿*Boches*? —contesto—. Nunca he oído hablar. ¿Qué quieres decir con eso?

—Te pasas —dice el chico—. Esta vez te has pasado de verdad.

No parece contento.

Hay gente en el andén de la estación, y acaban de comprender que no somos un tren como otro cualquiera. Han debido de ver agitarse las siluetas a través de las aberturas cubiertas con alambre de espino. Hablan entre sí, señalan el tren con el dedo, parecen excitados. Hay un chaval de unos diez años, con sus padres, justo ante nuestro vagón. Escucha a sus padres, mira hacia nosotros, agacha la cabeza. Luego se va corriendo. Luego vuelve también corriendo, con una piedra enorme en la mano. Al poco se acerca a nosotros y arroja la piedra, con todas sus fuerzas, hacia la abertura cerca de donde estamos. Nos echamos hacia atrás, deprisa, la piedra rebota en los alambres, pero por poco le da en la cara al chico de Semur.

—Entonces —me dice—, ¿sigues sin conocer a los *boches*?

No digo nada. Pienso que es una extraña marranada que esto ocurra precisamente en Tréveris. Hay, sin embargo, muchas otras ciudades alemanas en este trayecto.

—Los *boches*, y los hijos de los *boches*, ¿los conoces ahora?

Se lo pasa bien el chico de Semur.

–No tiene nada que ver.

En esto, el tren arranca de nuevo. En el andén de la estación queda un chaval de unos diez años, que nos amenaza con el puño y nos grita barbaridades.

–Los *boches*, te lo digo –me dice–. No es cosa del otro jueves, son *boches*, simplemente.

El tren recobra velocidad y se hunde en la noche.

–Ponte en su lugar –le digo.

Intento explicárselo.

–¿En el lugar de quién?

–De ese muchacho –le respondo.

–Puñetas, no –me dice–. Que se quede en su lugar ese *boche* hijo de puta.

No digo nada, no tengo ganas de discutir. Me pregunto cuántos alemanes habrá que seguir matando para que este niño alemán tenga alguna posibilidad de no volverse un *boche*. No tiene la culpa el chaval este, y sin embargo tiene toda la culpa. Él no se ha hecho un pequeño nazi, pero es un pequeño nazi. Quizá ya no tenga posibilidad alguna de no ser ya un pequeño nazi, de no crecer hasta llegar a ser un gran nazi. A esta escala individual, las preguntas ya no tienen interés. Resulta irrisorio que este chaval deje de ser nazi o asuma su condición de pequeño nazi. Mientras tanto, lo único que puede hacerse para que este chaval pueda dejar de ser un pequeño nazi es destruir el ejército alemán. Es seguir exterminando montones de alemanes, todavía, para que puedan dejar de ser nazis, o *boches*, según el vocabulario primitivo y mistificado del chico de Semur. Por un lado, esto es lo que quiere decir el chico de Semur con su lenguaje primitivo. Pero, por otro, su lenguaje, y las confusas ideas que su lenguaje acarrea, cierran definitivamente el horizonte de esta pregunta. Pues si se trata de *boches*, realmente, nunca dejarán de serlo. Para ellos, ser *boche* es como una esencia que ningún acto humano podrá modificar. Si son *boches* lo serán para siempre

39

jamás. No es un dato social, como el ser alemanes y nazis. Es una realidad que flota sobre la historia, contra la cual nada se puede. Destruir el ejército alemán no serviría de nada, los supervivientes seguirían siendo *boches*. No quedaría más que irnos a la cama y esperar a que pase el tiempo. Pero no son *boches*, claro está. Son alemanes, y a menudo unos nazis. Demasiado a menudo, por el momento. Su ser alemán, y a menudo nazi, pertenece a una estructura histórica dada, y es la práctica humana la que resuelve estas cuestiones.

Pero nada digo al chico de Semur, no tengo ganas de discutir.

No conozco muchos alemanes. Conozco a Hans. Con él no hay problema. Me pregunto qué hará Hans en este momento, y no sé que va a morir. Morirá una de estas noches, en el bosque situado más arriba de Châtillon. También conozco a los tipos de la Gestapo, al doctor Haas con sus dientes de oro. Pero ¿qué diferencia hay entre los tipos de la Gestapo y los polis de Vichy, que te interrogaron durante toda una noche en la prefectura de París, en aquella ocasión en que tuviste una suerte loca? No dabas crédito a tus ojos, aquella mañana, al verte libre de nuevo, en las calles grises de París. No hay ninguna diferencia. Son tan *boches* los unos como los otros, es decir, no son más *boches* unos que otros. Habrá diferencias de grado, de método, de técnica; ninguna diferencia de naturaleza. Tendré que explicarle todo esto al chico de Semur, seguro que lo entenderá.

También conozco a ese soldado alemán de Auxerre, a ese centinela alemán de la prisión de Auxerre. Los patinillos donde paseábamos, en la prisión de Auxerre, formaban una especie de semicírculo. Se llegaba por el adarve, el carcelero abría la puerta del patio, la volvía a cerrar con llave detrás de ti. Te quedabas allí, bajo aquel sol otoñal, con aquel ruido de cerradura a tus espaldas. A cada lado, muros lisos, desnudos, lo bastante altos como para impedirte comunicar con los patinillos medianeros. El espacio limitado por aquellos muros se estrechaba. Al final, no había más de metro y medio entre los dos muros, y este espacio estaba cerrado por una reja. De este modo, el centinela, con sólo dar unos pasos a cada lado, podía ver todo lo que ocurría en los patinillos.

Yo había advertido que ese centinela estaba a menudo de guardia. En apariencia era un hombre de unos cuarenta años. Se detenía delante de mi patio y me miraba. Yo andaba de arriba abajo, cuando no de abajo arriba, o me recostaba en la pared soleada del patinillo. Seguía incomunicado, estaba solo en mi patio. Un día, a la hora del paseo, recuerdo que hacía buen tiempo, de repente uno de los suboficiales de la Feldgendarmerie de Joigny se detiene ante la reja de mi patio. A su lado estaba Vacheron. Por mensajes que me habían llegado, sabía que Vacheron había «cantado». Pero le habían atrapado en Laroche-Migennes, pasaban los días y parecía que no había hablado de mí. El tipo de la Feld y Vacheron están ante la reja de mi patio, y un poco más atrás el centinela, ese centinela del que precisamente hablo. Vacheron hace entonces una señal con la cabeza en mi dirección.

–*Ach so!* –dice el tipo de la Feld. Y me llama a la reja–. ¿Ustedes se conocen? –pregunta señalándonos alternativamente con el dedo.

Vacheron está a medio metro de mí. Está flaco, barbudo, con el rostro demacrado. Está encorvado como un anciano, y su mirada vacila.

–No –digo–, nunca le he visto.

–Que sí –dice Vacheron en un murmullo.

–*Ach so* –dice el tipo de la Feld. Y se ríe.

–Nunca le he visto –repito.

Vacheron me mira y se encoge de hombros.

–¿Y Jacques? –dice el tipo de la Feld–. ¿Conoce usted a Jacques?

41

Jacques es Michel, desde luego. Pienso en la calle Blainville. Ahora, aquello es la prehistoria. El espíritu absoluto, la reificación, la objetivación, la dialéctica del siervo y el señor, todo eso no es más que la prehistoria de esta otra historia real, donde está la Gestapo, las preguntas del tipo de la Feld y Vacheron. Vacheron también pertenece a la historia real. Peor para mí.

–¿Qué Jacques? –pregunto–. ¿Jacques qué?

–Jacques Mercier –dice el tipo de la Feld.

Meneo la cabeza.

–No le conozco –digo.

–Que sí –dice Vacheron en un murmullo. Después me mira y hace una mueca resignada–. No hay nada que hacer –añade.

–Vete a tomar por el culo –le digo entre dientes.

Una oleada de sangre en su rostro, marcado por la Feld.

–¿Cómo, cómo? –grita el tipo de la Feld, que no capta todos los matices de la conversación.

–Nada.

–Nada –dice Vacheron.

–¿Usted no conoce a nadie? –sigue preguntándome el tipo de la Feld.

–A nadie –digo.

Me mira, calibrándome con la mirada. Sonríe. Tiene el aspecto de quien piensa que podría hacerme conocer montones de gente.

–¿Quién se ocupa de usted? –me pregunta ahora.

–El doctor Haas.

–*Ach so* –dice.

Por lo visto debe de pensar que, si el doctor Haas se ocupa de mí, se ocupan bien de mí, eficazmente. En resumidas cuentas, no es más que un pequeño suboficial de la Feldgendarmerie y el doctor Haas es el jefe de la Gestapo para toda la región. El tipo de la Feld respeta las jerarquías, no tiene por qué preocuparse de un cliente del doctor Haas. Estamos aquí, a cada lado de esta reja, bajo el sol de otoño, y parece que hablamos de una enfermedad mía que el doctor Haas está tratando eficazmente.

–*Ach so* –dice el tipo de la Feld.

Y se lleva a Vacheron.

Me quedo de pie, ante la reja; me pregunto si esto se va a acabar así, sencillamente, si no habrá más consecuencias. El centinela alemán está al otro lado de la reja, de pie ante mi patio, y me mira. No le he visto acercarse.

Es un soldado de unos cuarenta años, con el rostro embotado, o tal vez sea el casco lo que le da un aspecto embotado. Pues tiene una expresión abierta, una mirada franca.

–*Verstehen Sie deutsch?** –me pregunta.

Le digo que sí, que entiendo alemán.

–*Ich möchte Ihnen eine Frage stellen*** –dice el soldado.

Este hombre es cortés, quisiera hacerme una pregunta y me pide permiso para hacérmela.

–*Bitte schön**** –le digo.

Está a un metro de la reja, hace un gesto para colocarse en su sitio la correa del fusil, que se le había resbalado del hombro. Hace un sol tibio y somos muy corteses. Pienso vagamente que el tipo de la Feld tal vez esté llamando por teléfono a la Gestapo, para descargar su conciencia. Tal vez aten cabos y encuentren que, en efecto, es muy raro que yo no haya dicho nada de Jacques y que no conozca a Vacheron. Quizá todo vuelva a comenzar. Pienso en esto vagamente; de todas formas, no hay remedio. Por otra parte, está claro, nunca hay que plantearse más problemas que los que se pueden resolver.

---

* «¿Entiende usted el alemán?» *(N. de los T.)*

** «Quisiera hacerle una pregunta.» *(N. de los T.)*

*** «Se lo ruego.» *(N. de los T.)*

En la vida privada también hay que aplicar este principio, a tal conclusión llegamos precisamente en el Coq d'Or. Este soldado alemán desea hacerme una pregunta, yo le digo que «se lo ruego», somos muy corteses, qué simpático es todo esto.

–*Warum sind Sie verhaftet?*[*] –pregunta el soldado.

Es una pregunta oportuna, hay que reconocerlo. Es la pregunta que en este preciso momento va más lejos que cualquier otra pregunta posible. ¿Por qué estoy detenido? Responder a esta pregunta no sólo es decir quién soy, sino también quiénes son todos aquellos a quienes detienen en este momento. Es una pregunta que nos proyecta fácilmente de lo particular a lo general. ¿Por qué estoy detenido, es decir, por qué estamos todos nosotros detenidos, por qué se detiene, en general? ¿En qué se parecen todas estas gentes tan distintas a quienes detienen? ¿Cuál es la esencia histórica común de todas estas gentes tan dispares, inesenciales la mayor parte de las veces, a quienes detienen? Pero es una pregunta que va todavía más allá. Al preguntar el porqué de mi detención saldrá a relucir la otra cara de la pregunta. Pues yo estoy detenido porque me han detenido, porque hay quienes detienen y quienes son detenidos. Al preguntarme: ¿por qué está usted detenido?, me pregunta al mismo tiempo: ¿por qué estoy yo aquí, para vigilarle? ¿Por qué tengo orden de disparar contra usted si intenta escapar? ¿Quién soy yo, en resumen? Esto es lo que pregunta este soldado alemán. Dicho de otro modo, es una pregunta que va muy lejos.

Pero no le respondo todo esto, claro está. Sería estúpido, como morir. Intento explicarle en pocas palabras las razones que me han traído hasta aquí.

–Entonces ¿es usted un terrorista? –me dice.

–Si así le parece –respondo–; pero eso no aclara nada.

[*] «¿Por qué está usted detenido?» (*N. de los T.*)

–¿El qué?

–Esa palabra, no le va a aclarar nada.

–Intento comprender –dice el soldado.

Hans se alegraría de ver mis progresos en su lengua natal. Adoraba su lengua natal, Hans von Freiberg zu Freiberg. No sólo leo a Hegel sino que hasta hablo con un soldado alemán, en la prisión de Auxerre. Es mucho más difícil hablar con un soldado alemán que leer a Hegel. Sobre todo hablarle de cosas sencillas, de la vida y la muerte, de por qué vivir y morir.

Intento explicarle por qué esta palabra, terrorista, no le va a aclarar nada.

–Recapitulemos, ¿quiere? –me dice cuando acabo.

–Recapitulemos.

–Lo que usted quiere es defender su país.

–Pues no –le contesto–, no es mi país.

–¿Cómo? –exclama–, ¿qué es lo que no es su país?

–Pues Francia –le respondo–, Francia no es mi país.

–No tiene sentido –dice desconcertado.

–Pues sí. De todas formas, defiendo mi país al defender a Francia, que no es mi país.

–¿Cuál es su país? –pregunta.

–España –le contesto.

–Pero España es nuestra amiga –dice.

–¿Usted cree? Antes de hacer esta guerra, ustedes hicieron la guerra de España, que no era su amiga.

–Yo no he hecho ninguna guerra –dice el soldado, con voz sorda.

–¿Usted cree? –le repito.

–Quiero decir, yo no he querido ninguna guerra –precisa.

–¿Usted cree? –le repito.

–Estoy convencido –dice solemnemente. Se sube otra vez la correa del fusil, que se le ha resbalado.

–Yo no –replicó.

–Pero ¿por qué?

Parece ofendido de que ponga en tela de juicio su buena fe.

–Porque está usted aquí, con su fusil. Usted lo ha querido.

–¿Dónde podría estar? –dice sordamente.

–Le podrían haber fusilado, podría estar en un campo de concentración, podría usted ser desertor.

–No es tan fácil –dice.

–Desde luego. ¿Es fácil dejarse interrogar por sus compatriotas de la Feldgendarmerie o de la Gestapo?

Hace un gesto negativo, brusco.

–Yo no tengo nada que ver con la Gestapo.

–Tiene usted que ver –le respondo.

–Nada, se lo aseguro. –Parece descompuesto.

–Tiene que ver, mientras no se demuestre lo contrario –insisto.

–No lo quisiera, se lo digo con toda el alma, no lo quisiera.

Parece sincero, desesperado ante la idea de que le identifique con sus compatriotas de la Feld o de la Gestapo.

–Entonces –le pregunto–, ¿por qué está usted aquí?

–Ésa es la cuestión –dice.

Pero se oye una llave en la cerradura del patio, el guardián viene a buscarme.

Ésa es la cuestión, en efecto, *das ist die Frage*. Llegamos a ella a la fuerza, incluso a través de este diálogo de sordos, incoherente, que acabamos de tener. Y soy yo quien debo plantear la pregunta: ¿por qué está usted aquí?, *warum sind Sie hier?*, porque mi situación es privilegiada. Es privilegiada en relación con este soldado alemán y en lo que concierne a las preguntas que hay que hacer. Porque la esencia histórica común a todos a quienes nos detienen en este año 43 es la libertad. Nos parecemos en la medida en que participamos de esta libertad, nos identificamos en ella, noso-

46

tros que somos tan dispares. Nos detienen en la medida en que participamos de esta libertad. Por tanto, es a nuestra libertad a la que hay que interrogar, y no a nuestra situación de detenidos, a nuestra condición de prisioneros. Claro que dejo aparte a quienes trafican en el mercado negro y a los mercenarios de los servicios especiales. Para éstos, su esencia común es el dinero, no la libertad. Por supuesto, no pretendo que participemos todos al mismo nivel de esta libertad que nos es común. Algunos, y seguramente son muchos, participan accidentalmente de esta libertad que nos es común. Tal vez hayan elegido libremente el maquis y la vida clandestina, pero desde entonces siguen la inercia que este acto libre ha desencadenado. Asumieron libremente la necesidad de irse al maquis, pero desde aquel entonces viven en la rutina que esta libre elección desencadenó. No viven su libertad, se adormecen en ella. Pero no se trata ahora de entrar en los detalles y circunloquios de este problema. Sólo hablo de la libertad de manera ocasional, mi propósito es el relato de este viaje. Quisiera decir simplemente que, ante esta pregunta del soldado alemán de Auxerre: *Warum sind Sie verhaftet?*, sólo hay una respuesta posible. Estoy detenido porque soy un hombre libre, porque me he visto en la necesidad de ejercer mi libertad y he asumido esta necesidad. Del mismo modo, a la pregunta que hice al centinela aquel día de octubre: *Warum sind Sie hier?*, y que resulta una pregunta mucho más grave, sólo cabe también una respuesta posible. Está aquí porque no está en otra parte, porque no ha sentido la necesidad de estar en otra parte. Porque no es libre.

Este soldado alemán volvió a la reja, al día siguiente, y prosiguió esta conversación incoherente, en la que iban surgiendo espontáneamente las cuestiones más graves.

Pienso en ese soldado de Auxerre a causa de este chaval en el andén de la estación de Tréveris. El chaval no está al tanto. Simplemente, lo está en la medida en que le han metido, él no se ha metido por sí mismo. Nos arrojó la piedra porque era preciso que esta sociedad alienada y engañada en la que está creciendo nos arrojase la piedra. Porque nosotros somos la posible negación de esta sociedad, de este conjunto histórico de explotación que hoy es la nación alemana. Todos nosotros, en bloque, que vamos a sobrevivir en un porcentaje relativamente irrisorio, somos la negación posible de esta sociedad. Caiga sobre nosotros la desgracia, la vergüenza, la piedra. Es algo a lo que no hay que conceder demasiada importancia. Desde luego, resultaba desagradable, aquel chaval blandiendo la piedra y llamándonos canallas y bandidos en el andén de la estación. «*Schufte*», gritaba, «*Bandieten*». Pero no hay que concederle demasiada importancia.

En cambio, este soldado alemán en el que ahora pienso era otra cosa. Porque él quería comprender. Nació en Hamburgo, allí vivió y trabajó y a menudo estuvo en paro. Y hace años que ya no entiende por qué es él lo que es. Hay montones de filósofos amables que nos cuentan que la vida no es un «ser» sino un «hacer», o más precisamente un «hacerse». Están contentos con su fórmula, se les llena la boca, han inventado la pólvora. Pero preguntad a ese soldado alemán que conocí en la cárcel de Auxerre. A ese soldado alemán de Hamburgo, que ha estado sin trabajo prácticamente toda su vida hasta el momento en que el nazismo volvió a poner en marcha la maquinaria industrial de la remilitarización. Preguntadle por qué no «ha hecho» su vida, por qué sólo pudo padecer el «ser» de su vida. Su vida siempre ha sido un «hecho» agobiante, un «ser» ajeno a él, del que nunca pudo apoderarse y hacerlo habitable.

Estamos cada uno de un lado de la reja y nunca he comprendido mejor que entonces por qué combatía. Era preciso hacer habitable el ser de este hombre, o mejor todavía, el ser de los hombres como este hombre, porque para este hombre, desde luego, ya era demasiado tarde. Era preciso hacer habitable el ser de los hijos de este hombre, tal vez tenían la edad de este chaval de Tréveris que nos ha tirado la piedra. No era más complicado que todo esto, es decir, es desde luego la cosa más complicada del mundo. Pues solamente se trata de instaurar la sociedad sin clases. Pero esto no lo verá ese soldado alemán, que iba a vivir y a morir en su ser inhabitable, opaco e incomprensible para su propia mirada.

Pero el tren rueda, se aleja de Tréveris y hay que continuar el viaje, y me alejo del recuerdo de ese soldado alemán en la prisión de Auxerre. A menudo me he dicho a mí mismo que terminaría escribiendo esta historia de la prisión de Auxerre. Una historia muy sencilla: la hora del paseo, el sol de octubre y esta larga conversación, a base de frases sueltas, cada uno de un lado de la reja. Es decir, yo estaba de mi lado, él no sabía de qué lado estaba él mismo. Y he aquí que se presenta la ocasión de escribir esta historia y no puedo escribirla. No es el momento, mi propósito es este viaje, y bastante me he apartado ya de él.

Vi a este soldado hasta finales de noviembre. Con menos frecuencia, pues llovía sin cesar y habían suprimido el paseo. Le vi al final de noviembre, antes de su marcha. Yo ya no estaba incomunicado, compartía mi celda y el patinillo con Ramaillet y aquel joven guerrillero del bosque de Othe, que había estado en el grupo de los hermanos Hortieux. La víspera, precisamente, habían fusilado al mayor de los hermanos Hortieux. A la hora tranquila que precedía al paseo, «la Rata» subió a por el mayor de los hermanos Hortieux, que ya llevaba seis días en la celda de los condenados a muerte. Vimos subir a «la Rata» por la puerta entornada. Había en Auxerre un sistema de cerrojos muy práctico, que permitía cerrar las puertas dejándolas sólo entornadas. Durante el invierno las dejaban así, excepto los días de castigo colectivo, para que entrara en las celdas un poco del calor que ascendía de la gran estu-

49

fa instalada en la planta baja. Vimos llegar a «la Rata», la escalera daba frente a nuestra puerta, y sus pasos se perdieron hacia la izquierda, sobre la galería. En el fondo de esta galería se encuentran las celdas de los condenados a muerte. Ramaillet estaba en su camastro. Leía, como de costumbre, uno de sus folletos de teosofía. El muchacho del bosque de Othe vino a pegarse a la puerta entornada, junto a mí. Si recuerdo bien –y no creo que este recuerdo haya sido reelaborado en mi memoria–, se hizo un gran silencio en la prisión. En el piso superior, el de las mujeres, se hizo también un gran silencio. Y en la galería de enfrente también. Incluso aquel tipo que cantaba sin cesar *«mon bel amant, mon amour de Saint Jean»* se calló también. Llevábamos días esperando que vinieran a por el mayor de los hermanos Hortieux, y he aquí a «la Rata» que se dirige hacia las celdas de los condenados a muerte. Se oye el ruido del cerrojo. El mayor de los hermanos Hortieux debe de estar sentado en su camastro, con las esposas puestas, descalzo, y escucha el ruido del cerrojo en esta hora insólita. De todas formas, la hora de morir es siempre insólita. Sólo queda el silencio, durante unos minutos, y luego se oye el ruido de las botas de «la Rata», que se acerca otra vez. El mayor de los hermanos Hortieux se detiene ante nuestra celda, camina sobre sus calcetines de lana, lleva las esposas puestas, los ojos brillantes. «Se acabó, muchachos», nos dice a través de la puerta entornada. Tendemos las manos por la abertura de la puerta y estrechamos las manos del mayor de los hermanos Hortieux, presas en las esposas. «Adiós, muchachos», nos dice. No decimos nada, le estrechamos las manos, no tenemos nada que decir. «La Rata» está detrás del mayor de los hermanos Hortieux, vuelve la cabeza. No sabe qué hacer, agita las llaves, aparta la cabeza. Tiene cara bondadosa de buen padre de familia, su uniforme gris verdoso está arrugado, aparta su cara de buen padre de familia. No se puede decir nada a un compañero que va a morir, se le estrechan las manos, no hay nada que decir. «René, ¿dónde estás, René?» Es la voz de Philippe Hortieux, el más joven de los hermanos Hortieux, que está incomunicado en una celda de la galería de enfrente. Entonces, René Hortieux se vuelve y grita también: «¡Se acabó, Philippe, me voy, Philippe, se acabó!». Philippe es el menor de los hermanos Hortieux. Philippe, el menor de los hermanos Hortieux, pudo escapar cuando las SS y la Feld cayeron sobre el grupo Hortieux, al amanecer, en el bosque de Othe. Les denunció un soplón, pues las SS y la Feld cayeron sobre ellos de improviso y apenas pudieron iniciar una resistencia desesperada. Pero Philippe Hortieux escapó al cerco. Se escondió durante dos días en el bosque. Luego salió, mató a un motorista alemán al borde de la carretera, y se largó a Montbard en el vehículo del muerto. Durante quince días, la moto de Philippe Hortieux aparecía de repente en los lugares más imprevistos. Durante quince días, los alemanes lo persiguieron por toda la comarca. Philippe Hortieux tenía un Smith and Wesson, de cañón largo, pintado de rojo, pues últimamente nos habían lanzado bastantes por paracaídas. Tenía también una metralleta Sten, granadas y plástico, en una mochila. Hubiera podido escapar Philippe Hortieux, conocía los puntos de apoyo, hubiese podido abandonar la región. Pero se quedó. Escondido de granja en granja, libró la guerra de noche por su cuenta durante unos quince días. En pleno mediodía, bajo el sol de septiembre, fue al pueblo del soplón aquel que les había entregado. Aparcó la moto en la plaza de la iglesia, y salió en su busca con la metralleta en la mano. Se abrieron todas las ventanas de las casas, las puertas se abrieron también, y Philippe Hortieux caminó hacia la taberna del pueblo, en medio de una hilera de miradas secas y abrasadoras. El herrero salió de su fragua, la carnicera de su carnicería, el guarda rural se detuvo al borde de la acera.

Los campesinos se quitaban el cigarrillo de la boca, las mujeres cogían a sus hijos de la mano. Nadie decía nada, sólo un hombre dijo simplemente: «Los alemanes están en la carretera de Villeneuve». Y Philippe Hortieux sonrió y continuó su camino hacia la taberna del pueblo. Sonreía, sabía perfectamente que iba a hacer algo que era preciso hacer, caminaba en medio de una hilera de miradas desesperadas y fraternales. Los campesinos sabían que el invierno iba a ser terrible para los muchachos del maquis, sabían muy bien que nos habían engañado, una vez más, con la historia del desembarco siempre anunciado y siempre aplazado. Miraban cómo andaba Philippe Hortieux, y eran ellos quienes andaban, con la metralleta en la mano, para tomarse la justicia por sus manos. El soplón debió de sentir de pronto la gravedad de aquel silencio sobre el pueblo. Tal vez recordara aquel ruido de moto, oído unos minutos antes. Salió a las escaleras de la tasca, con el vaso de tinto en la mano, se echó a temblar como una hoja, y cayó muerto. Se cerraron todas las ventanas, todas las puertas, el pueblo quedó sin vida y Philippe Hortieux se marchó. Durante quince días, disparó sobre las patrullas de la Feld, no se sabía bien desde dónde, y atacaba con granadas los coches alemanes. Hoy está incomunicado en su celda, con el cuerpo destrozado por las porras de la Gestapo y grita: «¡René, René!». Y toda la cárcel se ha puesto a gritar también, para despedir a René Hortieux. El piso de las mujeres gritaba, gritaban las cuatro galerías de resistentes, para despedir al mayor de los hermanos Hortieux. Ya no sé lo que gritábamos, cosas ridículas, sin duda, en comparación con aquella muerte que se acercaba hacia el mayor de los Hortieux: «No te preocupes, René», «Aguanta, René», «Les venceremos, René». Y por encima de nuestras voces, la voz de Philippe Hortieux, que gritaba sin parar: «¡René, oh René!». Recuerdo que Ramaillet tuvo un sobresalto, en su camastro, ante el estrépito. «¿Qué pasa?», preguntó, «¿qué pasa?» Le tratamos de imbécil, le dijimos que se ocupara de sus cosas, el majadero. Toda la cárcel gritaba y «la Rata» se puso nerviosísimo. No quería complicaciones «la Rata», dijo: *«Los, los!»** y empujó a René Hortieux hacia la escalera.

Fue al día siguiente, bajo un sol pálido. Por la mañana, el muchacho que estaba de servicio para distribuir el café nos dijo en un susurro: «René ha muerto como un hombre». En cierto modo, era una expresión aproximada, claro está, desprovista de sentido. Pues la muerte sólo para el hombre es personal, es decir, es para él, puede serlo para él, y para él solo, en la medida en que es aceptada y asumida. Era una expresión aproximada, pero decía muy bien lo que quería decir. Decía perfectamente que René Hortieux se había apoderado con ambas manos de esta posibilidad de morir de pie, de enfrentarse con esta muerte y hacerla suya. Yo no había visto morir a René Hortieux, pero no era difícil imaginar cómo había muerto. En aquel año 43 se tenía una experiencia lo bastante amplia de la muerte de los hombres para saber cómo había muerto René Hortieux.

Más adelante he visto morir a hombres en circunstancias análogas. Estábamos concentrados, treinta mil hombres inmóviles, en la plaza mayor donde pasaban lista, y los de las SS habían levantado en medio los andamios para la horca. Estaba prohibido mover la cabeza, bajar la vista. Era preciso que viéramos morir a aquel compañero. Le veíamos morir. Aun si hubiésemos podido volver la cabeza o bajar la vista, hubiéramos alzado los ojos para ver morir a aquel compañero. Hubiéramos clavado en él nuestras miradas arrasadas, le hubiésemos acompañado con la vista hasta el cadalso. Éramos treinta mil, formados impecablemente, a las SS les gusta el orden y la simetría. El altavoz aullaba: *«Das Ganze, Stand!»* y se escuchaban treinta mil

* «¡Vamos, vamos!» *(N. de los T.)*

53

pares de tacones que chocaban en un «firmes» impecable. A los de las SS les gustan los «firmes» impecables. El altavoz aullaba: «*Mützen ab!*», y treinta mil gorras de prisioneros, cogidas por treinta mil manos derechas, golpeaban contra treinta mil piernas derechas, en un perfecto movimiento de conjunto. Los de las SS adoran los perfectos movimientos de conjunto. Entonces traían al compañero, las manos atadas a la espalda, y le hacían subir a la horca. A los de las SS les gusta el orden y la simetría y los hermosos movimientos de conjunto de una multitud amaestrada, pero son unos pobres diablos. Creen dar un ejemplo, y no saben hasta qué punto es verdad, hasta qué punto es ejemplar la muerte de este camarada. Mirábamos subir a la plataforma a aquel ruso de veinte años, condenado a la horca por sabotaje en la «Mibau», donde se fabricaban las piezas más delicadas de los V-1. Los prisioneros de guerra soviéticos estaban fijos en un «firmes» doloroso, a fuerza de tal inmovilidad masiva, hombro con hombro, de tales miradas impenetrables. Contemplamos subir a la plataforma a aquel ruso de veinte años, y los de las SS imaginan que vamos a padecer su muerte, a sentirla fundirse sobre nosotros como una amenaza o una advertencia. Pero esta muerte, en realidad, estamos aceptándola para nosotros mismos, si llegara el caso, la estamos escogiendo para nosotros mismos. Estamos muriendo la muerte de este compañero, y por tanto la negamos, la anulamos, hacemos de la muerte de este compañero el sentido mismo de nuestra vida. Un proyecto de vivir perfectamente válido, el único válido en este preciso momento. Pero los de las SS son unos pobres diablos y nunca entienden estas cosas.

Hacía, pues, un sol pálido, era a finales de noviembre, y yo estaba solo, con Ramaillet, en el patinillo de los paseos. Al muchacho del bosque de Othe le habían llevado a un interrogatorio. Aquella misma mañana nos habíamos peleado con Ramaillet, que se mantenía apartado.

El centinela alemán estaba de pie contra la reja, y me aproximé.

–¿Ayer por la tarde? –le pregunto.

Su cara se crispa y me mira fijamente.

–¿Qué pasa? –dice.

–¿Estaba usted de servicio, ayer por la tarde? –le preciso.

Menea la cabeza.

–No –dice–, no me tocaba.

Nos miramos sin decir nada.

–Pero ¿y si le hubieran designado?

No contesta. ¿Qué puede contestar?

–Si le hubieran designado –insisto–, ¿hubiera usted formado parte del pelotón de ejecución?

Tiene una mirada de animal acorralado, y traga la saliva con esfuerzo.

–Usted habría fusilado a mi compañero.

No dice nada. ¿Qué podría decir? Baja la cabeza, remueve la tierra húmeda con los pies, me mira.

–Me voy mañana –dice.

–¿Adónde? –le pregunto.

–Al frente ruso –dice.

–¡Ah! –le digo–. Va usted a ver lo que es una guerra de verdad.

Me mira, asiente con la cabeza y habla con voz neutra.

–Usted desea mi muerte –dice con su voz neutra.

¿Deseo su muerte? *Wünsche ich seinen Tod?* No creía desear su muerte. Pero tiene razón, en cierto modo deseo su muerte.

En la medida en que sigue siendo un soldado alemán, deseo su muerte. En la medida en que persevera en sus deseos de ser soldado alemán, anhelo que conozca la tormenta de fuego y hierro, los sufrimientos y las lágrimas. Deseo ver derramada su sangre de soldado alemán del ejército nazi, deseo su muerte.

–No me lo reproche.

–Claro que no –dice–, es natural.

–Me gustaría mucho poder desearle otra cosa –le digo. Tiene una sonrisa abrumada.

–Es demasiado tarde –dice.

–Pero ¿por qué?

–Estoy solo –dice.

Nada puedo hacer para quebrar su soledad. Sólo él podría hacer algo, pero le falta la voluntad de hacerlo. Tiene cuarenta años, una vida ya hecha, mujer e hijos, nadie puede elegir por él.

–Me acordaré de nuestras conversaciones –dice.

Y sonríe otra vez.

–Quisiera desearle toda la dicha posible –le digo, y le miro.

–¿La dicha? –pregunta, y se encoge de hombros.

Luego mira a su alrededor, y mete la mano en el bolsillo de su capote.

–Tome usted –dice–, como recuerdo.

Me tiende rápidamente, a través de la reja, dos paquetes de cigarrillos alemanes. Cojo los cigarrillos. Los escondo en mi chaqueta. Se aparta de la reja y vuelve a sonreír.

–Tal vez tenga suerte –dice–. A lo mejor salgo del apuro.

No sólo piensa en vivir. En realidad, piensa en salvarse.

–Se lo deseo.

–Claro que no –dice–, usted desea mi muerte.

–Deseo la aniquilación del ejército alemán. Y deseo que usted se salve.

Me mira, baja la cabeza, dice «gracias», tira de la correa de su fusil y se va.

–¿Duermes? –pregunta el chico de Semur.

–No –le respondo.

–Vaya sed –dice el chico de Semur.

–Desde luego.

–Queda un poco de dentífrico –dice el chico de Semur.

–Adelante.

Es otra astucia del chico de Semur-en-Auxois. Ha debido de preparar su viaje como si fuera una expedición al polo norte. Ha pensado en todo. La mayoría de los prisioneros habían escondido en sus bolsillos pedazos de salchichón, pan, galletas. Era una locura, decía el chico de Semur. Lo peor no iba a ser el hambre, decía, sino la sed. Y el salchichón, las galletas secas, todos esos alimentos sólidos y consistentes que los otros habían escondido no harían sino aguzar su sed. Bien podríamos permanecer unos días sin comer, ya que de todos modos íbamos a estar inmóviles. Lo peor era la sed. Por lo tanto, había escondido en sus bolsillos algunas manzanitas crujientes y jugosas y un tubo de dentífrico. Lo de las manzanas era sencillo, a cualquiera se le hubiera ocurrido, a partir del dato básico de la sed como principal enemigo. Pero lo del dentífrico era un rasgo genial. Se extendía sobre los labios una capa fina de dentífrico y al respirar, la boca se llenaba de una frescura mentolada muy agradable.

Hace mucho que se acabaron las manzanas, pues las compartió conmigo. Me tiende el tubo de dentífrico y me pongo un poco en los labios resecos. Se lo devuelvo.

Ahora el tren va más deprisa, casi tan deprisa como un verdadero tren que fuera verdaderamente a alguna parte.

–Ojalá dure –digo.

–¿El qué? –dice el chico de Semur.

–La velocidad –contesto.

–Mierda, sí –dice–, ya empiezo a estar harto.

El tren corre y el vagón es un bronco murmullo de quejas, de gritos amortiguados, de conversaciones. Los cuerpos amontonados y reblandecidos por la noche forman una gelatina espesa que oscila brutalmente a cada curva de la vía. Y luego, de repente, hay largos momentos de un silencio pesado, como si todo el mundo se hundiese a la vez en la soledad de la angustia, en una duermevela de pesadilla.

–Este imbécil de Ramaillet –digo–, ¡qué cara pondría!

–¿Quién es Ramaillet? –pregunta el chico de Semur.

No es que tenga muchas ganas de hablar de Ramaillet. Pero, desde que anocheció, he advertido un cambio sutil en el chico de Semur. Me parece que necesita conversación. He advertido que se le quiebra a veces la voz, desde que anocheció. La cuarta noche de este viaje.

–Un tipo que estaba en chirona conmigo –explico.

Ramaillet nos dijo que abastecía a los del maquis, pero sospechábamos que hacía estraperlo, simplemente. Era un campesino de las cercanías de Nuits-Saint-Georges y parecía tener una pasión insaciable por la teosofía, el esperanto, la homeopatía, el nudismo y las teorías vegetarianas. En cuanto a estas últimas, era una pasión puramente platónica, ya que su plato preferido era el pollo asado.

–Era un cabrón –digo al chico de Semur–, recibía paquetes enormes que no quería compartir.

En verdad, cuando estuvimos solos en la celda, antes de que llegara el muchacho del bosque de Othe, no se negaba a compartir conmigo los paquetes: claro, no se planteaba el problema. ¿Cómo me hubiese atrevido a pedirle yo nada? Era inconcebible que yo le planteara un problema semejante. Por lo tanto, no se negaba a compartir. Simplemente, no compartía. Tomábamos la sopa en nuestras escudillas de hierro colado, grasientas y sospechosas. Nos sentábamos el uno frente al otro, en los camastros de hierro. Tomábamos la sopa en silencio. Yo procuraba que durara lo más posible. Me metía en la boca cucharaditas de caldo insípido, que me esforzaba en saborear. Jugaba a colocar aparte, para después, los pocos restos sólidos que nadaban ocasionalmente en el caldo insulso. Pero era difícil hacer trampa, engañarse, hacer que durara la sopa. Me contaba historias para distraerme, para obligarme a comer despacio. Me recitaba en voz baja *El cementerio marino*, intentando no olvidar nada. Además, nunca lo conseguía. Entre «*tout va sous terre et rentre dans le jeu*»* y el final, no conseguía colmar un vacío en mi memoria. Entre «*tout va sous terre et rentre dans le jeu*» y «*le vent se lève, il faut tenter de vivre*»,** no había modo de colmar el vacío de mi memoria. Permanecía con la cuchara en el aire, intentando acordarme. A veces, la gente se pregunta por qué empiezo a recitar de repente *El cementerio marino,* cuando me estoy haciendo el nudo de la corbata, o abriendo una botella de cerveza. Ésta es la explicación. He recitado muchas veces *El cementerio marino* en esta celda de la prisión de Auxerre, frente a Ramaillet. Debe de ser la única vez en que *El cementerio marino* ha servido para algo. Debe de ser la única vez que ese imbécil distinguido de Valéry ha servido para algo. Pero era imposible hacer trampas. Ni siquiera «*L'assaut au soleil de la blancheur des corps des femmes*»*** permitía hacer trampa. Siempre había demasiada poca sopa. Llegaba siempre un momento en que la sopa se acababa. Ya no había más sopa, nunca había habido sopa. Yo miraba la escudilla vacía, rebañaba la escudilla vacía, pero no había nada que hacer. Ramaillet, él, siempre se tomaba la sopa ruidosamente. La sopa, para él, no era más que un entretenimiento. Debajo de la cama tenía dos cajas grandes repletas de comida, de alimentos mucho más consistentes. Tomaba la sopa ruidosamente, y después eructaba. «Perdón», decía llevándose la mano a la boca. Y después: «Sienta bien». Todos los días, después de la sopa, eructaba. «Perdón», decía, y luego: «Sienta bien». Todos los días lo mismo. Era necesario oírle eructar, decir «perdón, sienta bien», y quedarse tranquilo. Era preciso, sobre todo, permanecer tranquilo.

---

* «Bajo tierra va todo y entra en juego.» *(N. de los T.)*
** «El viento vuelve, hay que intentar vivir.» *(N. de los T.)*
*** «El asalto al sol de la blancura de cuerpos de mujer.» *(N. de los T.)*

–Yo le hubiera estrangulado –dice el chico de Semur.

–Claro –le respondo–. Yo también lo hubiera hecho.

–¿Y tras la sopa se daba él solo el gran banquete? –pregunta el chico de Semur.

–No, era durante la noche.

–¿Cómo, durante la noche?

–Sí, durante la noche.

–Pero ¿por qué durante la noche? –pregunta el chico de Semur.

–Cuando él creía que yo estaba durmiendo.

–¡Mierda! –dice–, yo le hubiera estrangulado.

Había que conservar la calma, sobre todo había que permanecer tranquilo, era una cuestión de dignidad.

Esperaba que yo me durmiera, durante la noche, para devorar sus provisiones. Pero yo no dormía, o me despertaba al oír que se movía. Permanecía inmóvil, en la oscuridad, y le oía comer. Adivinaba su silueta sentada en la cama, y le oía comer. Por el ruido de sus mandíbulas, adivinaba que comía pollo, oía crujir los huesecillos del pollo bien asado. Oía crujir también las tostadas entre sus dientes, pero no ese crujido seco y arenoso de la tostada seca, no, era un crujido sigiloso, amortiguado por la capa de crema de gruyère que adivinaba extendida por la tostada. Le oía comer, con el corazón palpitante, y me esforzaba en conservar la calma. Ramaillet comía de noche porque no quería ceder a la tentación de compartir nada conmigo. Si hubiera comido de día, hubiera cedido, una u otra vez. Al verme ante él, mirándole comer, quizás habría sucumbido a la tentación de darme un hueso de pollo, un pedacito de queso, quién sabe. Pero eso hubiera creado un precedente. Y esto, al cabo de los días, hubiera creado una costumbre. Temía la posibilidad de esa costumbre, Ramaillet. Porque yo no recibía ningún paquete, y no existía la menor posibilidad de que yo le devolviera jamás el hueso de pollo, el pedazo de queso. De modo que comía de noche.

–Nunca hubiera creído que fuera posible algo así –dice el chico de Semur.

–Todo es posible.

Refunfuña en la oscuridad.

–Tú –me dice–, tú siempre tienes una frase preparada para contestar a todo.

–Sin embargo, así es.

Me entran ganas de reír. Este chico de Semur es asombrosamente reconfortante.

–¿Y qué? Todo es posible, desde luego. Pero nunca hubiera creído que fuera posible algo así.

Para el chico de Semur, no ha habido ninguna vacilación. Tenía seis manzanitas crujientes y jugosas y me ha dado tres. Mejor dicho, partió por la mitad cada una de las seis manzanitas, y me dio seis mitades de jugosas manzanitas. Había que obrar así, para él no había problema. Y el muchacho del bosque de Othe era parecido. Cuando recibió su primer paquete, dijo: «Bueno, vamos a repartir». Le advertí que yo nunca tendría nada que compartir. Me dijo que yo le fastidiaba. Le dije: «Bueno, te fastidio, pero quería prevenirte». Contestó: «Ya has hablado bastante, ¿no? Ahora vamos a repartir». Entonces propuso a Ramaillet poner en común las provisiones y hacer tres partes. Pero Ramaillet dijo que no sería justo. Me miraba y decía que no era justo. Se iban a privar ambos de un tercio de sus paquetes para que yo comiera como ellos, yo, que no aportaba nada a la comunidad. Dijo que no sería justo. El muchacho del bosque de Othe comenzó a decirle de todo, exactamente lo mismo que hubiera hecho el chico de Semur. En resumidas cuentas, le mandó a la mierda con sus paquetes de mierda y compartió lo suyo conmigo. El chico de Semur hubiera hecho lo mismo.

Más adelante, he visto a algunos tipos que robaban el trozo de pan negro de un compañero. Cuando la supervivencia de un hombre reside precisamente en esta fina rebanada de pan de centeno, cuando su vida pende de este hilo negruzco de pan húmedo, robar este pedazo de pan de centeno es empujar a la muerte a un compañero. Robar este trozo de pan es decretar la muerte de otro hombre para asegurar su propia vida, o al menos para hacerla más probable. Y sin embargo, había robos de pan. He visto a tipos que palidecían y se derrumbaban al ver que les habían robado su trozo de pan. Y no era solamente un daño que se les infligía directamente a ellos. Era un daño irreparable que se nos causaba a todos. Porque se instalaba la suspicacia, la desconfianza, el odio. No importaba quién hubiera podido robar aquel pedazo de pan, todos éramos culpables. Cada robo de pan hacía de cada uno de nosotros un ladrón de pan en potencia. En los campos de concentración, el hombre se convierte en este animal capaz de robar el pan de un compañero, de empujarle hacia la muerte.

Pero en los campos de concentración el hombre se convierte también en este ser invencible capaz de compartir hasta la última colilla, el último pedazo de pan, hasta su último aliento para sostener a sus camaradas. Es decir, no es en los campos donde el hombre se convierte en este animal invencible. Lo es ya. Es una posibilidad inscrita desde siempre en su naturaleza social. Pero estos campos son situaciones límite, donde la criba entre los hombres y los demás se hace de manera más brutal. En realidad, no eran precisos estos campos para saber que el hombre es el ser capaz de lo mejor y de lo peor. Esta constatación llega a ser desoladora por lo banal.

–¿Y así terminó la historia? –pregunta el chico de Semur.

–Pues sí –le contesto.

–¿Y Ramaillet continuó comiéndose sus paquetes él solo?

–Desde luego.

—Habría que haberle obligado a compartir —dice el chico de Semur.

—Se dice fácil —replico—. Si no quería, ¿qué podíamos hacer?

—Había que obligarle, te lo digo. Cuando hay tres tíos en una celda y dos están de acuerdo, hay mil maneras de persuadir al tercero.

—Seguro.

—¿Entonces? No me parecéis muy despabilados el muchacho del bosque de Othe y tú.

—Nunca nos planteamos así el problema.

—¿Y por qué?

—Es de suponer que la comida se nos hubiera atragantado.

—¿Qué comida?

—La que hubiéramos obligado a Ramaillet a darnos.

—A daros, no. A compartir. Había que obligarle a compartir todo, sus paquetes y los del muchacho del bosque de Othe.

—Nunca nos planteamos el problema desde esta perspectiva —reconozco.

—Me parecéis muy escrupulosos vosotros dos —dice el chico de Semur.

Cuatro o cinco filas detrás de nosotros se produce un revuelo repentino y se oyen gritos.

—¿Qué pasa ahora? —dice el chico de Semur. La masa de los cuerpos oscila de un lado a otro.

—¡Aire, necesita aire! —grita una voz detrás de nosotros.

—Haced sitio, por Dios, que le acerquen a la ventana —grita otra voz.

La masa de los cuerpos oscila, se abre, y brazos de sombra de esta masa de sombras empujan hacia nosotros y hacia la ventana el cuerpo inanimado de un anciano. El chico de Semur le sostiene de un lado, yo del otro, y le mantenemos ante el aire frío de la noche, que se precipita por la abertura.

–¡Dios! –dice el chico de Semur–, tiene muy mal aspecto.

El rostro del anciano es una máscara crispada de ojos vacíos. Su boca se tuerce por el dolor.

–¿Qué se puede hacer? –pregunto.

El chico de Semur contempla el rostro del anciano y nada responde. El cuerpo del anciano se contrae de repente. Sus ojos recobran vida y mira fijamente la noche ante sí.

–¿Os dais cuenta? –dice en voz baja pero clara. Luego, su mirada se apaga otra vez y su cuerpo se desploma en nuestros brazos.

–¡Eh, viejo! –dice el chico de Semur–, no hay que abandonarse.

Pero me parece que se ha abandonado definitivamente.

–Debe de ser algo del corazón –dice el chico.

Como si el hecho de saber de qué ha muerto este anciano tuviera algo tranquilizador. Porque este anciano ha muerto, sin duda alguna. Ha abierto los ojos, ha dicho: «¿Os dais cuenta?», y ha muerto. Es un cadáver lo que sostenemos entre los brazos, ante el aire frío de la noche que se precipita por la abertura.

–Ha muerto –digo al chico de Semur.

Lo sabe tan bien como yo, pero tarda en conformarse.

–Debe de ser algo del corazón –repite.

Los viejos, es normal, siempre tienen algo del corazón. Pero nosotros, nosotros tenemos veinte años, no tenemos nada del corazón. Eso es lo que quiere decir el chico de Semur. Coloca la muerte de este anciano entre los accidentes imprevisibles, pero lógicos, que ocurren a los ancianos. Tranquiliza. Esta muerte viene a ser algo que no nos atañe directamente. Esta muerte se ha abierto camino en el cuerpo de este anciano, estaba en camino desde hace mucho tiempo. Ya se sabe lo que son esas enfermedades del corazón, alcanzan a uno donde y cuando menos lo espera. Pero nosotros tenemos veinte años, esta muerte no nos alcanza.

Sostenemos el cadáver por sus brazos inertes y no sabemos qué hacer.

–¡Eh! –grita una voz detrás de nosotros–, ¿cómo se encuentra?

–Ya no se encuentra de ningún modo –respondo.

–¿Cómo? –dice la voz.

–Ha muerto –dice el chico de Semur, con mayor precisión.

El silencio se hace más pesado. Los ejes rechinan en las curvas, el tren silba, rueda siempre a buena velocidad. Y el silencio se hace más pesado.

–Tendría algo del corazón –dice otra vez en el silencio más pesado.

–¿Estáis seguros de que ha muerto? –dice la primera voz.

–Del todo –dice el chico de Semur.

–¿Ya no le late el corazón? –insiste la voz.

–Que no, hombre, que no –contesta el chico de Semur.

–¿Cómo ha sido? –pregunta una tercera voz.

–Como de costumbre –respondo.

–¿Qué quiere decir eso? –dice, irritada, la tercera voz.

–Quiere decir que estaba vivo, y que de repente ha muerto –explico.

–Tendría algo del corazón –dice otra vez la voz de hace un rato.

Un corto silencio, durante el cual los tipos rumian esta idea tranquilizadora. Es un accidente banal, un ataque de corazón, podía haberle sucedido a orillas del Marne, mientras pescaba. Esta idea del ataque de corazón es tranquilizadora. Excepto para quienes tienen algo del corazón, claro está.

–¿Qué hacemos con él? –pregunta el chico de Semur.

Porque seguimos sosteniendo el cadáver, por los brazos inertes, frente al aire frío de la noche.

–¿Estáis seguros de que ha muerto? –insiste la primera voz.

–Claro, nos estás cansando –dice el chico de Semur.

–Tal vez esté sólo desmayado –dice la voz.

–Mierda –dice el chico de Semur–, ven a verlo tú.

Pero nadie viene. Desde que hemos dicho que el anciano ha muerto, la masa de los cuerpos cercanos a nosotros se ha ido alejando. Apenas es perceptible, pero se ha alejado. La masa de los cuerpos de nuestro alrededor ya no está pegada a nosotros, ya no nos empuja con la misma fuerza. Como el organismo retráctil de una ostra, la masa de los cuerpos se ha encogido sobre sí misma. Ya no sentimos la misma presión continua contra los hombros, las piernas y los riñones.

–Pero no vamos a sostenerlo toda la noche mi compañero y yo –dice el chico de Semur.

–Hay que pedir a los alemanes que paren el tren –dice una nueva voz.

–¿Para qué? –pregunta otro.

–Para que recojan el cuerpo y lo envíen a su familia –dice la nueva voz.

Estallan unas carcajadas rechinantes, un poco brutales.

–Otro que ha visto *La gran ilusión* y hasta en colores –dice una voz de París.

–Ven –me dice el chico de Semur–, vamos a colocarlo en el suelo, bien estirado en aquel rincón. Allí abultará menos.

Comenzamos a movernos para hacer lo que ha dicho, e inevitablemente empujamos un poco a los que nos rodean.

–¿Eh, qué hacéis? –grita una voz.

–Vamos a colocarlo en el suelo, contra el rincón –dice el chico de Semur–, ahí ocupará menos espacio.

–Cuidado –dice un tipo–, por ahí está la letrina.

–Pues apartad la letrina –dice el chico de Semur.

–Ah, no –dice algún otro–, no me vais a poner la letrina en las narices.

–Oh, ya está bien –grita un tercero enfadado–. Hasta ahora he sido yo quien he tenido vuestra mierda en la nariz.

–La tuya también –dice otro, gracioso.

–Pues no, yo me aguanto –dice el de antes.

–Es malo para la salud –dice el gracioso.

–¡Eh, vosotros! ¿Vais a cerrar la boca? –dice el chico de Semur–. Empujad la jodida letrina, vamos a echar a éste en el suelo.

–Que nadie toque esta letrina –dice el mismo de antes.

–¡Claro que sí la vamos a empujar! –grita el que ahora tenía la letrina en las narices.

Se oye el ruido de la letrina, que rasca la madera del suelo. Se oyen tacos, gritos confusos. Luego, el estrépito metálico de la tapa de la letrina, que ha debido caerse.

–¡Ah, cabrones! –grita otra voz.

–¿Qué ha pasado?

–Han volcado la letrina a fuerza de hacer el idiota –explica alguien.

–¡Que no, hombre, que no! –dice el que pretende haber tenido la letrina hasta ahora en las narices–, sólo ha salpicado.

–Pues me ha salpicado en los pies –dice el de antes.

–Ya te lavarás los pies cuando llegues –dice el gracioso de hace un rato.

–¿Te crees un gracioso? –dice el que ha sido salpicado en los pies.

–Pues sí, soy un gracioso –dice el otro, tranquilo.

Se oyen risas, bromas de mal gusto y protestas apagadas. Pero la letrina, más o menos volcada, ha sido trasladada y podemos colocar el cuerpo del anciano.

–No lo pongas de espaldas –dice el chico de Semur, ocuparía demasiado espacio.

Arrinconamos el cadáver contra la pared del vagón, tumbado de costado. Además, es muy flaco este cadáver, no ocupa demasiado.

Nos incorporamos, el chico de Semur y yo, y el silencio vuelve a caer sobre nosotros.

Había dicho: «¿Os dais cuenta?», y se murió. ¿De qué quería que nos diéramos cuenta? Habría tenido dificultades para precisarlo, desde luego. Quería decir: «¿Os dais cuenta, qué vida ésta? ¿Os dais cuenta, qué mundo éste?». Sí que me doy cuenta. No hago otra cosa, darme cuenta y dar cuenta de ello. Eso es lo que deseo. A menudo, a lo largo de estos años, he encontrado esta misma mirada de extrañeza absoluta que ha tenido este anciano que iba a morir, justo antes de morir. Por otra parte, confieso que nunca he comprendido bien por qué tanta gente se extrañaba de esta manera. Tal vez porque he visto morir a muchos en las carreteras, he visto a grupos andando por los caminos con la muerte en los talones. Quizá ya no consiga extrañarme porque no veo otra cosa desde julio de 1936. A menudo me ponen nervioso todos esos que se extrañan. Vuelven del interrogatorio pasmados: «¿Os dais cuenta?, me han dado una paliza». «Pero ¿qué esperáis que hagan, Dios? ¿No sabíais que son nazis?» Bajaban la cabeza, no sabían muy bien qué les ocurría. «Pero, Dios, ¿no sabíais con quién nos las teníamos?» A veces me ponen nervioso estos pasmados. Tal vez porque he visto los cazas alemanes e italianos volando sobre las carreteras a baja altitud y ametrallar tranquilamente a la muchedumbre por las carreteras de mi país. Para mí, esta carreta con la mujer de negro y el niño que llora. Para mí, este borriquillo y la abuela sobre el borrico. Para ti, esta novia de fuego y nieve que camina como una princesa por la ardiente carretera. Tal vez el motivo de que me pongan nervioso todos esos pasmados esté en los pueblos enteros caminando por las carreteras de mi tierra, huyendo de estos mismos integrantes de las SS, o de sus semejantes, sus hermanos. De este modo, ante esta pregunta: «¿Os dais cuenta?», tengo una respuesta ya preparada, como diría el chico de Semur. Claro que me doy cuenta, no hago otra cosa. Me doy cuenta e intento dar cuenta de ello, ése es mi propósito.

Salíamos de la gran sala donde habíamos tenido que desnudarnos. Hacía un calor de horno, teníamos la garganta seca, trastabillábamos de cansancio. Habíamos corrido por un pasillo, y nuestros pies descalzos habían restallado sobre el cemento. Luego venía otra sala más pequeña, donde los hombres se apiñaban conforme iban llegando. Al fondo de la sala había una hilera de diez o doce tipos en bata blanca, con maquinillas eléctricas de cortar el pelo, cuyos largos hilos colgaban del techo. Estaban sentados en unos taburetes, parecían aburrirse soberanamente y nos afeitaban todas las partes del cuerpo donde hay pelo. Los hombres esperaban su turno, apiñados unos contra otros, sin saber qué hacer con sus manos desnudas en sus cuerpos desnudos. Los esquiladores trabajaban deprisa, ya se veía que tenían una maldita costumbre. Esquilaban a los hombres por todas partes en un santiamén, y al siguiente. Empujado y arrastrado de un lado a otro por el vaivén de la muchedumbre, al final me encontré en primera fila, justo frente a los esquiladores. El hombro y la cadera izquierdos me dolían a causa de los culatazos de hacía un rato. A mi lado había dos viejecitos bastante deformes. Precisamente tenían esa mirada desencajada por el asombro y la extrañeza. Miraban todo aquel circo con los ojos desorbitados por el asombro. Les había llegado el turno y empezaron a dar gritos cuando la rasuradora atacó sus partes sensibles. Se lanzaron una mirada, pero ya no fue tan sólo de asombro, sino también de santa indignación. «¿Se da usted cuenta, señor ministro, pero se da usted cuenta?», dijo uno de ellos. «Es increíble, señor senador, po-si-ti-va-men-te increíble», le respondió el otro. Dijo así, po-si-ti-va-men-te, marcando cada sílaba. Tenían acento belga, eran grotescos y miserables. Me hubiera gustado escuchar las reflexiones del chico de Semur. Pero el chico de Semur había muerto, se había quedado en el vagón. Jamás volvería a oír las reflexiones del chico de Semur.

–Nunca acabará esta noche –dice el chico de Semur.

Es la cuarta noche, no lo olviden, la cuarta noche de este viaje. Vuelve de nuevo la sensación de que tal vez estamos quietos. Quizás sea la noche la que se mueve, el mundo el que se despliega, en torno a nuestra jadeante inmovilidad. Esta sensación de irrealidad va creciendo, invade como una gangrena mi cuerpo destrozado por el cansancio. Antes, merced al frío y al hambre, conseguía fácilmente provocar en mí este estado de irrealidad. Bajaba por el bulevar Saint-Michel, hasta aquella panadería de la esquina con la calle de l'École de Médecine, donde vendían unos buñuelos de harina negra. Compraba cuatro, era mi comida del mediodía. A causa del hambre y el frío, era un juego de niños impulsar mi cerebro ardiente hasta los mismos límites de la alucinación. Un juego de niños que no llevaba a parte alguna, desde luego. Hoy es distinto. No soy yo quien provoca esta sensación de irrealidad, sino que se inscribe en los acontecimientos exteriores. Se inscribe en los acontecimientos de este viaje. Felizmente, hubo este intermedio del Mosela, esta dulce, umbría y tierna, nevada y ardiente certidumbre del Mosela. Ahí me he vuelto a encontrar, he vuelto a ser lo que soy, lo que es el hombre, un ser natural, el resultado de una larga y real historia de solidaridad y de violencias, de fracasos y de victorias humanas. Como las circunstancias no se han vuelto a reproducir, nunca he vuelto a encontrar la intensidad de aquel momento, aquella alegría salvaje y tranquila del valle del Mosela, aquel orgullo humano ante el paisaje de los hombres. A veces me invade su recuerdo ante la línea pura y quebrada de un paisaje urbano, ante un cielo gris sobre una llanura gris. Y sin embargo esta sensación de irrealidad a lo largo de la cuarta noche de este viaje no alcanzó la intensidad de la que experimenté al regreso de este viaje. Los meses de cárcel, seguramente, habían creado una especie de hábito. Lo absurdo y lo irreal resultaban familiares. Para sobrevivir, el organismo necesita ceñirse a la realidad, y la realidad era precisamente ese mundo totalmente antinatural de la prisión y la muerte. Pero el verdadero choque se produjo a la vuelta de este viaje.

Los dos coches se detuvieron ante nosotros y bajaron aquellas inverosímiles muchachas. Era el 13 de abril, dos días después del final de los campos. El bosque de hayas susurraba al soplo de la primavera. Los americanos nos habían desarmado, fue lo primero de que se ocuparon, todo hay que decirlo. Se hubiera dicho que tenían miedo de aquellos pocos centenares de esqueletos armados, rusos y alemanes, españoles y franceses, checos y polacos, por las carreteras en torno a Weimar. A pesar de ello seguíamos ocupando los cuarteles de las SS, los depósitos de la división Totenkopf, cuyo inventario había que hacer. Un piquete de guardia, desarmado, estaba delante de cada uno de los edificios. Yo estaba ante el edificio de los oficiales de las SS y los compañeros cantaban y fumaban. Ya no teníamos armas, pero seguíamos viviendo bajo el impulso de aquella alegría de dos días antes, cuando caminábamos hacia Weimar disparando hacia los grupos de las SS aislados en los bosques. Yo estaba delante del edificio de los oficiales de las SS cuando aquellos dos automóviles se detuvieron frente a nosotros, y bajaron aquellas inverosímiles muchachas. Llevaban un uniforme azul, de corte impecable, con un escudo que decía: «Mission France». Se les veía la cabellera, el carmín en los labios, las medias de seda. Y piernas dentro de las medias de seda, labios vivos bajo el carmín de labios, rostros vivientes bajo las cabelleras, bajo sus verdaderas cabelleras. Reían, cotorreaban, era una auténtica romería. De repente, los compañeros recordaron que eran hombres, y comenzaron a revolotear en torno a las muchachas. Ellas hacían melindres, cotorreaban, estaban maduras para un buen par de tortazos. Pero querían visitar el campo aquellas pequeñas, les habían dicho que era algo horrible, absolutamente espantoso. Querían conocer aquel horror. Abusé de mi autoridad para dejar a los compañeros ante el pabellón de oficiales de las SS, y conduje a aquellas guapas a la entrada del campo.

La gran plaza donde formábamos estaba desierta, bajo el sol de primavera, y me detuve con el corazón palpitante. Hay que decir que nunca la había visto vacía, en realidad jamás la había visto de verdad. Lo que se dice ver, nunca la había visto de veras. De uno de los barracones de enfrente brotaba, dulcemente lejana, una melodía de acordeón. Había esta musiquilla de acordeón, infinitamente frágil, los altos árboles por encima de las alambradas, el viento en las hayas y el sol de abril por encima del viento y las hayas. Yo contemplaba este paisaje, que durante dos años había sido el decorado de mi vida, y lo veía realmente por vez primera. Lo veía desde el exterior, como si este paisaje que hasta anteayer había sido mi vida se encontrase ahora del otro lado del espejo. Sólo esta melodía de acordeón ligaba mi vida de hoy a lo que había sido mi vida durante dos años, hasta anteayer. Sólo aquella melodía de acordeón, tocada por un ruso en el barracón de enfrente, pues sólo un ruso puede arrancar de un acordeón esta musiquilla frágil y potente, como el estremecerse de los abedules en el viento, de los trigos en la llanura sin fin. Esta melodía de acordeón era el lazo que me unía a la vida de estos dos últimos años, era como un adiós a aquella vida, como un adiós a todos los compañeros que habían muerto a lo largo de aquella vida. Me detuve en la gran plaza desierta donde formábamos, con el viento en las hayas y el sol de abril por encima del viento y de las hayas. Y también, a la derecha, el edificio rechoncho del crematorio. Y, a la izquierda, el picadero donde ejecutaban a los oficiales, los comisarios y los comunistas del ejército rojo. Ayer, 12 de abril, visité el picadero. Era un picadero como otro cualquiera, allí venían los oficiales de las SS para montar a caballo. Las señoras de los oficiales de las SS venían también a montar a caballo. Pero había, en el pabellón de vestuarios, una sala de duchas especial. Introducían al oficial soviético, le daban un jabón y una toalla, y el oficial soviético esperaba a que saliera el agua de la ducha. Pero el agua no salía. A través de una aspillera, disimulada en un rincón, un miembro de las SS disparaba una bala a la cabeza del oficial soviético. El de las SS estaba en el cuarto de al lado, apuntaba sosegadamente a la cabeza del oficial soviético, y le disparaba. Retiraban el cadáver, recogían el jabón y la toalla y hacían correr el agua de la ducha para borrar las huellas de sangre. Cuando comprendan el simulacro de la ducha y del jabón, entenderán la mentalidad de los de las SS.

Pero no tiene interés alguno entender a los de las SS. Basta con exterminarlos.

Yo estaba de pie en la gran plaza donde formábamos, ahora desierta, era el mes de abril, y ya no tenía ninguna gana de que aquellas muchachas vinieran a visitar mi campo, aquellas muchachas con las medias de seda bien estiradas, con las faldas azules bien ajustadas a las caderas apetitosas. Ya no tenía ninguna gana. No era para ellas aquella melodía de acordeón en la tibieza de abril. Tenía ganas de que se largaran, simplemente.

–Pues no parece que esté tan mal –dijo una de ellas en aquel momento.

El cigarrillo que yo estaba fumando adquirió un penoso sabor, y pensé que, pese a todo, iba a enseñarles algo.

–Síganme –les dije.

Y me encaminé hacia el edificio del crematorio.

–¿Eso es la cocina? –preguntó otra muchacha.

–Ya verán –contesté.

Caminamos por la gran plaza, y la melodía de acordeón se esfumó en la lejanía.

–Nunca acabará esta noche –dice el chico de Semur.

Estamos de pie, destrozados, en la noche que no acabará jamás. Ya no podemos mover los pies en absoluto, a causa del anciano que murió diciendo: «¿Os dais cuenta?», no vayamos a pisarle. No voy a decir al chico de Semur que todas las noches acaban, pues terminará por pegarme. Por otra parte, no sería verdad. En este preciso instante, esta noche no acabará. En este preciso momento, esta cuarta noche de viaje no terminará.

Pasé mi primera noche de este viaje reconstruyendo en mi memoria *Por el camino de Swann* y era un excelente ejercicio de abstracción. Yo también, tengo que decir, he pasado mucho tiempo acostándome temprano. He imaginado el ruido herrumbroso de la campanilla en el jardín, las noches en que Swann venía a cenar. He vuelto a ver en la memoria los colores de la vidriera en la iglesia del pueblo. Y aquel seto de espinos, Dios mío, aquel seto de espinos era también mi infancia. Pasé la primera noche de este viaje reconstruyendo en mi memoria *Por el camino de Swann* y recordando mi niñez. Me pregunté si no había nada en mi niñez que pudiera compararse con la frase de la sonata de Vinteuil. Lo lamentaba, pero no encontré nada. Hoy, forzando un poco las cosas, pienso que habría algo comparable a la frase de la sonata de Vinteuil, o al desgarramiento de «Some of these days» para Antoine Roquentin. Hoy habría esa frase de «Summertime», de Sidney Bechet, justo al comienzo de «Summertime». Hoy habría también ese momento increíble de una vieja canción de mi tierra. Una canción cuyas palabras, más o menos, dicen así: «Paso ríos, paso puentes, siempre te encuentro lavando, los colores de tu cara, el agua los va llevando». Y es después de estas palabras cuando la frase musical de la que hablo emprende el vuelo, tan pura, tan desgarradora de pureza. Pero a lo largo de la primera noche de este viaje no encontré nada que pudiera compararse a la sonata de Vinteuil. Más tarde, muchos años más tarde, Juan me trajo de París los tres pequeños volúmenes de La Pléiade, encuadernados en piel de color tabaco. Debí de hablarle de la obra. «Te has arruinado», le dije. «De ninguna manera», dijo, «pero tienes gustos decadentes.» Nos reímos juntos y me burlé de su rigor de geómetra. Nos reímos e insistió: «Confiesa que son gustos decadentes». «¿Y *Sartoris*?», le pregunté, pues sabía que le gustaba Faulkner. «¿Y *Absalom, Absalom*?» Zanjamos la cuestión decidiendo que no tenía nada de decisivo.

–Eh, viejo –dice el chico de Semur–, ¿no duermes?

–No.

–Empiezo a estar harto –me dice.

Yo también, desde luego. Me duele cada vez más la rodilla derecha, que se va hinchando a ojos vistas. Es decir, que advierto por el tacto que se está hinchando a ojos vistas.

–¿Tienes una idea de cómo será el campo adonde vamos? –pregunta el chico de Semur.

–Pues no tengo la menor idea.

Nos quedamos en silencio intentando imaginar lo que puede ser, cómo podrá ser este campo adonde vamos.

Ya lo sé ahora. Entré una vez en él, he vivido en él dos años, y ahora entro otra vez en él con estas muchachas inverosímiles. Tengo que decir que son inverosímiles en la medida en que son reales, en que son tal cual son las muchachas en realidad. Pues es su misma realidad lo que me parece inverosímil. Pero el chico de Semur no sabrá jamás cómo es, exactamente, este campo adonde vamos y que intentamos imaginar, en medio de la cuarta noche de este viaje.

Hago pasar a las muchachas por la puertecilla del crematorio, la que conduce directamente al sótano. Acaban de comprender que no se trata de la cocina y se callan de repente. Les enseño los ganchos de donde suspendían a los compañeros, pues el sótano del crematorio servía también de cuarto de tortura. Les enseño los vergajos y las porras, que siguen en su sitio. Les explico para qué servían. Les enseño los montacargas que llevaban los cadáveres hasta el primer piso, justo frente a los hornos. Subimos al primer piso y les enseño los hornos. Las muchachas ya no tienen nada que decir. Me siguen, y les enseño la hilera de hornos eléctricos, y los restos de cadáveres semicalcinados que han quedado en los hornos. Apenas les hablo, les digo solamente: «Aquí está esto, ahí esto otro». Es necesario que miren, que intenten imaginar. Ya no dicen nada, tal vez ya están imaginando. Es posible que incluso estas señoritas de Passy y de «Mission France» sean capaces de imaginar. Las hago salir del crematorio al patio interior rodeado por una valla muy alta. Allí, ya no les digo nada en absoluto, les dejo que miren. Hay, en medio del patio, un hacinamiento de cadáveres que alcanzará tal vez los cuatro metros de altura. Un apiñamiento de esqueletos amarillentos, retorcidos, los rostros del espanto. El acordeón, ahora, toca un *gopak* endemoniado y su sonido llega hasta nosotros. La alegría del *gopak* llega hasta nosotros, baila en este apiñamiento de esqueletos que no han tenido tiempo de enterrar. Están excavando la fosa, en la que pondrán cal viva. El ritmo endemoniado del *gopak* danza por encima de estos muertos del último día, que han permanecido en el mismo sitio, pues los de las SS, al huir, dejaron que se apagara el crematorio. Pienso que en las barracas del campo de cuarentena, los viejos, los inválidos y los judíos siguen muriendo. Para ellos, el fin de los campos no significará el fin de la muerte. Al mirar los cuerpos entecos de huesos salientes y pechos hundidos, amontonados en medio del patio del crematorio hasta una altura de cuatro metros, pienso que ésos eran mis compañeros. Pienso también que hay que haber vivido su muerte, como nosotros, que hemos sobrevivido, lo hemos hecho, para fijar sobre ellos esta mirada pura y fraternal. Oigo a lo lejos el ritmo alegre del *gopak* y me digo que estas señoritas de Passy no tienen nada que hacer aquí. Resultaba ridículo intentar explicárselo. Tal vez más adelante, dentro de un mes, de quince años, pueda explicar todo esto a cualquiera. Pero hoy, en este día, bajo el sol abrileño y entre las hayas susurrantes, estos muertos terribles y fraternales no necesitan explicación. Necesitan una mirada pura y fraternal. Necesitan que nosotros sigamos viviendo, simplemente, que vivamos con todas nuestras fuerzas.

Estas señoritas de Passy tienen que marcharse.

Me vuelvo y ya se han ido. Han huido de este espectáculo. Por otra parte las comprendo, no debe de ser divertido llegar en un bonito coche, con un lindo uniforme azul ceñido a los muslos, y caer sobre este montón de cadáveres poco presentables.

Salgo a la plaza de formaciones y enciendo un pitillo.

Una de las chicas se ha quedado allí, esperándome. Una morena de ojos claros.

–¿Por qué ha hecho usted esto? –dice.

–Era una tontería –reconozco.

–Pero ¿por qué? –insiste.

–Ustedes querían visitarlo –le contesto.

–Quisiera seguir –dice.

La miro. Tiene los ojos brillantes, le tiemblan los labios.

–Ya no tengo el valor –le digo.

Me mira en silencio.

Caminamos juntos hacia la entrada del campo. Una bandera negra ondea a media asta en la torre de control.

–¿Es por los muertos? –pregunta con voz temblorosa.

–No. Es por Roosevelt. Los muertos no necesitan banderas.

–¿Y qué necesitan? –pregunta.

–Una mirada pura y fraternal –contesto–, y el recuerdo. Me mira y no dice nada.

–Hasta la vista –dice.

–Adiós –le digo. Y me voy con los compañeros.

–Esta noche, Dios, esta noche no terminará jamás –dice el chico de Semur.

Volví a ver a esta chica morena en Eisenach, ocho días después. Ocho o quince días, ya no recuerdo. Porque fueron ocho o quince días que pasaron como en sueños, entre el fin de los campos y el principio de la vida anterior. Estaba sentado sobre el yerbín de un césped, fuera del recinto alambrado, entre los chalés de los SS. Fumaba, escuchando el rumor de la primavera. Miraba las briznas de hierba, los insectos en las briznas de hierba. Miraba moverse las hojas en los árboles de alrededor. De repente aparece Yves corriendo. «Aquí estás, por fin, estás aquí.» Llegaba de Eisenach, en una camioneta del ejército francés. Un convoy de tres camiones salía al día siguiente directamente hacia París, me había reservado un sitio y había venido desde Eisenach a por mí. Yo miro hacia el campo. Veo las torres de control, las alambradas, que ya no están electrificadas. Veo los edificios de la D.A.W., el zoológico donde los de las SS criaban ciervos, monos y osos pardos.

Ya está bien, me voy. No tengo nada que ir a buscar, puedo marcharme tal y como estoy. Tengo unas botas rusas de caña flexible, unos pantalones gruesos de tela rayada, una camisa de la Wehrmacht y un jersey de lana de madera gris, con adornos verdes en el cuello y las mangas, y unas letras grandes pintadas en negro a la espalda: KL BU. Ya está bien, me voy. Se acabó, me marcho. El chico de Semur murió, yo me voy. Los hermanos Hortieux han muerto, yo me voy. Espero que Hans y Michel estén vivos. Todavía no sé que Hans ha muerto. Espero que Julien esté vivo. No sé que Julien ha muerto. Tiro mi cigarrillo, lo aplasto con el tacón en la hierba del césped, voy a marcharme. Este viaje ha terminado y regreso. No regreso a mi casa, pero me acerco. El fin de los campos es el fin del nazismo, y será por lo tanto el final del franquismo, está claro, vamos, no hay ni la menor sombra de duda. Voy a poder dedicarme a cosas serias, como diría Piotr, ahora que la guerra ha terminado. Me pregunto qué clase de cosas serias haré. Piotr había dicho: «Reconstruir mi fábrica, ir al cine, tener hijos».

Corro junto a Yves hasta la camioneta, y nos largamos por la carretera de Weimar. Los tres estamos sentados en los asientos delanteros, el chófer, Yves y yo. Yves y yo pasamos el rato enseñándonos cosas. Mira, el barracón de la Politische Abteilung. Mira, el chalé de Ilse Koch. Mira, la estación, por ahí llegamos. Mira, las instalaciones de la «Mibau». Luego ya no quedó nada que mirar, sino la carretera y los árboles, los árboles y la carretera, e íbamos cantando. Es decir, Yves cantaba con el chófer. Yo lo fingía, porque desafino.

Aquí está la curva donde nos enfrentamos, el 11 de abril a mediodía, a un grupo de las SS que se replegaba. Avanzábamos por el eje de la carretera los españoles, con un grupo de Panzerfaust[*] y otro de armas automáticas. Los franceses a la izquierda y los rusos a la derecha. Las SS tenían una pequeña tanqueta y estaban adentrándose en lo más profundo del bosque por un sendero forestal. Oímos hacia la derecha unos gritos de mando, y luego, tres veces seguidas, un largo «hurra». Los rusos cargaban contra las SS con granadas y arma blanca. Nosotros, franceses y españoles, iniciamos un movimiento para rodear a las SS y desbordarlas. Siguió esa cosa confusa a la que llaman un combate. La tanqueta ardía, y de repente siguió un profundo silencio. Se había acabado, esa cosa confusa

[*] Armas antitanque. *(N. de los T.)*

que llaman un combate había terminado. Estábamos reagrupándonos en la carretera cuando vi llegar a dos jóvenes franceses con un miembro de las SS herido. Les conocía un poco, eran unos FTP* de mi bloque.

–Gérard, escucha, Gérard –me gritaron al aproximarse. En aquellos tiempos me llamaban Gérard.

El de las SS estaba herido, en un hombro o en el brazo. Sostenía su brazo herido y tenía una mirada aterrorizada.

–Tenemos este prisionero, Gérard. ¿Qué hacemos con él? –dijo uno de los muchachos.

Miro al de las SS, lo conozco. Es un Blockführer que no dejaba de vociferar y maltratar a quien caía bajo su férula. Miro a los dos muchachos, iba a decirles: «Fusiladlo aquí mismo y reagrupaos, que seguimos», pero las palabras no me salen de la garganta. Pues acabo de comprender que no lo harán jamás. Acabo de leer en sus ojos que nunca lo harán. Tienen veinte años, les fastidia este prisionero, pero no lo fusilarán. Ya sé que históricamente es un error. Ya sé que el diálogo con uno de las SS sólo es posible cuando el de las SS está muerto. Ya sé que el problema consiste en cambiar las estructuras históricas que permiten la aparición del de las SS. Pero una vez que está aquí, es preciso exterminar al de las SS cada vez que se presente la oportunidad durante el combate. Ya sé que estos dos jóvenes van a hacer una idiotez, pero no haré nada para evitarlo.

–¿Qué os parece? –les pregunto.

Se miran y bajan la cabeza.

–Está herido, este cabrón –dice uno de ellos.

–Eso es –dice el otro–, está herido, primero hay que cuidarle.

–¿Entonces? –les pregunto.

Se miran. Saben también que van a hacer una idiotez, pero van a hacer esa idiotez. Se acuerdan de sus compa-

* «Franc-Tireurs Partisans», organización de la Resistencia. *(N. de los T.)*

ñeros fusilados y torturados. Se acuerdan de los carteles de la Kommandantur, de las ejecuciones de rehenes. Tal vez fue en su región donde los de las SS le cortaron las manos a hachazos a un niño de tres años, para obligar a su madre a hablar, para obligarla a que denunciara a un grupo de guerrilleros. La madre vio cómo le cortaban las manos a su hijo y no habló, se volvió loca. Saben perfectamente que van a hacer una tontería. Pero no han hecho esta guerra voluntariamente a los diecisiete años para ejecutar a un prisionero herido. Han hecho esta guerra contra el fascismo para que ya no se ejecute a los prisioneros heridos. Saben que van a hacer una idiotez, pero la van a hacer conscientemente. Y voy a dejarles que hagan esta idiotez.

–Vamos a llevarle hasta el campo –dice uno de ellos–, que cuiden a este cabrón.

Insiste en la palabra «cabrón» para que yo comprenda bien que no ceden, que no es por debilidad por lo que van a hacer esta idiotez.

–Bien –les digo–. Pero me vais a dejar vuestros fusiles, aquí faltan.

–Oye tú, exageras –dice uno de ellos.

–Os doy una parabellum a cambio, para llevar a este tío. Pero me vais a dejar vuestros fusiles, los necesito.

–Pero nos los devolverás, ¿verdad?

–Claro, hombre, cuando volváis a encontrar la columna os los devolveré.

–¿Prometido, tío? –dicen.

–Prometido –les aseguro.

–¿No nos harás la faena, tío, de dejarnos sin fusil?

–Claro que no –les afirmo.

Hacemos el cambio y se disponen a marcharse. El de las SS ha seguido toda esta conversación con mirada de animal acorralado. Comprende muy bien que su suerte está en juego. Miro al de las SS.

–Ich hätte Dich erschossen[*] –le digo.

Su mirada se vuelve implorante.

–Aber die beiden hier sind zu jung, sie wissen nicht, dass Du erschossen sein solltest. Also, los, zum Teufel.[**]

Se van. Les miro marcharse y sé perfectamente que acabamos de hacer una idiotez. Pero estoy contento de que estos dos jóvenes FTP hayan hecho esta idiotez. Estoy contento de que salgan de esta guerra capaces de hacer una idiotez como ésta. Si hubiera sucedido al revés, si las SS les hubieran hecho prisioneros, habrían muerto fusilados de pie, cantando. Sé muy bien que tenía razón, que era necesario ejecutar a este SS, pero no lamento no haber dicho nada. Estoy contento de que estos dos jóvenes FTP salgan de esta guerra con este corazón débil y puro, ellos, que han escogido voluntariamente la posibilidad de morir, que tan a menudo se han enfrentado con la muerte, a los diecisiete años, en una guerra donde para ellos no había cuartel.

Después miramos los árboles y la carretera y ya no cantamos. Es decir, son ellos los que ya no cantan. Anochece cuando llegamos a Eisenach.

–Buenas noches –dice la joven morena de ojos azules.

Ha venido a sentarse en el sofá, a mi lado, en el gran salón con arañas de cristal.

–Buenas noches –le digo.

Nada me sorprende esta noche, en este hotel de Eisenach. Debe de ser el vino del Mosela.

–¿Qué hace usted aquí? –dice.

–Ya no lo sé exactamente.

–¿Se marcha usted en el convoy de mañana? –pregunta.

–Eso debe de ser –le contesto.

Había manteles blancos, y vasos de diferentes colores.

[*] «Yo te hubiera fusilado.» *(N. de los T.)*
[**] «Pero esos dos son demasiado jóvenes, no saben que deberían fusilarte. ¡Al diablo!» *(N. de los T.)*

Había cuchillos de plata, cucharas de plata, tenedores de plata. Y vino del Mosela.

–Estaba equivocado.

–¿Cómo? –dice la muchacha.

–Es excelente el vino del Mosela –preciso.

–¿De quién habla usted? –pregunta.

–De un hombre que ha muerto. Un chico de Semur. Me mira con gravedad. Conozco esta mirada.

–¿De Semur-en-Auxois?

–Claro –y me encojo de hombros, pues es evidente.

–Mis padres tienen una finca por allí –dice.

–Con árboles altos, una larga alameda por en medio y hojas muertas –le digo.

–¿Cómo lo sabe usted? –pregunta.

–Los árboles altos le van a usted que ni pintados –le advierto.

Baja la cabeza y mira al vacío.

–En estos momentos no habrá por allá muchas hojas muertas –dice suavemente.

–Siempre hay hojas muertas en alguna parte –insisto. Debe de ser el vino del Mosela.

–Preséntanos a esta hermosura –dice Yves.

Estamos sentados en torno a una mesa baja. Sobre la mesa baja hay una botella de coñac francés. Será el vino del Mosela o el coñac francés, pero los compañeros están hablando machaconamente de recuerdos del campo. Estoy harto, empiezo a ver cómo surge en ellos una mentalidad de ex combatientes. No quiero convertirme en un ex combatiente. Yo no soy un ex combatiente. Soy otra cosa, soy un futuro combatiente. Esta repentina idea me llena de alegría, y el gran salón del hotel, con sus arañas de cristal, parece menos absurdo. Es un lugar por donde pasa casualmente un futuro combatiente.

Hago con la mano un gesto impreciso hacia la muchacha morena de ojos claros y digo: «Aquí está».

Ella me mira, mira a Yves y a los otros, y dice:

–Martine Dupuy.

–Eso es –digo muy contento. Será el vino del Mosela o esta certidumbre tranquilizadora de no ser un ex combatiente.

–Señorita Dupuy, le presento a un grupo de ex combatientes.

Los compañeros se ríen, como se hace en estos casos. Martine Dupuy se vuelve hacia mí.

–¿Y usted? –dice casi en voz baja.

–Yo no. Nunca seré un ex combatiente.

–¿Por qué? –dice ella.

–Es una decisión que acabo de tomar.

Ella saca un paquete de cigarrillos americanos y ofrece a todos. Algunos aceptan. Yo también cojo uno. Ella enciende su cigarrillo y me da fuego.

Los compañeros ya han olvidado su presencia, y Arnault explica a los demás, que menean la cabeza, por qué hemos combatido, nosotros, los ex combatientes. Pero yo no pienso ser un ex combatiente.

–¿Qué hace usted en la vida? –me pregunta la muchacha de ojos azules. Es decir, Martine Dupuy.

La miro y respondo con toda seriedad, como si esta pregunta fuera importante. Debe de ser el vino del Mosela.

–Detesto a Charles Morgan, aborrezco a Valéry y nunca he leído *Lo que el viento se llevó*.

Parpadea y me pregunta:

–¿Ni siquiera *Sparkenbroke*?

–Sobre todo –respondo.

–¿Por qué? –dice ella.

–Eso fue antes de la calle Blainville –explico.

La explicación me parece luminosa.

–¿Qué es la calle Blainville?

–Una calle.

–Desde luego, y da a la plaza de la Contrescarpe. ¿Y qué?

–Allí comencé a hacerme un hombre –le digo.

Me mira, con una sonrisa divertida.

–¿Qué edad tiene usted? –dice.

–Veintiún años –contesto–. Pero no es contagioso.

Me mira fijamente a los ojos, con una mueca despectiva.

–Es una broma de excombatiente –dice.

Tiene razón. Nunca se debe menospreciar a nadie, mucho me ha costado el saberlo.

–Olvídelo –digo, un poco avergonzado.

–De acuerdo –responde, y reímos juntos.

–Por vuestros amores –dice Arnault muy digno, levantando su vaso de coñac.

Nos servimos coñac francés y bebemos también.

–A tu salud, Arnault –digo–. Tú también has hecho el movimiento Dada.

Arnault, siempre tan digno, me mira fijamente y bebe su vaso de coñac. La muchacha morena de ojos azules tampoco ha comprendido y me alegro. Al fin y al cabo, no es más que una jovencita del distrito XVI de París, y eso me divierte mucho. Su mirada azul es como el sueño más lejano, pero su alma limita al norte con la avenida de Neuilly, al sur con el Trocadero, al este con la avenida Kléber y al oeste con la Muette. Estoy encantado de lo listo que soy, debe de ser el vino del Mosela.

–¿Y usted? –le pregunto.

–¿Yo?

–¿Qué hace usted en la vida? –preciso.

Inclina la nariz en su vaso de coñac.

–Vivo en la calle Scheffer –dice suavemente.

Esta vez me río yo solo.

–Justo lo que yo pensaba.

Su mirada azul se asombra de mi aire huraño. Me estoy volviendo agresivo, y esta vez no es el vino del Mosela. Sencillamente, deseo a esta muchacha. Bebemos en silencio, mientras los compañeros están recordándose mutuamente hasta qué punto hemos pasado hambre. ¿Pero hemos pasado hambre, en verdad? La única cena de esta noche ha bastado para borrar dos años de hambre atroz. No consigo comprender de verdad este hambre obsesionante. Una sola comida auténtica, y el hambre se ha convertido en algo abstracto. Ya no es más que un concepto, una idea abstracta. Y sin embargo miles de hombres han muerto a mi alrededor por esta idea abstracta. Estoy contento de mi cuerpo, encuentro que es una máquina prodigiosa. Una sola cena ha bastado para borrar de él esta cosa, inútil de aquí en adelante, abstracta de aquí en adelante, este hambre de la que pudimos haber muerto.

–No iré a verla a la calle Scheffer –digo a la muchacha.

–¿No le gusta ese barrio? –pregunta ella.

–No se trata de eso. Es decir, no lo sé. Pero está demasiado lejos.

–¿Dónde le gustaría, entonces? –dice.

Miro sus ojos azules.

–En el bulevar Montparnasse, había un sitio llamado Patrick's.

–¿Le recuerdo a alguien? –me pregunta con voz velada.

–Tal vez –le digo–, sus ojos azules.

Por lo visto encuentro muy sencillo que haya comprendido esto, que me recuerda a alguien de otro tiempo. Por lo visto todo lo encuentro normal esta noche, en este hotel de Eisenach de un encanto envejecido.

–Venga a verme a Semur –dice ella–. Hay árboles altos, una larga alameda por entre los árboles y tal vez hasta hojas muertas. Con un poco de suerte.

–No lo creo –le digo–, no creo que vaya.

–Qué noche, Dios mío, esta noche no acabará nunca –decía el chico de Semur.

Bebo un largo trago de coñac francés y era la cuarta

noche de viaje hacia ese campo en Alemania, cerca de Weimar. De repente oigo música, una melodía que conozco muy bien y ya no sé dónde estoy. ¿Qué pinta aquí «In the shade of the old apple tree»?

–Me gustaba mucho bailar en mi juventud –digo a la muchacha morena.

Nuestras miradas se cruzan, y echamos a reír juntos.

–Perdone –le digo.

–Es la segunda vez que resbala usted por la pendiente del ex combatiente –dice.

Los oficiales franceses han encontrado discos y un fonógrafo. Sacan a bailar a las chicas alemanas, francesas y polacas. Los ingleses no se mueven, no es asunto suyo. Los americanos están locos de alegría y cantan a voz en cuello. Miro a los *maîtres* alemanes. Parece que se acostumbran muy bien a su nueva vida.

–Venga a bailar –dice la muchacha morena.

Tiene un cuerpo flexible, y las arañas del salón dan vueltas por encima de nuestras cabezas. Nos quedamos abrazados, esperando que pongan otro disco. Es una música más lenta, y la presencia de esta muchacha de ojos azules se precisa.

–¿Qué hay, Martine? –dice una voz cerca de nosotros, hacia la mitad del baile.

Es un oficial francés, en uniforme de combate, con boina de comando en la cabeza. Tiene aires de propietario, y la muchacha de la calle Scheffer deja de bailar. Me parece que no me queda más que marcharme con los compañeros y beber coñac francés.

–Buenas noches, viejo –dice el oficial, mientras coge a Martine del brazo.

–Buenas noches, joven –le contesto, muy digno.

Su ceja izquierda se sobresalta, pero no reacciona.

–¿Vienes del campo? –dice.

–Como usted ve –le respondo.

–Ha sido duro, ¿eh? –dice el oficial de la boina de comando, con aire reconcentrado.

–Qué va –le digo–, era pura broma.

Se encoge de hombros y se lleva a Martine.

Los compañeros seguían allí. Estaban bebiendo coñac, preguntándose qué iban a hacer una vez llegados a casa.

Más tarde, en el cuarto que compartía con Yves, éste me dijo:

–¿Por qué has dejado a esa chica? Parecía que la cosa iba bien.

–No lo sé. Vino un imbécil de oficial, con una boina con cintas, y se la llevó. Parecía que la chica le perteneciera.

–Mala suerte –dice, lacónico.

Más tarde, mucho más tarde, cuando, sin darme cuenta, comencé a recitar en voz alta el principio de un poema antiguo: *«Jeune fille aride et sans sourire / ô solitude et tes yeux gris...»,** Yves refunfuñó: «Si quieres recitar versos, vete al pasillo. Mañana tenemos que madrugar».

No fui al pasillo y nos levantamos al amanecer. La ciudad de Eisenach estaba desierta cuando el convoy con los tres camiones puso rumbo a París.

«Esta noche, Dios mío, esta noche no acabará nunca», decía el chico de Semur, y esta otra noche tampoco acababa, esta noche de Eisenach, en esta habitación de hotel alemán de Eisenach. ¿Era la extrañeza de la cama verdadera con sus sábanas blancas y el edredón ligero y cálido? ¿O era el vino del Mosela? Quizás el recuerdo de esta muchacha, la soledad y sus ojos grises. La noche no acababa, Yves dormía el sueño de los justos, del mismo modo que nunca acababan las noches infantiles, acechando el ruido del ascensor que anunciaría la vuelta de los padres, acechando las conversaciones en el jardín cuando Swann ve-

---

* «Joven árida y sin sonrisa / oh soledad de tus ojos grises...» *(N. de los T.)*

nía a cenar. Me reía por lo bajo de mí mismo, con una lucidez alegre, conforme iba descubriendo los tópicos, las trampas abstractas y literarias de mi vigilia poblada de sueños. No podía dormir. Mañana, la vida volvería a comenzar y yo no sabía nada de la vida. Es decir, de esta vida que iba a comenzar. Había salido de la guerra de mi infancia para entrar en la guerra de mi adolescencia, con una leve parada en medio de una montaña de libros. Me encontraba a mis anchas ante cualquier libro, ante cualquier teoría. Pero en los restaurantes los camareros no veían jamás mis gestos de llamada; en los almacenes debía de volverme invisible, pues las vendedoras jamás advertían mi presencia. Y los teléfonos no me obedecían, siempre daba con un número equivocado. Las muchachas tenían esa mirada azul, inaccesible, o bien eran tan fáciles que todo se convertía en una mecánica carente de auténtico interés. Mañana, la vida volvería a comenzar y yo no sabía nada de esta vida. Daba vueltas en la cama, más o menos angustiado. La noche no acabaría jamás, el ascensor no se detenía en nuestro piso, y yo acechaba la marcha de Swann, que se retrasaba charlando en el jardín. Daba más vueltas en la cama, en este cuarto de hotel alemán de Eisenach, y buscaba un consuelo en mi memoria. Y entonces recordé a aquella mujer israelí de la calle Vaugirard.

Ante el palacio del Luxemburgo, un camión descargaba montones de carne para los cocineros de la Wehrmacht. Yo había echado una ojeada al espectáculo, levemente asqueado, y había proseguido mi camino. Caminaba sin meta precisa, hacía demasiado frío en mi habitación. Me quedaban dos cigarrillos Gauloises y había salido para entrar un poco en calor, andando y fumando. Había pasado la verja del Luxemburgo, cuando advertí la actitud de aquella mujer. Se volvía hacia los transeúntes que llegaban a su altura y les miraba de hito en hito. Se hubiera dicho, es decir, me dije, que buscaba una urgente respuesta a una pregunta esencial en los ojos de los transeúntes. Les miraba de hito en hito, parecía medirles con la mirada: ¿eran dignos de su confianza? Pero ella no decía nada, volvía la cabeza y continuaba su caminar atropellado. ¿Por qué «atropellado»? Me pregunté por qué me vino al espíritu esta expresión tan manida de «caminar atropellado». Miré a esta mujer solitaria, en la acera de la calle de Vaugirard, algunos metros delante de mí, entre la calle Jean-Bart y la de Assas. La expresión «caminar atropellado» que había venido espontáneamente a los labios de mi pensamiento era exacta, bienvenida. Cierta curva de la espalda, esta rigidez de las piernas, este hombro izquierdo algo caído, reflejaban bien lo abrumada que se sentía y su atropellamiento. Entonces pensé que iba a alcanzar a esta mujer, que se volvería hacia mí, y que era preciso que me hablara. Sencillamente, era preciso que me hiciera esa pregunta que la atormentaba. Pues esta pregunta la atormentaba, yo había advertido la expresión de su rostro cuando se encaraba con los transeúntes. Aminoré la marcha, para retrasar el momento en que me encontraría a su lado. Pues podía dejarme pasar de largo, como hasta ahora a todos los demás, y eso hubiera sido catastrófico. Si me dejaba pasar de largo, me convertiría en un ser indigno de la confianza de una mujer abrumada, tropezando a cada paso, a lo largo de aquella interminable calle de Vaugirard. Resultaría lamentable que me dejara pasar de largo, que tampoco a mí tuviera nada que decirme.

Llegué a su lado. Se volvió hacia mí y me miró de hito en hito. Tendría unos treinta años. Su rostro estaba desgastado por este caminar atropellado, que impulsaba no solamente con sus piernas sino con su ser entero. Pero tenía una mirada implacable.

—Por favor —me dice—, ¿la estación Montparnasse?

Tiene un acento eslavo, lo que suele llamarse un acento eslavo, y su voz es levemente musical.

Me esperaba otra cosa, lo confieso. La había visto desistir, al menos ante media docena de transeúntes, sin atreverse en el último momento a hacerles esa pregunta que les tenía que hacer. Esperaba otra pregunta mucho más grave. Pero la miro y veo en sus ojos, clavados en mí, en la luz implacable de sus ojos, que ésta es la pregunta más grave que pudiera hacerme. La estación de Montparnasse, en verdad, es una cuestión de vida o muerte.

—Sí —contesto—, es sencillo.

Y me detengo para explicárselo.

Está de pie, inmóvil en la acera de la calle de Vaugirard. Ha tenido una breve y dolorosa sonrisa cuando le he dicho que es fácil encontrar la estación de Montparnasse. Todavía no sé por qué tuvo esa sonrisa, no lo entiendo. Le explico el camino y me escucha atentamente. Todavía no sé que es israelí, me lo dirá dentro de un rato, camino de la calle de Rennes. Comprenderé por qué tuvo aquella sonrisa dolorosa y fugaz. Es que hay, cerca de la estación de Montparnasse, la casa de unos amigos donde quizá podrá recobrar aliento tras este largo caminar abrumado. Finalmente, la acompaño a casa de estos amigos, cerca de la estación de Montparnasse.

—Gracias —dice, ante la puerta de la casa.

—¿Está usted segura de que es aquí? —le pregunto.

Echa un vistazo al número de la puerta.

—Sí —dice—, gracias por lo que ha hecho.

He debido de sonreírle. Me parece que le sonreí en aquel momento.

—¿Sabe usted? No era cosa del otro jueves.

—¿Jueves?

Alza el ceño interrogador.

—Quiero decir que no era muy complicado.

—No —dice ella.

Mira la calle y los transeúntes. Yo también miro con ella la calle y los transeúntes.

–Lo hubiera encontrado usted sola.

Desaprueba con la cabeza.

–Quizá no –dice–, tenía el corazón muerto, quizá no lo hubiera encontrado sola.

Me queda un Gauloise, pero tengo ganas de guardarlo para luego.

–¿Tenía usted el corazón muerto? –le pregunto.

–Sí –dice–. El corazón y todo lo demás. Estaba muerta por dentro.

–Ya ha llegado –le digo.

Miramos la calle y los transeúntes y sonreímos.

–De todas formas no es lo mismo –dice suavemente.

–¿Qué? –le pregunto.

–Encontrarlo sola o que te ayuden –dice, y mira mucho más allá, lejos de mí, hacia su pasado.

Tengo ganas de preguntarle por qué se ha dirigido a mí, entre todos los transeúntes, pero no lo haré; a fin de cuentas, eso sólo es asunto suyo. Vuelve su mirada hacia mí, hacia la calle y los transeúntes.

–Parecía usted esperar que yo le hablara –dice.

Nos miramos, ya no tenemos nada que decirnos, creo, lo contrario nos llevaría demasiado lejos. Me tiende la mano.

–Gracias –dice.

–Gracias a usted –le contesto.

Me mira un segundo, como intrigada, luego da media vuelta y desaparece tras el portal del edificio.

–Oye, tío –dice el chico de Semur–, ¿no duermes?

La verdad es que he debido de dormitar, tengo la impresión de haber soñado. O tal vez son los sueños los que se fabrican a mi alrededor, y es la realidad de este vagón lo que creo soñar.

–No, no duermo.

–¿Crees que acabará pronto esta noche? –pregunta el chico de Semur.

–No lo sé, no lo sé en absoluto.

–Estoy verdaderamente harto –dice.

Se le nota en la voz, no hay duda.

–Intenta dormitar un poco.

–¡Oh, no! Eso es peor –dice el chico de Semur.

–¿Por qué?

–Sueño que estoy cayendo y nunca dejo de caer.

–Yo también –le digo.

Es verdad que estamos cayendo, irremediablemente. Caemos a un pozo, desde lo alto de un acantilado, caemos al agua. Pero aquella noche me alegraba de caer al agua, de hundirme en la seda susurrante del agua que me llenaba la boca y los pulmones. Era el agua sin fin, el agua sin fondo, la gran agua maternal. Me despertaba sobresaltado cuando mi cuerpo se doblaba y se desplomaba, y entonces era mucho peor. El vagón y la noche en el vagón eran mucho peores que la pesadilla.

–Creo que no voy a resistir –dice el chico de Semur.

–No me hagas reír –le contesto.

–En serio, tío, me siento como muerto por dentro.

Esto me recuerda algo.

–¿Cómo, muerto? –le pregunto.

–Pues muerto, lo que no está vivo.

–¿El corazón también? –le pregunto.

–Claro que sí, tengo el corazón como muerto –dice.

Alguien, a nuestras espaldas, empieza a aullar. La voz se alza, y luego se desvanece casi, en un gemido susurrado, y vuelve con más fuerza después.

–Si no para, nos vamos a volver locos –dice el chico de Semur.

Le siento muy crispado, oigo su respiración jadeante.

–Locos, sí, así aprenderéis –dice la voz a nuestras espaldas.

El chico de Semur da media vuelta, hacia la masa de sombras de los cuerpos hacinados detrás de nosotros.

—¿Todavía no ha reventado, ese cabrón? —dice.

El tipo masculla groserías.

—Sé bien educado —dice el chico de Semur—, y déjanos hablar en paz.

El tipo se ríe, socarrón.

—Eso, eso de hablar es vuestro punto fuerte —dice.

—Nos gusta —le digo—, es la sal de los viajes.

—Si no estás contento —añade el chico de Semur—, baja en la próxima.

El tipo ríe.

—En la próxima —dice—, bajamos todos.

Por una vez dice la verdad.

—No te preocupes —dice el chico de Semur—, vayamos donde vayamos, no te quitaremos el ojo de encima.

—Claro —dice otra voz, un poco más lejos, a la izquierda—, a los soplones se les vigila de cerca.

De repente, el tipo ya no dice nada.

El gemido de hace un rato se ha convertido en una queja susurrada, interminable, insoportable.

—¿Qué quiere decir —pregunto al chico de Semur— tener el corazón muerto?

Era hace un año, poco más o menos, en la calle de Vaugirard. Ella me dijo: «Tengo el corazón muerto, estoy como muerta por dentro». Me pregunto si su corazón ha vuelto a vivir de nuevo. Ella no sabía si podría quedarse mucho tiempo en casa de aquellos amigos. Tal vez se haya visto obligada a ponerse de nuevo en marcha. Me pregunto si no ha hecho este viaje ya, este viaje que estamos haciendo el chico de Semur y yo.

—No sabría decirte —dice el chico de Semur—, ya no sientes nada, es como un hueco, como una piedra pesada en el lugar del corazón.

Me pregunto si ella ha hecho finalmente este viaje que

estamos haciendo. Todavía no sé que, de todas formas, si ha hecho este viaje, no lo habrá hecho como nosotros. Pues para los judíos hay incluso otra manera de viajar, eso lo vi más tarde. Pienso en ese viaje que tal vez ella ha hecho de una manera vaga, pues todavía no sé de manera precisa qué clase de viajes obligan a hacer a los judíos. Lo sabré más adelante, de manera precisa.

Tampoco sé que volveré a ver a esta mujer una vez más, cuando estos viajes hayan sido olvidados. Ella estaba en el jardín de la casa de Saint-Prix, muchos años después del regreso de este viaje, y encontré muy natural volver a verla, de repente, bajo el sol friolento del principio de la primavera. A la entrada del pueblo, allí donde comienza el camino que sube hacia el Lapin Sauté, habían parcelado el gran parque que desciende en suave declive hacia Saint-Leu. Yo acababa de atravesar el bosque, al amanecer, con todo el cansancio a cuestas de una noche en blanco, de una noche perdida. Había dejado a los demás en la gran habitación donde giraban sin cesar los mismos discos de jazz, y había caminado por el bosque durante un largo rato, antes de bajar de nuevo hacia Saint-Prix. En la plaza, la casa había sido recientemente revocada. La puerta estaba entornada y la empujé. A la derecha, tomé el corredor hasta el jardín, y crucé el césped temblando bajo el sol primaveral, después de esa noche en blanco. Se me había antojado en el bosque, mientras caminaba largo rato por el bosque, volver a oír de nuevo el sonido de la campana del huerto. Abrí y cerré varias veces la puerta del huerto, para oír aquel ruido que yo recordaba, el ruido oxidado y herrumbroso de la campanilla que golpeaba el batiente de la puerta. Entonces me volví, y vi una mujer que me miraba. Estaba tendida en una tumbona, cerca de la vieja cabaña donde en otro tiempo se aserraba la leña para la calefacción. «¿Oye usted?», le dije. «¿Cómo?», dijo la mujer. «El ruido», le dije, «el ruido de la campana.»

«Sí», dijo ella. «Me gusta mucho», le digo. La mujer me mira, mientras cruzo el césped y me acerco a ella. «Soy una amiga de Madame Wolff», dice, y encuentro perfectamente normal que esté aquí, y que sea una amiga de Madame Wolff, y que empiece otra vez la primavera. Le pregunto si la casa sigue perteneciendo a Madame Wolff, y ella me mira. «¿Hace mucho tiempo que no viene usted por aquí?», me dice. Pienso que hará ya cinco o seis años que mi familia abandonó esta casa. «Hace seis años, poco más o menos», le digo. «La campanilla del huerto», dice, «¿le gusta oírla?» Le respondo que me sigue gustando. «A mí también», dice ella, pero tengo la sensación de que preferiría estar sola. «¿Entró usted por casualidad?», me pregunta, y tengo la sensación de que debe de preferir que haya entrado por casualidad, que no haya ninguna auténtica razón para que yo esté aquí. «En absoluto», le digo, y le explico que quería volver a ver el jardín, y escuchar de nuevo el sonido de la campanilla del huerto. «En realidad, he venido de bastante lejos sólo para esto», le digo. «¿Usted conoce a Madame Wolff?», dice ella con precipitación, como si quisiera evitar a toda costa que yo le diga las verdaderas razones de mi llegada. «Desde luego», le contesto. Al lado de la tumbona hay un asiento plegable, y encima de él, un libro cerrado y un vaso de agua medio lleno. «¿Fuma usted?», le digo. Menea la cabeza y me pregunto si no va a escapar. Enciendo un cigarrillo y le pregunto por qué le gusta el ruido de esta campana. Se encoge de hombros. «Porque es como antes», dice secamente. «Eso es», digo, y le sonrío. Pero se endereza en la tumbona y se inclina hacia adelante. «Usted no puede comprender», dice. La miro. «Claro que sí», le digo, «también para mí es un recuerdo de antes.» Me inclino hacia ella y le cojo el brazo derecho, por la muñeca, le doy la vuelta, y mis dedos rozan su piel blanca y fina, y el número azul de Oswiecim tatuado sobre su piel blanca, fina, algo marchita ya.

«Me preguntaba», le digo, «me preguntaba si usted hizo finalmente aquel viaje.» Entonces ella retira el brazo, que aprieta contra su pecho, y se acurruca, lo más lejos posible, en la tumbona. «¿Quién es usted?», me dice. Su voz sale estrangulada. «En el valle del Mosela», le digo, «me pregunté si usted habría hecho aquel viaje.» Me mira, jadeante. «Más tarde también, cuando vi llegar los trenes de judíos evacuados de Polonia, me pregunté si usted habría hecho aquel viaje.» Ella rompe a llorar, silenciosamente. «Pero ¿quién es usted?», implora. Meneo la cabeza. «Me pregunté si aquella casa, en la calle Bourdelle, detrás de la estación de Montparnasse, iba a ser para usted un refugio duradero o solamente un alto antes de reanudar el viaje.» «No le conozco a usted», dice ella. Le digo que yo la he reconocido enseguida, es decir, que supe enseguida que la conocía, incluso antes de reconocerla. Sigue llorando en silencio. «Yo no sé quién es usted», vuelve a decir, «déjeme sola.» «Usted no sabe quién soy yo, pero una vez me reconoció», le digo. Recuerdo su mirada de antaño, en la calle Vaugirard, pero no, ya no tiene aquella mirada implacable. «Calle de Vaugirard», le digo, «en el 41 o 42, ya no recuerdo.» Ella hunde la cabeza entre sus manos. «Usted quería saber cómo ir a la estación de Montparnasse, y no se atrevía a preguntárselo a los transeúntes. Me lo preguntó a mí.» «No lo recuerdo», dice ella. «Usted buscaba la calle Antoine-Bourdelle en realidad. Yo le conduje allí.» «No me acuerdo», vuelve a decir. «Usted iba a casa de unos amigos, en la calle Antoine-Bourdelle, ¿no se acuerda?», le digo. «Me acuerdo, recuerdo la calle y la casa», dice. «Usted llevaba un abrigo azul», le digo. «No me acuerdo», dice. Pero yo insisto aún, me aferro a la esperanza de que va a recordar. «Usted se había extraviado», le digo, «no sabía cómo encontrar la estación de Montparnasse. Yo la ayudé.» Entonces ella me mira y grita, casi: «Nadie me ha ayudado nunca». Tengo la sensación de que todo ha terminado, que debo marcharme. «A mí», le digo, «a mí me han ayudado siempre.» «Nadie», dice ella, «nunca.» La miro y veo que es sincera del todo, que está completamente convencida de lo que dice. «Quizás he tenido suerte», le digo, «toda mi vida he tropezado con gente que me ha ayudado.» Entonces, ella grita otra vez. «Usted no es judío, eso es.» Aplasto en la hierba la colilla de mi cigarrillo. «Es verdad», le digo, «nunca he sido judío. A veces lo echo de menos.» Ahora tengo la impresión de que quisiera insultarme, por su risa de desprecio, su mirada cerrada, la herida abierta en su rostro de piedra. «No sabe de qué está hablando», dice. «No lo sé», confieso, «sólo sé que Hans ha muerto.» Sigue luego un silencio, y es preciso que me vaya de una vez. «¿Está usted seguro de haberme visto en la calle Vaugirard, en el 42?», dice. Hago un gesto con la mano. «Si usted lo ha olvidado, es como si no la hubiera visto.» «¿Cómo?», dice ella. «Si usted lo ha olvidado, es cierto que no la he visto. Es verdad que no nos conocemos.» Después de decir esto me levanto. «Ha sido un malentendido», le digo, «perdóneme.» «No recuerdo», dice, «lo lamento.» «No tiene importancia», le digo, y me voy.

Pero todavía no sé que ella hizo aquel viaje y que ha regresado muerta, amurallada en su soledad.

–¿Qué hora será? –dice una voz a nuestras espaldas.

Nadie responde, ya que nadie sabe qué hora es. Es de noche, simplemente. Una noche a la que no se ve fin. Además, en este momento, la noche no tiene fin, es realmente eterna, se ha instalado para siempre en su ser de noche sin fin. Incluso si hubiéramos podido conservar nuestros relojes, si los de las SS no nos hubieran quitado todos los relojes, aun si pudiéramos ver la hora que es, me pregunto si esta hora tendría un sentido concreto. Quizá no sería más que una referencia abstracta al mundo exterior, donde el tiempo pasa de verdad, donde tiene su propia densidad, su duración. Pero, para nosotros, la verdad es que esta noche en el vagón no es más que una sorda sombra, una noche desligada de todo lo que no sea la noche.

–No nos movemos, hace horas que no nos movemos –dice una voz detrás de nosotros.

–¿Acaso creías que teníamos prioridad? –dice otro.

Creo reconocer esta última voz. Me parece que es la del tipo que dijo que era un gracioso, cuando el incidente de la letrina. Es él, seguro. Comienzo a distinguir las voces de este viaje.

Más tarde, dentro de algunos meses, sabré qué clase de viaje mandan hacer a los judíos. Veré llegar los trenes a la estación del campo, durante la gran ofensiva soviética de invierno, en Polonia. Evacuaban a los judíos de los campos de Polonia, los que no habían tenido tiempo de exterminar, o a quienes tal vez creían poder hacer trabajar todavía. Fue un invierno duro el invierno del siguiente año. Vi llegar los trenes de judíos, los transportes de judíos evacuados de Polonia. Iban cerca de doscientos en cada vagón cerrado con candados, casi ochenta más que nosotros. Esta noche, junto al chico de Semur, no he intentado imaginar lo que eso podía representar, ir doscientos en un vagón como el nuestro. Después, sí, traté de imaginármelo, cuando vimos llegar los trenes de los judíos de Polonia. Y fue un invierno duro el invierno del año siguiente. Los judíos de Polonia viajaron seis días, ocho días, en ocasiones diez días, en el frío de aquel duro invierno. Sin comer, claro está, y sin beber. A la llegada, cuando abrían las puertas corredizas, nadie se movía. Era necesario apartar la masa helada de los cadáveres, de los judíos polacos muertos de pie, helados de pie, que caían como bolos en el andén de la estación, para poder encontrar algunos supervivientes. Pues había supervivientes. Una lenta y vacilante cohorte echaba a andar hacia la entrada del campo. Algunos caían para no volver a levantarse, otros se levantaban, otros se arrastraban literalmente hacia la entrada del campo. Un día, en la masa aglutinada de los cadáveres de un vagón, encontramos tres niños judíos. El mayor tenía cinco años. Los compañeros alemanes del Lagerschutz los escamotearon bajo las barbas de los de las SS. Vivieron en el campo, se salvaron finalmente aquellos tres huérfanos judíos que habíamos encontrado en la masa congelada de los cadáveres. Así será como, durante aquel duro invierno del año que viene, sabré cómo hicieron viajar a los judíos.

Pero este año, al lado de mi amigo de Semur que tenía el corazón muerto, he pensado solamente, y de repente, que tal vez ella, aquella judía de la calle Vaugirard, habría hecho ya este viaje. Quizá ya ha mirado, ella también, el valle del Mosela con sus ojos implacables.

Fuera se oyen voces de mando, pasos precipitados, ruido de botas junto a las vías.

–Arrancamos otra vez –digo.

–¿Tú crees? –pregunta el chico de Semur.

–Parece que llaman a los centinelas.

Seguimos inmóviles, en medio de la oscuridad, esperando.

El tren silba dos veces y arranca brutalmente.

–¡Oh, tío, mira! –dice el chico de Semur, excitado.

Miro, y amanece. Es una franja grisácea en el horizonte, que se va ensanchando. Es el alba, una noche ganada, una noche menos de viaje. Esta noche no acababa, en verdad no tenía un final previsible. El alba estalla dentro de nosotros, todavía no es más que una fina franja grisácea de horizonte, pero ya nada podrá detener su despliegue. El alba se despliega por sí misma, a partir de su propia noche, se despliega hacia sí misma, hacia su rutilante aniquilación.

–Ya está, tío, ya está –canta el chico de Semur.

En el vagón, todos rompen a hablar al mismo tiempo, y el tren rueda.

El viaje de vuelta lo hice por los árboles. Es decir, tenía la mirada repleta de árboles, de hojas de árboles, de ramas verdes. Iba tumbado en la parte trasera del camión, cubierto con una lona, miraba el cielo y el cielo estaba repleto de árboles. De Eisenach a Longuyon, es increíble cuántos árboles había en el cielo de primavera. Había también aviones, de vez en cuando. La guerra no había terminado, desde luego, pero aquellos ridículos aviones parecían irreales, como si estuvieran fuera de sitio en aquel cielo primaveral. No tenía ojos más que para los árboles, para las ramas verdes de los árboles. Desde Eisenach hasta Longuyon hice el viaje por los árboles. Era muy descansado viajar así.

El segundo día del viaje, hacia el anochecer, dormitaba con los ojos abiertos, cuando de repente estallaron unas voces junto a mis oídos.

–Ya está, muchachos, ya está esta vez.

Un tipo, con una voz estridente, ha comenzado a cantar «La Marsellesa». Era el Comandante, sin duda, sólo él podía hacerme semejante jugada.

Yo estaba bien, pero no tenía ganas de moverme. Toda esta agitación me desbordaba.

–Ya está, muchachos, estamos en casa, chicos.

–¿Habéis visto, chicos? Estamos en Francia.

–Estamos en Francia, muchachos, estamos en Francia.

–¡Viva Francia! –gritó la voz estridente del Comandante, lo cual interrumpió «La Marsellesa», claro está. Pero enseguida reanudó «La Marsellesa». Se podía confiar en el Comandante.

Yo iba mirando los árboles, y los árboles no me habían dicho nada. Hace un rato, a juzgar por estos gritos, eran árboles alemanes y resulta que eran ahora árboles franceses, si debo creer a mis compañeros de viaje. Yo miraba las hojas de los árboles. Su verde era el mismo de hace un rato. Seguro que yo veía mal. Si le hubiera preguntado al Comandante, seguro que hubiese visto la diferencia. No se habría equivocado, con árboles franceses.

Un tipo me sacude por los hombros.

–Oye, tú, tío –dice el tipo–, ¿no has visto? Estamos en casa.

–Yo no –le contesto sin moverme.

–¿Cómo que no? –pregunta el tipo.

Me incorporo a medias y le miro. Parece desconfiado.

–Claro que no. Yo no soy francés.

Se le ilumina el rostro.

–Es verdad –dice–, no me acordaba. Eso se olvida contigo. Hablas exactamente como nosotros.

No tengo ganas de explicarle por qué hablo exactamente como ellos, por qué hablo como el Comandante, sin acento, es decir, con un acento como el suyo. Es el medio más seguro de preservar mi calidad de extranjero, a la cual me apego por encima de todo. Si tuviera acento, mi condición de extranjero sería descubierta en cualquier momento, en cualquier circunstancia. Sería algo banal, superficial. Yo mismo me acostumbraría a esta banalidad de que me tomen por extranjero. Por lo tanto, ser extranjero ya no sería nada, ya no tendría ningún sentido. Por eso no tengo acento, he borrado cualquier posibilidad de que me tomen por extranjero a causa de mi lenguaje. Ser extranjero se ha convertido, de alguna manera, en una virtud interior.

–No importa –dice el tipo–. No vamos a fastidiarte por tan poca cosa, en un día tan hermoso. Francia, por otra parte, es tu patria adoptiva.

Está contento el tipo, me sonríe amistosamente.

–¡Ah, no! –le digo–, con una patria ya basta, no voy a pechar ahora con otra más.

Está ofendido, el tipo. Me ha hecho el regalo más hermoso de que es capaz, que piensa que me puede hacer. Me ha hecho francés de adopción. De alguna manera, me ha autorizado a ser como él y yo rechazo este don.

Está ofendido y se aparta de mí.

Tendré que intentar pensar un día en serio en esta manía que tienen los franceses de creer que su país es la segunda patria de todo el mundo. Será preciso que intente comprender por qué tantos franceses están tan contentos de serlo, tan razonablemente satisfechos de serlo.

Por el momento, no tengo ganas de ocuparme de estos problemas. Sigo mirando los árboles que van desfilando por encima de mí, entre el cielo y yo. Miro las hojas verdes, son francesas. Han vuelto a su casa, ellos, mejor para ellos.

Un invierno, recuerdo, yo estaba esperando en una gran sala de la Prefectura de Policía. Había ido allí a renovar mi permiso de residencia, y la gran sala estaba llena de extranjeros, que habían acudido como yo, por el mismo motivo o por algo parecido.

Estaba en una fila de espera, una larga cola ante una mesa situada al fondo de la sala. Sentado tras la mesa había un hombrecito cuyo cigarrillo se le apagaba constantemente. Se pasaba todo el rato encendiendo otra vez su cigarrillo. El hombre bajito miraba los papeles de la gente, o las citaciones que tenían, y les enviaba a una u otra ventanilla. Otras veces, les echaba, pura y simplemente, a grandes voces. El hombrecito mal trajeado no quería, probablemente, que le confundieran, que le tomaran por lo que parecía ser, es decir, un hombrecito mal trajeado cuyo cigarrillo se le apagaba todo el rato. Entonces chillaba, en ocasiones insultaba a la gente, sobre todo a las mujeres. ¿Qué nos habíamos creído, todos nosotros, metecos? El hombrecito era la encarnación del poder, lo vigilaba todo, era un pilar del orden nuevo. ¿Qué nos habíamos creído, que podíamos presentarnos así, con un día de retraso sobre la fecha de la citación? Los hombres se explicaban. El trabajo, la mujer enferma, los niños que cuidar. Pero él, el hombrecito, no se dejaba engañar por estas razones ridículas, por esta evidente mala fe. Iba a enseñarnos cómo las gastaba, ahora vais a ver, cerdos, quién soy yo, ya nos enseñaría él a no liarle, ya íbamos a ver que él tenía todo lo que es preciso tener. Nos iba a meter en cintura, cochinos extranjeros. Y después, de repente, se olvidaba de que tenía que ser la encarnación fulminante del poder y chupaba su colilla sin decir nada durante largos minutos. El silencio se abatía sobre la gran sala, sobre los ruidos confusos de los murmullos, de los pies que frotaban el entarimado.

Me fascinaba el espectáculo del hombrecito. Ni siquiera se me hizo la espera demasiado larga. Finalmente me llegó la vez y me encontré delante de la mesita, del hombre bajito y de su colilla, que precisamente acababa de apagarse otra vez. Coge el resguardo de mi permiso de residencia y lo agita con aire asqueado, mientras me fulmina con la mirada. Me quedo inmóvil, le miro fijamente, este tipo me fascina.

–¡Ah, ah! –dice con voz tonante–, un rojo español.

Parece loco de alegría. Debe de hacer mucho tiempo que no ha tenido un rojo español que llevarse a la boca.

Recuerdo vagamente el puerto de Bayona, la llegada del barco pesquero al puerto de Bayona. La embarcación había atracado en el muelle, justo al lado de la plaza mayor, y había veraneantes y macizos de flores. Nosotros mirábamos estas imágenes de la vida anterior. Allí, en Bayona, fue donde oí decir por vez primera que éramos rojos españoles.

Miro al hombrecito, no digo nada, estoy pensando vagamente en aquel día en Bayona, ya hace años. De todas formas, nunca hay nada que decir a un poli.

–¡Mira por dónde! –grita–, ¡un rojo español!

Me mira y le miro. Sé que todo el mundo ha fijado los ojos en nosotros. Entonces, me enderezo un poco. Por lo general, suelo andar un poco encorvado. Por mucho que me digan: «Enderézate», no hay nada que hacer, siempre voy algo encorvado. No lo puedo remediar, sólo de esta manera estoy a mis anchas en mi propio cuerpo. Pero ahora me enderezo todo lo que puedo. No vayan a tomar mi postura natural por una postura de sumisión. Ese pensamiento me horroriza.

Miro al hombrecito, y él me mira a su vez. Y, de repente, explota.

–Ya te voy a enseñar yo, cerdo, sí, yo. De mí no se ríe nadie. Y, por lo pronto, te colocas otra vez al final de la cola y vuelves a esperar.

No digo nada, recojo el resguardo de la mesa y me doy media vuelta. Se le ha vuelto a apagar la colilla, y esta vez la aplasta con rabia en un cenicero.

Camino por la sala, a lo largo de la cola de espera, y pienso en esta manía de los polis de tutearle a uno siempre. Se imaginan, tal vez, que eso nos impresiona. Pero este sinvergüenza hijo de puta no sabe lo que ha hecho. Me ha tratado de rojo español, y he aquí que, de repente, he dejado de estar solo en esta gran sala gris y sórdida. A lo largo de la fila de espera he visto abrirse las miradas, he visto cómo nacían, en esta sordidez, las más bellas sonrisas del mundo. Mantengo en la mano mi resguardo, por poco lo agito en el aire. Vuelvo a ocupar un lugar, al final de la cola de espera. La gente se agrupa a mi alrededor, y muchos sonríen. Estaban solos, y yo también estaba solo, y he aquí que ahora estamos juntos. Ha ganado el hombrecito.

Estoy tumbado en el camión y miro los árboles. Fue en Bayona, justo en el muelle, al lado de la plaza mayor de Bayona, donde supe que yo era un rojo español. Al día siguiente, me llevé una segunda sorpresa, cuando leímos en un diario que había, por un lado, rojos y, por otro, nacionales. No era fácil de entender por qué eran nacionales, cuando hacían la guerra con las tropas marroquíes, la legión extranjera, los aviones alemanes y las divisiones Littorio. Fue uno de los primeros misterios de la lengua francesa que tuve que descifrar. Pero en Bayona, en el muelle de Bayona, me convertí en un rojo español. Había macizos de flores, montones de veraneantes, detrás de los gendarmes, que habían venido a ver desembarcar a los rojos españoles. Nos vacunaron y nos dejaron desembarcar. Los veraneantes miraban a los rojos españoles y nosotros mirábamos los escaparates de las panaderías. Mirábamos el pan blanco, los *croissants* dorados, todas esas cosas de antaño. Nos sentíamos desplazados en ese mundo de antaño.

Después, ya no he dejado de ser un rojo español. Es una manera de ser válida en todas partes. Así, en el campo de concentración yo era un *Rotspanier*. Miraba los árboles y me alegraba de ser un rojo español. Conforme pasaban los años, más me alegraba de serlo.

De repente, ya no hay árboles y el camión se para. Estamos en Longuyon, en el campo de repatriación. Saltamos del camión y tengo las piernas entumecidas. Se nos acercan unas enfermeras, y el Comandante las besa a todas. Es la alegría del regreso, desde luego. Luego empieza la juerga. Hay que beber una taza de caldo y responder a un montón de preguntas estúpidas.

Al escuchar todas aquellas preguntas, tomé de repente una decisión. Debo añadir que ya hacía tiempo que maduraba esta decisión. Había pensado en ella, de manera vaga, mirando los árboles, entre Eisenach y aquí. Pienso que maduraba en mí desde que vi a los compañeros convertirse en ex combatientes, en el salón del hotel de Eisenach, bajo las grandes arañas del hotel de Eisenach.

Incluso había empezado a madurar todavía antes. Tal vez yo ya estaba completamente dispuesto para tomar esta decisión desde antes del regreso de ese viaje. De todas formas, al contestar maquinalmente a todas aquellas preguntas estúpidas: «¿Pasaban mucha hambre?, ¿tenían frío?, ¿se sentían desgraciados?», tomé la decisión de no hablar más de aquel viaje, de no ponerme jamás en situación de tener que responder a preguntas sobre aquel viaje. Por una parte, ya sabía que eso no iba a ser posible para siempre. Pero, al menos, la única manera de salvarse era guardar un largo periodo de silencio, Dios mío, años de silencio sobre aquel viaje. Quizá más adelante, cuando ya nadie hable de estos viajes, quizás entonces tendré algo que decir. Esta posibilidad flotaba de manera confusa en el horizonte de mi decisión.

Nos habían traído y llevado de un lado a otro, y al final nos encontramos en una sala de donde nos llevaron, uno a uno, a la visita médica.

Cuando llegó mi turno, me miraron por rayos, me reconoció el cardiólogo y el dentista. Me pesaron, me midieron, me hicieron montones de preguntas sobre las enfermedades que había tenido de niño. Al acabar todo esto, me encontré sentado ante un médico que tenía mi expediente completo, con las observaciones hechas por los diversos especialistas.

–Es inaudito –dice el médico después de consultar mi ficha.

Le miro y me ofrece un cigarrillo.

–Es increíble –dice el médico–, al parecer no tiene usted nada grave.

Con un gesto le doy a entender que estoy poco interesado, pues no sé de qué habla exactamente.

–Nada en los pulmones, nada en el corazón, tensión normal. Es increíble –repite el médico.

Fumo el cigarrillo que me ha ofrecido, e intento pensar que es increíble, intento meterme en el pellejo de un caso increíble. Tengo ganas de decirle a este médico que lo increíble es estar vivo, que lo increíble es encontrarme todavía en la piel de un ser vivo. Incluso con una tensión anormal, sería increíble seguir todavía en el pellejo de un ser vivo.

—Claro —dice el médico—, tiene usted dos o tres dientes cariados. Pero es lógico, en fin.

—Es lo mínimo —le digo, por no dejarle hablar solo.

—Llevo semanas viendo pasar deportados —me dice—, pero usted es el primer caso en el que todo parece estar en orden. —Me mira un instante y añade—: Aparentemente.

—¿Ah, sí? —digo cortésmente.

Me mira con atención, como si temiera ver aparecer de repente las señales de algún mal desconocido que hubiese escapado a las observaciones de los especialistas.

—¿Quiere que le diga algo? —me dice.

En realidad no quiero, no me interesa en absoluto. Pero no me ha hecho esta pregunta para que yo le diga si quiero que me lo diga, de todas maneras está decidido a decírmelo.

—Puedo decírselo, ya que usted se encuentra en un estado perfecto —me dice. Luego hace una pausa breve y añade—: Aparentemente.

Siempre la duda científica. Ha aprendido a ser prudente, el hombre este, y se comprende.

—A usted puedo decírselo —continúa—, la mayoría de los que han pasado por nuestras manos no sobrevivirán.

Se embala, el tema parece apasionarle. Inicia una larga explicación médica sobre las secuelas previsibles de la deportación. Y comienzo a sentirme un poco avergonzado de hallarme en tan buena forma, aparentemente. Un poco más, y me creería sospechoso a mí mismo. Un poco más y le diría que no tengo yo la culpa. Un poco más y le pediría perdón por haber sobrevivido, por tener aún posibilidades de sobrevivir.

–Se lo digo, la mayoría de ustedes no lo van a contar. En qué proporción, sólo el porvenir lo dirá. Pero no creo equivocarme si afirmo que un sesenta por ciento de los supervivientes van a morir en los meses y los años que vienen, como consecuencia de la deportación.

Tengo ganas de decirle que todo eso ya no me incumbe, que he hecho borrón y cuenta nueva. Tengo ganas de decirle que me está fastidiando, que mi muerte o mi supervivencia no son cosa suya. Tengo ganas de decirle que de todas formas mi compañero de Semur ha muerto. Pero este hombre se limita a hacer su trabajo, pese a todo no puedo impedirle que haga su trabajo.

Me dice adiós y parece que he tenido una suerte loca. Debería casi estar contento de haber hecho este viaje. De no haber hecho este viaje, nunca hubiera sabido que yo era un tío con suerte. Tengo que confesar que, en este momento, el mundo de los vivos me desconcierta un poco.

Fuera, Haroux me estaba esperando.

–¿Qué tal, tío? –me dice–, ¿te vas a salvar?

–Por lo visto, según el matasanos, aquello era un sanatorio, de lo fuerte que estoy.

–Yo no –dice Haroux bromeando–, parece que el corazón no me anda muy bien. Tengo que ir a que me lo vean, en París.

–No es grave, el corazón; basta con que no lo utilices.

–¿Crees que me preocupa, tío? –dice Haroux–. Estamos aquí y hace sol, hubiéramos podido convertirnos en humo.

–Sí –digo.

Sí, hubiéramos debido «convertirnos en humo». Bromeamos juntos. También Haroux vuelve de allí, tenemos derecho a reírnos de aquello si nos apetece. Y precisamente nos apetece.

–Vamos, ven –dice Haroux–, tenemos que ir a que nos hagan papeles de identidad provisionales.

–Es verdad, Dios, otra vez.

Echamos a andar hacia el barracón de la administración.

–Claro que sí, chico –dice Haroux–, no pretenderás que te dejen circular sin papeles, ¿no? Por si acaso fueras otro.

–¿Qué pruebas tienen de que no soy otro? Llegamos así, de sopetón. Tal vez seamos otros. –Haroux se divierte, no hay duda–. ¿Y la declaración jurada, tío? Vamos a declarar quiénes somos bajo juramento. ¿No te parece seria la declaración jurada?

Haroux se divierte. Su corazón no marcha bien, y seguramente el doctor le ha incluido en el sesenta por ciento de los que no sobrevivirán, pero hace sol y hubiéramos podido «convertirnos en humo».

–Pareces en forma, Haroux.

–¿En forma? Puedes decirlo. Me baño en agua de rosas, así es como me siento.

–Tienes suerte, tú, a mí todas esas enfermeras, esas preguntas estúpidas, esos doctores, todas esas miradas compasivas y cabezas bajas me repatean.

Haroux estalla, le da un ataque de risa.

–Lo tomas todo demasiado a pecho, chico, siempre te lo he dicho. Eres demasiado intelectual. Relájate, chico, haz como yo y ríete. ¿No te hacen gracia todos esos paisanos?

Entramos en el barracón de la administración y dirige una mirada circular a todos estos paisanos y paisanas.

–De todos modos –dice–, todavía andamos un poco despistados, ¿entiendes?

Eso debe de ser, desde luego.

Gracias a la declaración jurada, las formalidades de identificación han sido, en conjunto, bastante breves. Al final de la fila nos encontramos ante una joven rubia, de bata blanca, que coge la ficha de Haroux y escribe algo en ella. Luego le da un billete de mil francos y ocho cajetillas de Gauloises. Es la encargada de las primas de repatriación. Coge mi ficha y mi carné de identidad provisional. Escribe en la ficha y alinea sobre la mesa las ocho cajetillas de Gauloises. Comienzo a metérmelas en los bolsillos, pero hay demasiadas, y tengo que llevarme la mitad en la mano. Después me tiende el billete de mil francos. Haroux me da un Gauloise y fumamos. La muchacha rubia echa una ojeada a mi carné de identidad en el momento en que iba a devolvérmelo.

–¡Oh! –dice–, ¡pero usted no es francés!

–No –le digo.

–¿De verdad que no? –dice, mirando mi carné.

–Dicen que Francia es mi patria de adopción, pero yo no soy verdaderamente francés.

Me mira, y luego mira mi carné más detenidamente.

–¿Y qué es usted? –pregunta.

–Ya lo ve, soy refugiado español.

–¿Y no se ha nacionalizado usted? –insiste.

–Señorita, espere a que me muera para disecarme.*

Después, me avergüenzo un poco. Es otra broma de ex combatiente, como diría la muchacha morena de Eisenach.

–Pero esto es serio, señor –me dice la joven con tono administrativo–, ¿de verdad no es usted francés?

–De verdad, no lo soy.

Haroux, a mi lado, empieza a impacientarse.

–¿Qué más da que sea francés o turco mi compañero? –pregunta.

–No soy turco –digo en voz baja.

Sólo para dejar las cosas claras.

* Juego de palabras en francés: *naturaliser* quiere decir «nacionalizar» y también «disecar, embalsamar». *(N. de los T.)*

–¿Y qué coño importa que no sea francés? –pregunta Haroux.

La joven rubia se pone algo nerviosa.

–Mire usted –dice–, es por lo de la prima de repatriación. Sólo los ciudadanos franceses tienen derecho a ella.

–Yo no soy ciudadano francés –explico–. Y por otra parte, no soy en absoluto un ciudadano –añado.

–No me hará usted creer que no tiene derecho a ese miserable billete de mil francos –explota Haroux.

–Precisamente –dice la joven rubia–. Precisamente, resulta que no tiene derecho.

–¿Pero quién ha decidido esta jodida idiotez? –grita Haroux.

La joven rubia está cada vez más nerviosa.

–No se enfade, señor, yo nada tengo que ver con esto, es la Administración.

Haroux prorrumpe en una carcajada estruendosa.

–Administración de los cojones –dice–. ¿A usted le parece normal?

–A mí no tiene por qué parecerme nada –dice ella.

–¿No tiene usted una opinión personal sobre esto? –pregunta Haroux con mala intención.

–Si tuviera que tener opiniones personales, señor, no acabaría nunca –dice ella, sinceramente sorprendida–. Me limito a cumplir órdenes de la Administración, señor –añade.

–Tu madre –dice Haroux, rabioso.

–Mi madre también es funcionaria, señor –dice ella cada vez más ofendida.

–Déjalo –le digo a Haroux–, ¿no ves que la señorita cumple órdenes?

Haroux me fulmina con la mirada.

–Cállate –dice–, tú no eres francés, esta historia no te concierne. Para mí es una cuestión de principios.

–Las instrucciones son muy claras, señor. Están consignadas en una nota escrita. Sólo los ciudadanos franceses tienen derecho a la prima de repatriación –dice la joven.

–Entonces, hemos hecho esta guerra para nada –dice Haroux.

–No exageres.

–Calla –dice–, es una cuestión de principios.

–Además –insisto–, yo no he combatido en esta guerra.

–¿Qué chorradas dices? –exclama Haroux furioso.

–Nada, que no he combatido en esta guerra, esto es todo.

–¿Qué significa este lío? –me dice.

Se ha vuelto hacia mí, y la joven rubia nos mira.

Sigue con mi carné de identidad provisional en la mano.

–Significa que yo no soy un ex combatiente. Significa que yo no he combatido en esta guerra.

–¿Estás loco? ¿Qué estabas haciendo, entonces?

–La resistencia –le preciso.

–No compliques, ¿quieres? ¿No crees que tienes derecho a ella, a esta miseria de prima de repatriación?

–¡Oh, perdón! –dice la joven, ofendida–, esto no es la prima de repatriación, es solamente un anticipo. El total de la prima todavía no se ha concretado.

Esta joven tiene interés en que las cosas queden claras. Así son los de la Administración.

–Anticipo de mis huevos –dice Haroux.

–No sea usted grosero –dice la joven.

Haroux prorrumpe de nuevo en una carcajada estruendosa.

–Bueno, ¿lo quieres o no este anticipo de mis huevos?

–Pero yo no soy un repatriado –digo inocentemente.

–Estás chiflado –dice Haroux.

–Pero, señor –dice la joven–, no se trata de que este señor quiera o no el anticipo, es que no tiene derecho. ¿Entiende? Es cuestión de tener derecho.

–Es cuestión de mierda –dice Haroux, definitivo.

El ruido de la discusión atrajo la atención sobre nosotros. Se acerca un individuo. No lleva bata blanca, sino un traje azul. Debe de ser jefe de servicio en esta Administración que administra nuestro regreso al mundo. Se informa cortésmente del motivo de la discusión. Haroux se lo explica, con algunas palabrotas y consideraciones generales sobre la situación de Francia. La joven rubia se lo explica también, administrativamente, con un tono neutro. Es un asunto que la incumbe administrativamente, no tiene por qué tomar partido.

El jefe de servicio de traje azul nos explica cortésmente cuáles son las decisiones de la Administración. No cabe la menor duda, tengo que devolver este billete de mil francos. No tengo derecho a este billete de mil francos. «Tengan en cuenta, por otra parte, que el señor tendrá seguramente derecho, más adelante, a la prima de repatriación, cuando la cuestión de la prima de repatriación y del estatuto de repatriados hayan sido legalmente precisados. Es obvio que la cuestión se planteará, en su conjunto, pues son numerosos los extranjeros que han luchado por Francia, como el señor.» No tengo ganas de decirle que yo no he combatido por Francia, y que de todas formas tampoco soy un repatriado. No tengo ganas de complicar las cosas. Devuelvo el billete de mil francos al que no tengo derecho. «Por otra parte, el señor tiene derecho a transporte y alojamiento gratuitos por todo el territorio nacional, hasta su lugar de residencia. Es en su lugar de residencia donde será examinada, en su conjunto, la cuestión de su estatuto de repatriado.» No le digo que no tengo lugar de residencia. Quizás eso complicaría la cuestión de mi alojamiento y transporte gratuitos por todo el territorio nacional. Haroux ya no dice nada. Parece aplastado por todas estas consideraciones administrativas. Vamos a marcharnos.

–¿Y los cigarrillos? –dice la joven rubia.

El problema de los cigarrillos, repentinamente recordado, desorbita los ojos del jefe de servicio de traje azul.

–Los cigarrillos –repite.

Haroux, estupefacto, ya no sabe qué decir.

Pero el jefe de servicio ha tomado una rápida y valerosa decisión.

–Evidentemente –dice–, según el texto de esta circular, los cigarrillos y el anticipo de mil francos van unidos. Pero pienso que seremos fieles al espíritu de esta circular si le dejamos los cigarrillos a este señor. A no ser que el señor no fume...

–Pues sí –argumento–, soy más bien fumador.

–Pues quédese con esos cigarrillos –dice–, quédese con ellos. El espíritu de la circular le autoriza a ello.

Haroux mira a derecha e izquierda, al vacío. Tal vez está intentando descubrir el espíritu de esta circular.

–Buena suerte, señores –dice el jefe de servicio–, y buen regreso a sus hogares.

Por el momento, los astutos diosecillos de mi hogar deben de andar de juerga. Haroux y yo nos encontramos otra vez en el patio.

–Es increíble –dice Haroux.

No me atrevo a decirle que todo esto se me antoja bastante significativo, en su conjunto, pues Haroux parece demasiado abrumado. Caminamos por la gran avenida del campo de repatriación. Pero el hecho es que yo no soy un repatriado, casi le estoy agradecido a esta mujer rubia por habérmelo recordado. Llego de un país extranjero a otro más extranjero. Es decir, yo soy el extranjero. Casi me alegro de haber recobrado de pronto mi cualidad de extranjero, esto me ayuda a guardar las distancias. Haroux, desde luego, opina de modo distinto. Parece triste, Haroux, al comprobar la estabilidad de las estructuras administrativas de su país. Los domingos, en el campo, debía de soñar con una Francia completamente nueva, cuando teníamos tiempo de soñar. Y el choque con la realidad le aflige. Ya no dice nada Haroux. Pero, a mí, los choques con la realidad siempre me han parecido prodigiosamente excitantes. Obligan a reflexionar, no cabe duda. Caminamos por la gran avenida del campo de Longuyon y nos paramos a beber en una fuente. Haroux bebe el primero y se seca con el reverso de la mano.

–Es como para morirse, todo esto –dice refunfuñando.

A mí me parece que exagera, que la muerte, pese a todo, es algo mucho más idiota. Yo también bebo, pues el agua está fresca. Pienso que ya ha terminado este viaje. El agua fresca se desliza por mi garganta y recuerdo aquella otra fuente, en la plaza de aquel pueblecito alemán. Precisamente, Haroux también estaba allí. Caminábamos por la blanca carretera y tan pronto había sombra como sol. Los edificios del campo de cuarentena estaban a la derecha, entre los árboles. Íbamos a beber. Los de las SS habían volado las tuberías el día anterior, al huir. Pero sin duda había una fuente en la plaza de aquel pueblo. Habrá seguramente una fuente, vamos a beber.

Nuestras botas pisan fuerte los guijarros de la blanca carretera y hablamos en voz alta. Sin duda hay una fuente en la plaza de este pueblo. Los domingos solíamos mirar este pueblo, agazapado en la verde llanura. Estábamos en el bosquecillo, justo detrás de los barracones del campo de cuarentena, y mirábamos este pueblo. Flotaban humaredas tranquilas sobre las casas de este pueblo. Pero hoy estamos fuera, caminamos por la carretera pedregosa, hablamos en voz alta. El pueblo estará esperándonos, está al final de nuestra marcha conquistadora, no es otra cosa que la meta de esta marcha.

Miro los árboles, y los árboles se mueven. Sopla el viento de abril sobre los árboles. El paisaje ha dejado de estar inmóvil. Antes, bajo el ritmo lento e inmutable de las estaciones, el paisaje estaba inmóvil. Es decir, nosotros

116

estábamos inmóviles en medio de un paisaje que sólo era un decorado. Pero el paisaje ha comenzado a moverse. Cada sendero que se abre a la izquierda, bajo los árboles, es un camino que conduce a las profundidades del paisaje, hacia la perpetua renovación del paisaje. Todas estas posibles alegrías, al alcance de la mano, me hacen reír. Haroux, que caminaba delante, se ha detenido para esperarme. Me mira, me ve reírme solo.

–¿Por qué te ríes solo? –pregunta.

–Es divertido andar por una carretera.

Me vuelvo y miro alrededor. Él hace lo mismo.

–Sí –dice–, es bastante divertido.

Encendemos unos cigarrillos. Son Camel, me los ha dado un soldado americano. Era de Nuevo México y hablaba un español cantarín.

–La primavera –digo a Haroux– y el campo siempre me han hecho reír.

–¿Y por qué? –pregunta.

Tiene el pelo blanco, muy corto, y se pregunta por qué siempre me hacen reír el campo y la primavera.

–No lo sé muy bien, me tranquiliza. Bueno, el caso es que me hace reír.

Volvemos la cabeza y miramos el campo.

Los barracones del campo de cuarentena y los edificios del hospital están en parte ocultos por los árboles. Más arriba, en la ladera de la colina, se alinean las filas de bloques de cemento, y en el perímetro de la plaza de formaciones, los barracones de madera, de un lindo color verde primaveral. Al fondo y a la izquierda, la chimenea del crematorio. Miramos esta colina talada donde unos hombres construyeron el campo. El silencio y el cielo de abril caen sobre este campo que los hombres construyeron.

Intento pensar que se trata de un instante único, que tenazmente hemos sobrevivido para este instante único en el que podríamos mirar el campo desde fuera. Pero no lo consigo. No consigo captar lo que hay de único en este instante único. Me digo a mí mismo: «Mira, es un instante único, montones de compañeros que han muerto soñaban con este instante en el que podríamos mirar el campo desde fuera, como ahora, cuando ya no estuviéramos dentro sino fuera», me digo todo esto, pero no me apasiona. Probablemente no tendré dotes para captar los instantes únicos en su pura transparencia, en sí mismos. Veo el campo, oigo el susurro silencioso de la primavera, y todo esto me da ganas de reír, de echar a correr por los senderos hacia la espesura de los bosques de un verde frágil, como siempre me ocurre en el campo en primavera.

Me ha fallado este instante único.

–Bueno, ¿venís? –grita Diego, cien metros más abajo. Vamos allá.

Teníamos sed, y nos habíamos dicho que sin duda habría una fuente en la plaza de este pueblo. Siempre hay fuentes en las plazas de los pueblecitos campesinos. El agua se desliza, fresca, sobre la piedra pulida por los años. A grandes zancadas, alcanzamos a Diego y a Pierre, que nos esperan en el cruce con la carretera asfaltada que lleva hasta el pueblo.

–¿Qué coño hacíais? –pregunta Diego.

–La primavera, que le hace reír. Se para y ríe como un bendito –responde Haroux.

–La primavera le altera –constata Pierre.

–No, hombre –digo–, todavía no. Pero resulta divertido caminar por una carretera. Ayer, eran los otros quienes caminaban por las carreteras.

–¿Qué otros? –pregunta Diego.

–Todos los otros, los que no estaban dentro.

–Éramos muchos los que estábamos dentro –dice Pierre, guasón.

En efecto, éramos muchos.

—Bueno —dice Diego—, ¿vamos a ese puñetero pueblo?

Maquinalmente, miramos al fondo de la carretera, hacia ese puñetero pueblo. En realidad, no es la sed el motivo principal que nos lleva hacia ese pueblo. Hubiéramos podido beber el agua que los americanos trajeron en sus camiones cisterna. Es el pueblo lo que nos atrae. El pueblo es el exterior, el afuera, la vida de afuera que proseguía. Los domingos, en la linde de los árboles, más allá del campo de cuarentena, acechábamos la vida de afuera. Y ahora caminamos hacia la vida de afuera.

Ya no me río, estoy cantando.

Diego, vejado, se da media vuelta.

—¿Qué crees que estás cantando? —dice.

—¡Pues «La paloma»!

A la larga me fastidia. Creo que está bien claro, estoy cantando «La paloma».

—¡Vaya, pues! —y se encoge de hombros.

Siempre que canto me dicen que me calle. Incluso cuando cantamos a coro, veo los gestos indignados de los compañeros que se tapan los oídos. Para terminar, cuando cantamos a coro, me limito a abrir la boca, sin emitir sonido alguno. Es la única manera de salir airoso. Pero aún hay más. Aun cuando no canto nada concreto, cuando improviso, me dicen que desafino. No entiendo cómo puede sonar desafinado lo que no es nada. Pero parece que lo afinado y lo desafinado, en música, son nociones absolutas. El resultado es que ni siquiera bajo la ducha puedo cantar a voz en cuello. Incluso entonces me mandan callar.

Caminamos por la carretera asfaltada y ya nadie dice nada. El campo es hermoso, alrededor, pero está vacío, es una sucesión de campos verdes y fértiles, donde no se ve a nadie trabajando, donde no aparece ninguna figura humana. Quizá no es el momento de trabajar la tierra, no sé, yo soy un hombre de ciudad. O será que el campo es siempre así, al día siguiente de la invasión. Tal vez los campos están siempre así, vacíos, en un silencio atento, al día siguiente de la llegada de los invasores. Para nosotros, vuelve a comenzar la vida de antes, la vida de antes de este viaje. Pero, para estos campesinos de Turingia, pues al fin y al cabo debe de haberlos, es la vida de después la que hoy empieza, la vida de después de la derrota, de después de la invasión. Tal vez estén en sus casas esperando el sesgo que va a tomar esta vida de después de la derrota. Me pregunto qué cara pondrán en el pueblo cuando nos vean aparecer.

Llegamos ante las primeras casas del pueblo. Todavía no es una calle verdadera, sino la carretera que se prolonga y, a ambos lados, algunas casas. Son casas muy limpias, agradables de mirar. Tras una valla blanca se oyen ruidos de corral. No decimos nada, pasamos en silencio ante estos ruidos de corral. Un poco más allá está la plaza del pueblo. Ahí está, no la habíamos soñado. Hay una fuente en medio, y dos hayas que dan sombra a un rincón de la plaza, con bancos.

El agua se desliza sobre un pilón de piedra pulida por los años, sobre un terraplén circular al que se llega por dos escalones. El agua mana con un chorro regular, que a veces dispersa el viento de abril, y entonces ya no se oye el rumor del chorro al golpear la superficie del agua del pilón. Nosotros, aquí, miramos correr el agua.

Diego se acerca al chorro de agua y bebe largamente. Se endereza, y tiene la cara cubierta de gotitas brillantes.

–Está buena –dice.

Entonces, Pierre se acerca a su vez, y bebe.

Miro, a nuestro alrededor, las casas de la plaza desierta. Se diría que el pueblo está vacío, pero siento la presencia humana en este pueblo, detrás de las puertas y las ventanas cerradas.

Pierre se endereza a su vez y ríe.

–¡Dios, esto sí que es agua! –dice.

En el campo, el agua era mala, era preciso tener cuidado y no beber demasiado. Lo recuerdo, la noche en que llegamos muchos enfermaron como perros por atracarse de aquel agua tibia y nauseabunda. El chico de Semur se había quedado en el vagón. Desde que murió le estuve aguantando en mis brazos, con su cadáver contra mí. Pero los de las SS abrieron las puertas correderas, subieron dando golpes y gritos, en medio de los ladridos de los perros policías. Saltamos al andén, descalzos en el barro del invierno, y dejé en el vagón a mi amigo de Semur. Tendí su cadáver al lado del viejecito que había muerto diciendo: «¿Os dais cuenta?». Yo ya empezaba a darme cuenta, desde luego.

Haroux también ha bebido de esta agua tan buena.

Me pregunto cuántos años debe de llevar vertiendo su agua viva esta fuente. Tal vez sean siglos, quién sabe. Tal vez esta fuente ha dado lugar a este pueblo, esta fuente de antaño que atrajo a su alrededor a los campesinos, a las casas de los campesinos. Pienso que, de todas formas, esta agua viva ya manaba aquí cuando el Ettersberg no estaba talado, cuando los ramajes de las hayas cubrían todavía toda la colina donde se construiría el campo. Las SS habían conservado, en la explanada, entre las cocinas y el *Effektenkammer* –el almacén central–, aquel haya a cuya sombra dicen que Goethe venía a sentarse. Pienso en Goethe y Eckermann charlando bajo esta haya para la posteridad, entre las cocinas y el *Effektenkammer*. Pienso que ya no podrán volver más, pues el árbol está quemado por dentro y ya no es más que una cáscara podrida y vacía, pues una bomba de fósforo americana liquidó el haya de Goethe el mismo día en que bombardearon las fábricas del campo. Miro cómo Haroux se inunda la cara con esta agua fresca y pura y me pregunto qué cara pondría si le dijera que está bebiendo el agua de Goethe, que seguramente Goethe venía hasta esta fuente campesina para saciar su sed, después de charlar con Eckermann para la posteridad. Seguro que me mandaría a la mierda.

Haroux ha bebido y me toca a mí.

El agua está buena, no se puede negar. No tan buena como el agua de Guadarrama, la de las fuentes del Paular o de Buitrago, pero es buena, a pesar de todo. Tiene un lejano sabor ferruginoso. También en Yerres el agua de la fuente que había al fondo del huerto tenía un regusto ferruginoso.

Acabamos de beber y estamos de pie, en medio de la plaza.

Miramos a nuestro alrededor, arrastramos nuestras botas por el empedrado de la plaza. Me pregunto si el pueblo tiene miedo, si nos temen los campesinos. Ellos han trabajado en estos campos, han tenido durante años ante sus ojos los edificios del campo cuando trabajaban su tierra. Los domingos, les veíamos pasar por la carretera, con sus mujeres y sus hijos. Era primavera, como hoy, y se paseaban. Para nosotros eran hombres que se paseaban con sus familias después de una semana de duro trabajo. Su existencia nos resultaba inmediatamente accesible, su comportamiento era transparente para nosotros. Era la vida de antes. Nuestra mirada fascinada los descubría en su verdad genérica. Eran campesinos que se paseaban los domingos por la carretera con sus familias. Pero nosotros, ¿qué visión podían tener ellos de nosotros? Era preciso que hubiera una razón grave para que nos tuvieran encerrados en un campo, para que nos obligaran a trabajar desde antes del amanecer, tanto en verano como en invierno. Éramos unos criminales, cuyos delitos debían de ser particularmente graves. Así debían de vernos aquellos campesinos, si es que en realidad nos veían, si es que verdaderamente se percataban de nuestra existencia. Pero nunca debieron de plantearse, en realidad, el problema de nuestra existencia,

122

el problema que nuestra existencia a su vez les planteaba. Seguramente formábamos parte de esos acontecimientos del mundo que no se les planteaban como problema, pues carecían de los medios necesarios para planteárselos, y ni siquiera deseaban, además, planteárselos como problema, afrontarlos como un problema. La guerra, aquellos criminales en el Ettersberg (extranjeros además, eso ayuda a no plantearse problemas, a no complicarse la vida), los bombardeos, la derrota, y antes las victorias, todo eso eran acontecimientos que les desbordaban, literalmente. Trabajaban sus campos, se paseaban los domingos después de haber escuchado al pastor, lo demás se les escapaba. Por otra parte, en verdad, lo demás se les escapaba porque estaban decididos a dejarlo escapar.

–¿No hay nadie en este pueblo? –dice Pierre.

–Claro que sí, ya lo ves –le contesta Haroux.

Se ve bien, en efecto, que hay gente. Las cortinas se agitan en algunas ventanas. Hay miradas que nos acechan. Hemos venido a buscar la vida de antes, la vida de afuera. Pero con nosotros hemos traído la amenaza de lo desconocido, de una realidad hasta ayer criminal y punible. El pueblo hace el vacío a nuestro alrededor.

–Bueno –dice Pierre–, sólo nos queda largarnos.

Tiene razón, pero nos quedamos, arrastrando nuestras botas por el pavimento de la plaza, mirando estas casas cuya vida interior se ha esquivado ante nosotros. ¿Qué esperábamos, en verdad, de este pueblo?

–¿Y entonces qué? –dice Diego–. Es un pueblo alemán, no hay por qué poner esa cara.

Así es que ponemos una cara especial. Si lo dice Diego, será que ponemos una cara especial. Es decir, yo también debo de ponerla, pues a los demás yo ya los veía que ponían una cara especial, Diego incluido.

Nos reímos como tontos, al mirarnos.

–Bueno, vámonos –dice Haroux.

Y nos vamos. El pueblo nos expulsa, expulsa el ruido de nuestras botas, nuestra presencia insultante para su tranquilidad, para su ignorante buena conciencia, expulsa nuestros trajes rayados, nuestros cráneos rasurados, nuestras miradas de los domingos que descubrían la vida de afuera en este pueblo. Y he aquí que tampoco era la vida de afuera, no era más que otra manera de estar dentro, de estar en el interior de este mismo mundo de opresión sistemática, consecuente hasta el final, y cuya mejor expresión era el campo de concentración. Nos vamos. Sin embargo, el agua estaba buena, no se puede negar. Estaba fresca, era agua viva.

–Vamos, tío, reacciona –dice el chico de Semur.

Desde que amaneció, he caído en una especie de sopor alelado.

–¿Qué? –pregunto.

–Coño, llevamos horas rodando sin parar, y tú ahí, sin ver nada. ¿Ya no te interesa el paisaje?

Contemplo el paisaje, con mirada lúgubre. No, ya no me interesa, de momento. Por otra parte, dista mucho de ser tan hermoso como el de ayer, como el del valle del Mosela bajo la nieve.

–No es bonito este paisaje –digo.

El chico de Semur bromea. Es decir, tengo la impresión de que se esfuerza por bromear.

–¿Qué hubieras querido? –dice–, ¿un circuito turístico?

–No quiero nada. Simplemente, ayer era bonito y hoy el paisaje no lo es.

Desde que amaneció, tengo la impresión de que mi cuerpo se va a quebrar en mil pedazos. Siento cada pedazo por separado, como si mi cuerpo ya no fuera un todo.

Los dolores de mi cuerpo se diseminan a los cuatro vientos. Recuerdo que cuando era niño, en aquel gran salón de peluquería adonde nos llevaban, no lejos del Bijenkorf,[*] en La Haya, me esforzaba en sentir frente a mí, en mi imagen reflejada en el gran espejo frente a mí, las vibraciones de la rasuradora eléctrica o el escalofrío del filo de la navaja de afeitar en los pómulos y en la nuca. Era un gran salón de peluquería de caballeros, con una buena decena de sillones frente a aquel largo espejo que ocupaba toda la pared de enfrente. Los hilos de las maquinillas eléctricas corrían por una especie de riel, a la altura de una mano de hombre erguida en el aire. Ahora que lo pienso, en la gran sala de desinfección del campo había el mismo sistema de rasuradoras que corrían por una especie de riel. Pero allí no había sillones, claro está. Me sentaba en el sillón, en aquel salón de peluquería al lado del Bijenkorf, y me relajaba. El calor ambiente, el ronroneo de las maquinillas de cortar el pelo, mi ausencia deliberada de mí mismo, me proyectaban hacia una somnolencia próxima al embotamiento. Luego, me despabilaba un poco por dentro y miraba fijamente mi imagen en el largo espejo que ocupaba toda la pared de enfrente. En primer lugar, era preciso tratar de fijar solamente mi propia imagen, de aislarla de los demás reflejos en el espejo. Y no convenía que la cara rubicunda de aquel holandés que se estaba afeitando una barba pelirroja viniera a perturbar mi intento. Al cabo de un rato de mirar con una fijeza casi dolorosa, tenía la sensación de que mi reflejo en el espejo se separaba de la superficie pulida, avanzaba hacia mí, o se alejaba más allá del espejo, pero en ambos casos rodeado de una especie de halo luminoso que lo aislaba del resto de los reflejos, a su vez borrosos y oscurecidos. Un esfuerzo más, y la vibración de la rasuradora en mi nuca

* Célebres grandes almacenes de La Haya. *(N. de los T.)*

ya no la sentía en la nuca, es decir, sí, seguía sintiéndola en la nuca, pero más allá, frente a mí, sobre aquella nuca que debía de encontrarse tras la imagen de mi cabeza reflejada en el espejo. Hoy, sin embargo, ya no necesito jugar dolorosamente a dispersar a mi alrededor mis propias sensaciones corporales, hoy todos los pedazos rotos y pisoteados de mi cuerpo se diseminan a los cuatro vientos de este horizonte restringido del vagón. Ya no me queda, que sea sólo mío, dentro de mí, más que esta bola de fuego, ardiente y esponjosa, en alguna parte detrás de mis ojos, donde parecen repercutir, a veces blandos y a veces agudos, todos los dolores que me llegan de mi cuerpo quebrantado, roto en pedazos esparcidos a mi alrededor.

–De todas formas, corremos –dice el chico de Semur.

En el momento en que dice esto, un sol pálido se refleja en los cristales de un puesto guardagujas y el tren se detiene a lo largo de un andén de estación.

–Joder –dice el chico de Semur.

Las preguntas brotan de todas partes hacia quienes nos encontramos cerca de las aberturas obturadas por alambre de espino. Quieren saber dónde estamos, los muchachos, qué vemos, si se trata de una estación, o si una vez más estamos parados en pleno campo.

–Es una estación –digo a quienes se encuentran detrás de nosotros.

–¿Parece una gran ciudad? –pregunta alguien.

–No –dice el chico de Semur–, es más bien una ciudad pequeña.

–¿Ya hemos llegado? –pregunta otro.

–¿Y cómo quieres que lo sepamos, eh? –dice el chico de Semur.

Miro hacia la estación, y hacia más allá de la estación, pues parece, en efecto, que se trata de una pequeña población. El andén está vacío, y hay centinelas en él, y también ante las puertas que dan a las salas de espera y a los accesos para viajeros. Se ve gente que se agita, tras los cristales de las salas de espera, tras los torniquetes de los pasos para viajeros.

—¿Has visto? –digo al chico de Semur.

Sacude la cabeza. Lo ha visto.

—Se diría que nos esperan.

La idea de que quizás hayamos llegado al final del viaje flota en las brumas de mi cansancio desesperado. Pero no me da ni frío ni calor pensar que tal vez se trate del final del viaje.

—Quizá sea Weimar –dice el chico de Semur.

—¿Sigues pensando que vamos a Weimar?

Me deja completamente indiferente que estemos en Weimar, que esto sea Weimar. Ya no soy más que una triste superficie pisoteada por el galope de mis punzantes dolores.

—Claro, tío –dice el chico de Semur, conciliador.

Y me mira. Veo que opina que mejor sería que esto fuera Weimar, que mejor sería que hubiéramos llegado. Ya veo que piensa que no me queda para mucho. Esto tampoco me afecta, que me quede o no para mucho, que esté en las últimas o no.

En Ascona, dos años después, poco más o menos dos años después, recordé aquella parada en la estación provinciana, bajo la pálida claridad del invierno. Me había apeado en Solduno, en la parada del tranvía, y en vez de subir enseguida hacia la casa, recuerdo que crucé el puente y anduve hasta el muelle de Ascona. También era invierno, pero hacía sol, y tomé un café al aire libre, al sol, en la terraza de uno de los cafés del muelle de Ascona, frente al lago que espejeaba bajo el sol invernal. A mi alrededor había algunas mujeres hermosas, coches deportivos y jóvenes vestidos con impecables trajes de franela. El paisaje era hermoso y tierno, y estábamos al principio de la posguerra. A mi alrededor se hablaban varios idiomas y los coches deportivos tocaban el claxon al arrancar a todo gas, entre risas y hacia fugaces alegrías. Yo estaba sentado y bebía auténtico café y no pensaba en nada, es decir, pensaba en que tenía que marcharme pronto, en que ya se terminaban aquellos tres meses de descanso en la Suiza italiana. Tendría que organizar mi vida, pues tenía veintidós años y era preciso comenzar a vivir. El verano de mi regreso, y también el otoño, aún no había empezado a vivir. Simplemente, había explorado hasta el fondo, hasta el agotamiento, todas las posibilidades ocultas en los instantes sucesivos que pasaban. Ahora me era preciso comenzar a vivir, a tener proyectos, un trabajo, unas obligaciones, un porvenir. Pero en Ascona, en el muelle de Ascona, frente al lago deslumbrante bajo el sol invernal, todavía no tenía un porvenir. Desde que llegué a Solduno, me había limitado a absorber el sol por todos los poros de mi piel y a escribir ese libro del cual ya sabía que sólo serviría para poner en orden mi pasado ante mis propios ojos. Fue entonces, en Ascona, delante de mi café, de un auténtico café, y feliz bajo el sol, desesperadamente feliz con una felicidad vacía y brumosa, cuando recordé aquella parada en la pequeña ciudad alemana en el curso de este viaje. Hay que decir que, a lo largo de los años, algunos recuerdos me han asaltado en ocasiones con perfecta precisión, surgiendo del olvido voluntario de este viaje, con la pulida perfección de los diamantes que nada puede empañar. Aquella noche, por ejemplo, en la que tenía que ir a cenar a casa de unos amigos. La mesa estaba dispuesta en una sala amplia y agradable, y había fuego de leña en la chimenea. Hablamos de esto y de lo otro, nos llevábamos muy bien, y Catherine nos pidió que pasáramos a la mesa. Había preparado una cena rusa y así fue como de repente me encontré con una rebanada de pan negro en la mano, y mordí la rebanada de manera maquinal, mientras seguía la conversación. Entonces aquel sabor a pan negro, un poco ácido,

esta lenta masticación del pan negro y grumoso, hizo re-
vivir en mí, brutalmente, aquellos instantes maravillosos
en los que comíamos la ración de pan en el campo de
concentración, cuando devorábamos lentamente, con
mucha astucia para que durara más, los minúsculos cua-
draditos de pan húmedo y arenoso que recortábamos de
la ración de cada día. Permanecí inmóvil, con el brazo en
el aire, con mi rebanada de buen pan negro, un poco ácido, en la mano, y mi corazón latía desenfrenadamente.
Catherine me preguntó qué me pasaba. No me pasaba nada, no era más que un pensamiento, nada más, no tenía
nada que ver, no podía decirle que estaba a punto de morir, desfalleciendo de hambre, muy lejos de todos ellos,
del fuego de leña y de las palabras que pronunciábamos,
bajo la nieve de Turingia y en medio de las grandes hayas
donde soplaban las ráfagas del invierno. O aquella otra vez
en Limoges, durante un viaje. Habíamos parado el coche
delante de un café, Le Trianon, frente al liceo. Estábamos
en el mostrador, tomando un café, y alguien puso en marcha el tocadiscos, esto es, oí los primeros compases de «Tequila» antes de comprobar que alguien había puesto en
marcha el tocadiscos. Me di la vuelta y vi en una mesa un
grupo de chicos y chicas que llevaban el compás y se movían al ritmo de «Tequila». Sonreí para mis adentros, primero, pensando que en realidad por todas partes se oía
«Tequila», que resultaba divertido ver a la juventud dorada
de Limoges meneándose al ritmo de «Tequila». Así, a primera vista, nunca hubiera asociado fácilmente Limoges y
«Tequila». Pensé en cosas más o menos importantes acerca de esta mecánica difusión de la música comercial, pero
no pienso intentar reproducir cuáles eran estos pensamientos más o menos importantes. Los compañeros bebían su café, tal vez escuchaban «Tequila», simplemente
bebían su café. Me di la vuelta otra vez, y fue entonces cuando advertí el rostro de aquella jovencita, crispado, con los

ojos cerrados, como la extática máscara de «Tequila» convertida en algo más que música, en una jovencita perdida en el mundo ilimitado de la desesperación. Tomé otro sorbo de café, los compañeros estaban en silencio, yo tampoco decía nada, habíamos viajado sin parar desde hacía catorce horas, y de repente dejé de oír «Tequila» y pasé a escuchar con mayor nitidez la melodía de «Star dust» tal como la tocaba a la trompeta aquel danés que formaba parte de la orquesta de jazz que Yves creó en el campo de concentración. No tenía nada que ver, claro está, o más bien sí, existía una relación, ya que, aunque no se trataba de la misma música, era sin embargo el mismo universo de soledad, el mismo folklore desesperado de Occidente. Pagamos nuestros cafés y salimos, pues todavía nos quedaba bastante camino por delante. Fue en Ascona bajo el sol invernal, en Ascona y frente al horizonte azul del lago, donde recordé aquella parada en la pequeña ciudad alemana.

El chico de Semur había dicho: «Vamos, tío, reacciona», justo antes de que parase el tren en esta pequeña estación alemana, me acabo de acordar. He encendido un cigarrillo y me he preguntado por qué aquel recuerdo volvía a surgir. No había ninguna razón para que emergiera, pero quizá por ello surgió como un punzante recuerdo, en medio de este sol de Ascona, como una aguda llamada de la densidad de aquel pasado, pues tal vez era precisamente la espesa densidad de aquel pasado lo que convertía en vacía y nebulosa esta felicidad de Ascona, y de ahora en adelante todas las felicidades posibles. El hecho es que el recuerdo de la pequeña estación, el recuerdo de mi amigo de Semur afloró a la superficie. Permanecía inmóvil, saboreando a pequeños sorbos mi café una vez más, y otra vez más herido de muerte por los recuerdos de aquel viaje. El chico de Semur había dicho: «Vamos, tío, reacciona», y enseguida paramos en aquella estación alemana. Y en aquel momento se acercó a mi mesa una joven de linda boca pintada y ojos claros.

«¿No es usted el amigo de Bob?», me preguntó. Yo no era el amigo de Bob, desde luego, ¿cómo podría serlo? «No», le dije, «lo siento.» «Lástima», dijo ella, lo que era bastante enigmático. «¿Ha perdido usted a Bob?», le pregunto. Entonces, ella se echó a reír. «A Bob, usted sabe, no hay manera de perderlo», dijo. Luego se sentó en el borde de una mesa y cogió uno de mis cigarrillos, el paquete estaba sobre la mesa. Era hermosa, susurrante, justo lo que necesitaba para olvidar a mi amigo de Semur. Lo que sucedía es que no tenía ganas de olvidar a mi compañero de Semur en aquel momento preciso. Sin embargo, le di lumbre y miré otra vez el horizonte azul del lago. El chico de Semur había dicho: «De todas formas, corremos», o algo así, y justo después el tren se detuvo a lo largo del andén desierto de aquella estación alemana. «¿Qué hace usted por aquí?», preguntó la muchacha. «Nada», le respondí. Ella me miró fijamente, sacudiendo la cabeza. «Entonces, ¿será Pat quien tendrá razón?» «Explíquese», le pido, y sin embargo no me apetece en absoluto iniciar una conversación con ella. «Pat dice que usted está aquí sin motivo alguno, pero nosotros pensamos que anda buscando algo.» La miro, sin decir nada. «Bueno», dice ella, «le dejo. Usted vive en esa casa redonda, encima de Solduno, en la colina de la Maggia.» «¿Es una pregunta?», inquiero. «No», dice ella, «lo sé.» «¿Y entonces?», digo. «Iré a verle un día de estos», me dice. «De acuerdo», le digo, «pero mejor al atardecer.» Ella asiente con la cabeza y se levanta. «Pero no le diga nada a Bob», añade. Me encojo de hombros, no conozco a Bob, pero ella ya se ha marchado. Pido otro café y sigo tomando el sol, en vez de subir a casa para trabajar en mi libro. De todas formas, voy a terminar el libro, es preciso que lo termine, pero ya sé que no vale nada. No es todavía el momento de contar aquel viaje, es preciso esperar aún, hay que olvidar en verdad aquel viaje y después, tal vez, pueda contarlo.

«De todas formas, corremos», había dicho el chico de Semur, y un momento después parábamos en aquella estación alemana, eso recordaba en Ascona. Luego transcurrió algún tiempo, horas o minutos, ya no recuerdo, pero el caso es que pasó un tiempo, mejor dicho, no pasó nada durante cierto tiempo, y estábamos allá, simplemente, a lo largo del andén desierto, y los centinelas hacían gestos con la mano hacia nosotros, posiblemente explicaban quiénes éramos a la gente que había acudido.

–Me pregunto qué pensarán esos *boches* de nosotros, cómo nos verán –ha dicho el chico de Semur.

Y mira hacia esta estación alemana, hacia los centinelas alemanes y esos alemanes curiosos, con una mirada grave. En efecto, es una pregunta que no carece de interés. Nada cambiará para nosotros, desde luego, sea cual sea la imagen que tengan de nosotros todos esos alemanes apretujados tras los cristales de las salas de espera. Lo que somos, lo seremos sea cual fuere la mirada que nos lanzan todos esos alemanes mirones. Pero, en el fondo, también somos lo que ellos imaginan ver en nosotros. No podemos prescindir totalmente de su mirada, ella también nos revela y saca a relucir lo que quizá seamos. Miro esos rostros alemanes, borrosos tras los cristales de las salas de espera, y recuerdo la llegada a Bayona, hace siete años. El barco pesquero había atracado frente a la plaza mayor, con macizos de flores y vendedores de helados de vainilla. Una pequeña multitud de veraneantes se habían agolpado, detrás de los controles policiacos, para vernos desembarcar. Nos veían como rojos españoles, aquellos veraneantes, y eso nos sorprendía, en un primer momento, nos desbordaba, y sin embargo tenían razón, éramos rojos españoles, yo era ya un rojo español sin saberlo, y gracias a Dios, no está nada mal ser un rojo español. Gracias a Dios sigo siendo un rojo español y contemplo esta estación alemana entre la neblina de mi cansancio con una mirada de rojo español.

–Nos miran como a delincuentes, creo, o como a terroristas –digo al chico de Semur.

–En cierto sentido –dice–, no se equivocan del todo.

–Gracias a Dios –digo.

El chico de Semur sonríe.

–Gracias a Dios –dice–, ¿te imaginas si estuviéramos en su lugar?

Pienso que, de ser así, tal vez no llegaríamos a saber que estábamos en su lugar, es decir, que quizás estaríamos como ellos, engañados, convencidos de la razón de nuestra causa.

–Es decir –le pregunto–, ¿prefieres que estemos donde estamos?

–Bueno, yo preferiría estar en Semur, por si quieres saberlo. Pero entre ellos y nosotros, entre esos *boches* que nos miran y nosotros, prefiero estar en nuestro lugar.

También el soldado alemán de Auxerre, a veces, me daba la sensación de que hubiera preferido estar en mi lugar. En cambio, he conocido a otros que se sentían muy contentos de estar donde estaban, muy seguros de ocupar el buen lugar. Los dos centinelas que estaban en nuestro compartimento, por ejemplo, entre Dijon y Compiègne, hace una semana, no tenían ninguna duda a este respecto. Eran dos tipos en la plenitud de sus fuerzas, bien alimentados, y se divertían apretándonos las esposas lo más fuerte posible y dándonos patadas en las piernas. Se reían con ganas, pues estaban encantados de ser tan fuertes. Yo iba encadenado a un polaco, un hombre de unos cincuenta años que estaba completamente convencido de que nos matarían a todos durante el viaje. Por la noche, cada vez que el tren se detenía, se inclinaba hacia mí y murmuraba: «Ya está, esta vez es seguro, no quedaremos ni uno». Al principio había intentado que entrara en razón, pero era inútil, había perdido completamente la cabeza. Una vez, durante una larga parada, sentí su aliento jadeante y me dijo: «¿Oyes?». Yo no oía nada, claro está, es decir, nada más que la respiración de nuestros compañeros que dormitaban. «¿El qué?», le pregunto. «Los gritos», me dice. No, yo no oía los gritos, no había gritos. «¿Qué gritos?», le pregunto. «Los gritos de los que están matando, ahí, bajo el tren.» Ya no dije nada, ya no merecía la pena decir nada. «¿Oyes?», me dice otra vez, un poco después. Yo no reacciono. Entonces, tira de la cadena que nos une, muñeca contra muñeca. «La sangre», dice, «¿no oyes correr la sangre?» Tenía una voz ronca, ya casi inhumana. No, yo no oía correr la sangre, sólo oía su voz enloquecida, y sentía que mi propia sangre se iba helando. «Bajo el tren», dice, «ahí, bajo el tren, ríos de sangre, oigo correr la sangre.» Su voz subió un tono, y uno de los soldados alemanes rezongó: *«Ruhe, Scheißkerl»*, y le pegó un culatazo en el pecho con su fusil. El polaco se acurrucó en su asiento y su respiración se hizo silbante, pero en este instante el tren se puso de nuevo en marcha y eso debió de calmarle un poco. Me adormecí, y en mi duermevela escuchaba sin cesar aquella voz ya casi inhumana que hablaba de sangre, de ríos de sangre. Todavía hoy, en ocasiones, sigo oyendo esta voz, este eco de los terrores ancestrales, esta voz que habla de la sangre de los muertos, aquella misma sangre viscosa que canta sordamente por las noches. Todavía hoy, en ocasiones, oigo esta voz, este rumor de sangre en la voz temblorosa bajo el viento de la locura. Más tarde, al amanecer, me desperté sobresaltado. El polaco estaba de pie, aullando no sé qué a los soldados alemanes, agitando rabiosamente el brazo derecho y el acero de las esposas me serraba literalmente la muñeca izquierda. Entonces, los alemanes se pusieron a golpearle hasta que se desplomó sin conocimiento. Tenía el rostro ensangrentado y su sangre me había salpicado. Y es verdad que entonces oía correr la sangre, largos ríos de sangre que corrían por sus ropas, por el asiento, por mi mano izquierda ligada a él por las esposas. Más tarde, le quitaron las esposas y le arrastraron por los pies al pasillo del vagón, y me pareció que ya había muerto.

Miraba aquella estación alemana donde seguía sin pasar nada, y pensaba que ya hace ocho días que estoy en camino, con esta breve parada en Compiègne. En Auxerre nos sacaron de las celdas a las cuatro de la madrugada, pero ya estábamos avisados desde la víspera, por la noche. Huguette había venido a prevenirme, me había susurrado la noticia a través de la puerta, cuando subía a su celda después de su trabajo en las cocinas de la prisión. Huguette se había metido a «la Rata» en el bolsillo, circulaba a sus anchas por la prisión y llevaba las noticias de unos a otros. «Mañana, al amanecer, sale un convoy para Alemania, y tú vas en él», me había susurrado. Bueno, ya está, ahora vamos a saber cómo son esos famosos campos. El muchacho del bosque de Othe estaba triste. «Mierda», dijo, «me hubiera gustado seguir contigo, hacer juntos este viaje.» Pero no formaba parte del convoy, se quedaba con Ramaillet, y esta perspectiva no le llenaba de alegría. Nos sacaron de las celdas a las cuatro de la madrugada, a Raoul, a Olivier, a tres muchachos del grupo Hortieux y a mí. Se hubiera dicho que todas las galerías estaban al tanto, porque inmediatamente se organizó una gran batahola por toda la prisión, nos llamaban por nuestros nombres y se despedían de nosotros a gritos. Nos metieron en un tren correo, hasta Laroche-Migennes, encadenados de dos en dos. En Laroche aguardamos en el andén al tren de Dijon. Nos rodeaban seis *Feldgendarmes*, con la metralleta en la mano, uno para cada uno de nosotros, y había además dos suboficiales del Sicherheitsdienst, el Servicio de Seguridad. Estábamos agrupados en el andén y los viajeros pasaban y volvían a pasar en silencio ante nosotros. Hacía frío, yo tenía el brazo izquierdo totalmente entumecido, pues habían apretado fuertemente las esposas y la sangre circulaba con dificultad.

–Parece que esto se mueve –dice el chico de Semur.

Había pasado por la prisión de Dijon unas semanas antes que yo. Era ahí donde reunían a todos los deportados de la comarca, antes de llevarlos hacia Compiègne.

Miro, y, efectivamente, parece que esto se mueve.

–¿Qué es lo que se oye? –preguntan detrás de nosotros.

El chico de Semur intenta mirar.

–Parece que están abriendo las puertas de los vagones, por allá –dice.

Yo también intento mirar.

–¿Así que ya hemos llegado? –dice otra voz.

Miro y parece que sí, están haciendo bajar a los tíos de un vagón, al fondo del andén.

–¿Consigues ver algo? –pregunto.

–Parece que los compañeros vuelven a subir al vagón, inmediatamente después –dice.

Observamos el movimiento en el andén, durante unos minutos.

–Sí, deben de estar distribuyendo café, o algo así.

–Bueno, ¿qué, hemos llegado? –preguntan desde detrás.

–No –dice el chico de Semur–, parece más bien que están distribuyendo café, o algo así.

–¿Vuelven a subir a los vagones, los muchachos? –preguntan.

–Pues sí, precisamente –digo.

–¡Ojalá nos den de beber, Dios! –dice algún otro.

Han comenzado por la cola del convoy y van subiendo hacia nosotros.

–Estamos demasiado lejos para ver lo que están distribuyendo –dice el chico de Semur.

–Ojalá sea agua –dice la misma voz de antes. Debe de ser alguien que ha comido salchichón durante todo el viaje, parece sediento.

136

–Estamos demasiado lejos, no se ve –dice el chico de Semur.

De repente se oye un ruido, justo a nuestro lado, y unos centinelas alemanes se colocan delante de nuestro vagón. Han debido de comenzar la operación por los dos extremos del convoy. Se acerca un grupo de rancheros llevando grandes latas, y una carretilla de equipajes llena de escudillas blancas, que parecen de loza. Se oye el ruido de los candados y las barras de hierro, y la puerta corrediza del vagón se abre de par en par. Los compañeros ya no dicen nada, están esperando. Entonces un hombre rechoncho de las SS ladra no sé qué y los que están junto a la puerta comienzan a saltar al andén.

–No debe de ser café lo que dan –dice el chico de Semur– en semejantes escudillas.

El movimiento nos arrastra hacia la puerta.

–Habrá que apurarse –dice el chico–, si queremos recuperar nuestros sitios cerca de la ventana.

Saltamos al andén y corremos hacia una de las grandes latas ante las que se amontonan los compañeros en desorden. El de las SS que dirige la operación no parece contento. No deben de gustarle este desorden y estos gritos. Debe de pensar que los franceses, en verdad, no son gente disciplinada. Aúlla órdenes, y golpea un poco al azar en las costillas de los prisioneros, con una larga porra de goma.

Cogemos rápidamente una escudilla blanca, que es efectivamente de loza, y la tendemos al ranchero que hace el reparto. No es café, y tampoco es agua, sino una especie de caldo marrón. El chico de Semur se lleva la escudilla a la boca.

–¡Cabrones! –dice–, ¡está más salado que el agua de mar!

Lo pruebo a mi vez, y es verdad. Es un caldo espeso y salado.

–¿Sabes? –dice el chico de Semur–, será mejor no tragarnos esta mierda.

Estoy de acuerdo con él, y vamos a dejar nuestras escudillas llenas. Un soldado alemán nos mira con los ojos muy abiertos.

–*Was ist denn los?*[*] –dice.

Le muestro las escudillas y digo:

–*Viel zu viel Salz.*^{**}

Nos mira alejarnos, completamente pasmado, y menea la cabeza. Debe de pensar que somos muy maniáticos.

En el momento en que íbamos a trepar otra vez a nuestro vagón, oímos un alboroto de toques de silbato, risas agudas y exclamaciones. Me doy la vuelta, y el chico de Semur también. Un grupo de paisanos alemanes ha entrado en el andén. Hombres y mujeres. Deben de ser las personalidades locales, a las que han permitido venir a ver de cerca el espectáculo. Lloran de risa, con grandes gestos, y las mujeres cacarean de histeria. Nos preguntamos el motivo de su agitación.

–¡Ah, mierda! –dice el chico de Semur.

Resulta que los tipos del segundo vagón después del nuestro están completamente desnudos. Saltan rápidamente al andén, intentando taparse con las manos, desnudos como gusanos.

–¿Qué significa todo este circo? –pregunto.

Los alemanes se divierten de lo lindo. Sobre todo los paisanos. Las mujeres se acercan al espectáculo de todos estos hombres desnudos, corriendo de modo grotesco por el andén de la estación, y cacarean de lo lindo.

–Debe de ser el vagón donde ha habido una evasión –dice el chico de Semur–, en lugar de quitarles sólo los zapatos les han dejado en cueros.

Eso será, sin duda.

–Las muy cerdas se lo están pasando en grande –dice, asqueado, el chico de Semur.

---

[*] «¿Qué sucede?» *(N. de los T.)*
^{**} «Está muy salado.» *(N. de los T.)*

Después subimos al vagón. Pero ha habido bastantes que han pensado como nosotros, pues ya están ocupados todos los sitios cerca de las ventanas. Empujamos hasta colocarnos lo más cerca posible.

–Si serán desgraciados –dice–, dar el espectáculo de ese modo.

Si he comprendido bien, está resentido contra los tipos que saltaron en cueros al andén. Y en el fondo tiene razón.

–¿Te das cuenta? –dice–. Sabiendo que les iba a divertir a esos cabrones, tenían que haberse quedado en el vagón, ¡rediós!

Sacude la cabeza, no está contento en absoluto.

–Hay gente que no sabe comportarse –concluye.

Tiene razón, una vez más. Cuando se va en un viaje como éste hay que saber comportarse, y saber a qué atenerse. No se trata solamente de una cuestión de dignidad, sino también de una cuestión práctica. Cuando se sabe comportarse y a qué atenerse, se aguanta mejor. No cabe la menor duda, se resiste mejor. Más tarde pude darme cuenta de hasta qué punto tenía razón mi compañero de Semur. Cuando dijo esto, en aquella estación alemana, pensé que, en general, tenía razón, pensé que efectivamente había que saber comportarse en un viaje semejante. Pero sólo más tarde comprobé toda la importancia práctica de esta cuestión. Pensé muy a menudo en el chico de Semur, más tarde, en el campo de cuarentena, mientras contemplaba vivir al coronel. El coronel era una personalidad de la resistencia gaullista, por lo visto, y a fe mía que debía de ser verdad, pues hizo carrera después, llegó a general, y he leído su nombre a menudo en la prensa, y cada vez que lo leía sonreía para mis adentros. Pues el coronel, en el campo de cuarentena, se había convertido en un vagabundo. Ya no sabía comportarse en absoluto, ya no se lavaba y estaba dispuesto a cualquier bajeza con tal de repetir del hediondo rancho. Después, cuando veía la foto del coronel, convertido en general, publicada con motivo de cualquier ceremonia oficial, no podía dejar de pensar en el chico de Semur, en la verdad que encerraban sus sencillas palabras. Ciertamente, hay gente que no sabe comportarse.

Ahora los muchachos vuelven a subir al vagón. En el andén se oyen toques de silbato, voces que gritan órdenes y alboroto. Al haber podido mover libremente brazos y piernas, se diría que los muchachos han perdido ya la costumbre adquirida de apretarse unos contra otros. Protestan, gritan: «¡No empujéis, por Dios!», a los rezagados que intentan abrirse paso por entre el magma de los cuerpos. Pero los rezagados, a su vez, están siendo empujados dentro del vagón a patadas y culatazos, con lo cual se ven obligados a abrirse paso como sea. «¡Qué, joder!», gritan, «no vamos a quedarnos en el andén.» La puerta corredera se cierra con estrépito, y el magma de los cuerpos se agita todavía durante algunos minutos, entre gruñidos y repentinos estallidos de rabia ciega. Luego, poco a poco, vuelve la tranquilidad, los cuerpos se van imbricando unos en otros, la masa de los cuerpos apiñada en la penumbra reanuda su vida jadeante, susurradora, oscilando al ritmo de las sacudidas del viaje.

El chico de Semur sigue de mal humor, a causa de esos tipos del segundo vagón después del nuestro, que han servido de espectáculo. Y comprendo su punto de vista. Mientras aquellos alemanes, en el andén de la estación, tras los cristales de las salas de espera, nos miraban como bandidos o como terroristas, la cosa podía pasar. Pues de ese modo veían en nosotros lo esencial, lo esencial de nuestra verdad, esto es, que éramos los enemigos irreductibles de su mundo y de su sociedad. El hecho de que nos tomaran por criminales era accesorio. Su buena conciencia mistificada era también algo accesorio. Lo esencial era precisamente el carácter irreductible de nuestras relaciones, el hecho de que fuéramos, ellos y nosotros, los términos opuestos de una relación indisoluble, que fuéramos la mutua negación unos de otros. Que ellos sintieran odio hacia nosotros era algo normal, hasta deseable, pues este odio confería un sentido claro a lo esencial de nuestra acción, a la esencia de los actos que nos habían traído hasta este tren. Pero el hecho de que hubieran podido reírse a carcajadas ante el espectáculo grotesco de estos hombres desnudos que daban saltitos como monos en busca de una escudilla de caldo asqueroso, eso sí que era grave. Eso falseaba las justas relaciones de odio y de oposición absoluta entre ellos y nosotros. Aquellas risas histéricas de las mujeres ante el espectáculo de los hombres desnudos brincando por el andén eran como un ácido que corroía la esencia misma de nuestra verdad. El chico de Semur tenía, pues, toda la razón al estar de mal humor.

–Bueno –digo–, sigue el viaje.

El chico de Semur me mira y menea la cabeza.

–Resistiremos hasta el final –dice.

–Claro –respondo.

–Hasta el final del viaje y después también –dice.

–Claro.

Le miro, convencido de que aguantará, en efecto. Es robusto el chico de Semur, y tiene ideas claras acerca de todo lo importante, así que aguantará. Unas ideas un poco primitivas, a veces, pero en verdad, eso no se le puede reprochar. Le miro, convencido de que aguantará. Y sin embargo, va a morir. Morirá al amanecer de la próxima noche. Dirá: «No me dejes, tío», y morirá.

En Ascona, dos años después, poco más o menos dos años después, acabo mi segunda taza de café y pienso que es una lástima que muriera el chico de Semur. Ya no queda nadie con quien pueda hablar de aquel viaje. Es como si yo hubiera hecho solo aquel viaje. De aquí en adelante, soy el único en acordarme de aquel viaje. Quién sabe, la soledad de aquel viaje corroerá toda mi vida. Pago, y me voy lentamente por el muelle de Ascona, bajo el sol invernal de Ascona. Atravieso el puente, y voy andando hacia Solduno. Tendré que arreglármelas solo, mi amigo de Semur ha muerto.

También me golpeó la soledad en pleno rostro cuando salíamos de aquella casa alemana, después de haber bebido el agua de la fuente en la plaza de aquel pueblo alemán. Íbamos andando otra vez hacia el campo, Haroux, Pierre, Diego y yo, caminábamos en silencio, y todavía no habíamos visto ni un alma. Ahora teníamos a la vista la perspectiva del campo de concentración, lo veíamos como debieron de verlo durante años los campesinos. Porque vieron el campo, Dios, lo vieron de verdad, a la fuerza habían visto lo que allí sucedía, aun cuando no hubieran querido saberlo. Dentro de tres o cuatro días los americanos iban a traer al campo a grupos enteros de habitantes de Weimar. Van a enseñarles los barracones del campo de cuarentena, donde los inválidos siguen muriendo en medio de la hediondez. Les enseñarán el crematorio, el bloque donde los médicos de las SS hacían experimentos con los presos, les enseñarán las pantallas de piel humana de la señora Ilse Koch, las preciosas pantallas apergaminadas donde se dibujan las líneas azules de los tatuajes sobre la piel humana. Entonces, las mujeres de Weimar, con sus tocados primaverales, y los hombres de Weimar, con sus gafas de profesores y de tenderos de ultramarinos, se echarán a llorar, a gritar que no sabían nada, que ellos no son responsables. Tengo que decir que el espectáculo me revolvió el estómago y fui a refugiarme en un rincón solitario, escapé para hundir mi rostro en la hierba de la primavera, entre los rumores de la primavera en los árboles.

Sigrid tampoco sabía nada, o, mejor dicho, quizá no quería saber nada. Yo la veía en los cafés del barrio, cruzábamos algunas palabras, me parece que era modelo de revistas de moda. Yo ya me había olvidado de las mujeres de

Weimar, con sus vestidos primaverales, agolpándose ante el bloque 50, escuchando al oficial norteamericano que les relataba los deleites de Ilse Koch, antes de invitarlas a que pasaran para ver los delicados tatuajes en la piel humana apergaminada de las pantallas que coleccionaba la señora Ilse Koch. Creo que ya lo había olvidado todo y en ocasiones contemplaba a Sigrid en los cafés del barrio, y la encontraba guapa. Una noche, sin embargo, nos encontramos sentados a la misma mesa y precisamente aquella noche yo tenía la sensación de despertar de un sueño, como si la vida, desde el regreso de aquel viaje, diez años atrás, no hubiera sido más que un sueño. Quizás había bebido demasiado, al haber despertado de aquel sueño que era mi vida desde el regreso de aquel viaje. O quizá no había bebido aún bastante, cuando advertí a Sigrid en la misma mesa, pero era previsible que iba a beber demasiado. O quizá, sencillamente, la bebida ya no tenía nada que ver con todo ello, quizá no había que buscar nada exterior, ninguna razón accidental, a esta angustia que reaparecía de nuevo. Fuera lo que fuera, yo estaba bebiendo una copa, escuchando la algarabía de las conversaciones, cuando vi a Sigrid.

–*Gute Nacht, Sigrid* –le dije–, *wie geht's Dir?*

Lleva el pelo corto y sus ojos son verdes. Me mira, asombrada.

–*Du sprichst deutsch?* –dice.

Sonrío; naturalmente que sé alemán.

–*Selbstverständlich* –le digo.

No es algo evidente que hable alemán; pero en fin, le digo que es evidente.

–*Wo hast Du's gelernt?* –Dónde lo he aprendido, pregunta la muchacha.

–*Im KZ.*

No es verdad que haya aprendido alemán en el campo de concentración, ya lo sabía antes, pero en fin, tengo ganas de fastidiar a esta muchacha.

–*Wo denn?* –dice ella, sorprendida. Evidentemente no ha comprendido.

Evidentemente no sabe que estas iniciales, KZ, designaban los campos de concentración de su país, que así es como los designaban los hombres de su país que habían pasado diez o doce años dentro de ellos. Tal vez ella no ha oído jamás hablar de todo esto.

–*Im Konzentrationslager. Schon davon gehört?* –le digo.

Le pregunto si ha oído hablar de los campos de concentración, y ella me mira atentamente. Coge un cigarrillo y lo enciende.

–¿Qué te pasa? –dice, en francés.

–Nada.

–¿Por qué haces estas preguntas?

–Para saber –le digo.

–¿Para saber qué?

–Todo. Es demasiado fácil no saber –le digo.

Fuma y no dice nada.

–O hacer como que no se sabe.

Sigue sin decir nada.

–U olvidar, es demasiado fácil olvidar.

Sigue fumando.

–Podrías ser la hija del doctor Haas, por ejemplo –le digo.

Sacude la cabeza.

–No soy la hija del doctor Haas –dice.

–Pero podrías serlo.

–¿Quién es el doctor Haas? –pregunta.

–Era, espero.

–¿Quién era, pues, el doctor Haas?

–Un tipo de la Gestapo –digo.

Apaga su cigarrillo, a medio fumar, y me mira.

–¿Por qué me tratas así? –dice.

–No te trato de manera alguna, sólo te pregunto.

–¿Crees que puedes tratarme así? –dice.

–No creo nada, te pregunto.

Recoge su cigarrillo y lo vuelve a encender.

–Adelante –dice, y me mira a los ojos.

–¿Tu padre no es el doctor Haas?

–No –responde.

–¿No ha sido de la Gestapo?

–No –dice.

No desvía su mirada.

–Tal vez en las Waffen-SS –le digo.

–Tampoco.

Entonces me echo a reír, no puedo dejar de reírme.

–Nunca fue nazi, claro –le digo.

–No lo sé.

De repente, ya estoy harto.

–Es verdad –digo–, vosotros no sabéis nada. Nadie sabe ya nada. Nunca ha habido la Gestapo, ni las Waffen-SS, ni la división Totenkopf. He debido de soñar.

Esta noche ya no sé si he soñado todo esto, o bien si estoy soñando ahora, desde que todo esto ya no existe.

–*Ne réveillez pas cette nuit les dormeurs*[*] –digo.

–¿Qué es eso? –pregunta Sigrid.

–Es un poema.

–Un poema muy corto, ¿no te parece? –dice ella.

Entonces le sonrío.

–*Die deutsche Gründlichkeit, die deutsche Tatsächlichkeit.*[**]
Y a la mierda las virtudes alemanas.

Ella se ruboriza levemente.

–Has bebido –dice.

–Estoy empezando.

–¿Y por qué yo? –pregunta.

–¿Tú?

---

[*] «No despertéis esta noche a los que duermen», verso de la «Chanson pour oublier Dachau», de Louis Aragon. *(N. de los T.)*

[**] «La seriedad alemana, el positivismo alemán.» *(N. de los T.)*

–¿Por qué contra mí? –precisa.

Bebo un trago del vaso que acaban de cambiarme.

–Porque tú eres el olvido, porque tu padre nunca fue nazi, porque nunca hubo nazis. Porque no mataron a Hans. Porque no hay que despertar esta noche a los que duermen.

Ella menea la cabeza.

–Vas a beber demasiado –dice.

–Nunca bebo bastante.

Acabo mi vaso y pido otro.

Hay gente que entra y sale, chicas que ríen a carcajadas, música, ruido de vasos, es un verdadero alboroto este sueño donde uno se encuentra cuando le despiertan. Habrá que hacer algo.

–¿Por qué estás triste? –pregunta Sigrid.

Me encojo de hombros.

–Nunca estoy triste –digo–, ¿qué significa estar triste?

–Infeliz, entonces.

–¿Y qué significa la felicidad?

–Infeliz, no he dicho feliz sino infeliz –dice ella.

–Es lo mismo, ¿no?

–En absoluto.

–Al revés, es lo mismo sólo que al revés, quiero decir.

–En absoluto –repite Sigrid.

–Me sorprendes, Sigrid. No eres la hija del doctor Haas y hay que ver cuántas cosas sabes.

Pero ella no se deja desviar de su propósito.

–No es el derecho y el revés –dice Sigrid–, la felicidad y la infelicidad están repletas de cosas distintas.

–¿Y qué es la felicidad, Sigrid? –y me pregunto, al hacer esta pregunta, si yo sabría decir en verdad lo que es la felicidad.

Aspira el humo de su cigarrillo y reflexiona.

–Es cuando uno comprueba que existe de verdad –dice.

Bebo un trago de alcohol y la miro.

146

–Es cuando la certeza de existir se hace tan aguda que uno siente ganas de gritar –dice.

–Quizá –digo– de dolor.

Sus ojos verdes me miran llenos de asombro. Como si no consiguiera imaginar que la certeza de existir, en toda su plenitud, pueda tener cualquier relación, del tipo que sea, con el dolor de existir.

–Los domingos, por ejemplo –le digo.

Espera una continuación que no llega.

–*Warum am Sonntag?* –insiste.

Quizá sea verdad que ella no sabe nada, quizá sea verdad que ni siquiera sospecha la realidad de los domingos, en la linde del bosquecillo, frente a las alambradas electrificadas, el pueblo bajo sus tranquilas humaredas, la carretera que hace una curva y la llanura de Turingia, verde y fértil.

–Ven a bailar, luego te explicaré lo que es la felicidad.

Entonces ella se levanta y sonríe, meneando la cabeza.

–Tú no lo debes de saber –dice.

–¿El qué?

–La felicidad –dice–, qué es.

–¿Por qué?

–No debes de saberlo, eso es todo –dice.

–Claro que sí, es el valle del Mosela.

–¿Ves? –dice Sigrid–, estás todo el rato recordando.

–No siempre. Más bien, estoy siempre olvidando.

–No importa –dice–, recuerdas, olvidas, siempre es el pasado lo que importa.

–¿Y qué?

Andamos hacia la parte de la sala donde se baila.

–La felicidad, ya te lo he dicho, es siempre el presente, el instante mismo.

Está en mis brazos, bailamos y tengo ganas de reír.

–Eres reconfortante.

Está en mis brazos y es el presente, y pienso que debe de haber abandonado su país y su familia seguramente

147

por el peso de este pasado del que no quiere asumir nada, ni la más mínima parcela, ni para bien ni para mal, ni como desquite ni como ejemplo, y que intenta sencillamente abolir, mediante una infinita sucesión de gestos sin mañana, de días sin raíces en mantillo alguno nutrido de hechos antiguos, únicamente días y noches, unos tras otros, y aquí, claro, en estos bares, entre esta gente fútilmente desarraigada, nadie le pide cuentas, nadie exige la verdad de su pasado, del pasado de su familia y de su país, pues podría ser inocentemente la hija del doctor Haas, la que trabaja de modelo en las revistas de modas, baila de noche y vive en la felicidad, en la aguda certeza, es decir, de existir.

–¿Conoces Arosa?

Menea la cabeza, negativamente.

–Está en Suiza –le digo–, en la montaña.

–En Suiza todo está en la montaña –dice ella con una mueca desengañada.

Tengo que reconocer que es verdad.

–Sigue –dice ella.

–Hay un chalé, en Arosa, en la montaña, con una hermosa inscripción en letras góticas sobre la fachada.

Pero Sigrid no parece interesarse particularmente por la inscripción multicolor, en letras góticas, bajo el sol de las montañas, en Arosa.

–*Glück und Unglück, beides trag in Ruh' / alles geht vorüber und auch Du.*[*]

–¿Ésa es tu inscripción? –pregunta.

–Sí.

–No me gusta.

Ha parado la música, y esperamos que pongan otro disco en el tocadiscos.

* «Dicha y desdicha, tómalos con calma, / pues todo pasa, incluso tú.» *(N. de los T.)*

148

–La felicidad –dice Sigrid–, quizás haya que tomarla con calma, y aun eso no es muy seguro. Más bien hay que aferrarse a ella, y eso no es mucha calma. Pero ¿la infelicidad? ¿Cómo se podría soportar con calma la infelicidad?

–No lo sé –digo–, ésa es la inscripción.

–Es una tontería. Y decir que todo pasa, ¿no te parece que es como no decir nada en absoluto?

–Por lo visto, no te gusta este noble pensamiento.

–No, lo que pasa es que tu historia es falsa.

–No es mi historia; es una hermosa inscripción gótica, en Arosa, bajo el sol de las montañas.

Bailamos de nuevo.

–En verdad, es más bien todo lo contrario.

–Se puede intentar –digo.

–¿Intentar qué?

–Intentar darle la vuelta a este noble pensamiento, a ver lo que pasa.

Bailamos lentamente, y ella sonríe.

–De acuerdo –dice.

–*Glück und Unglück, beides trag in Unruh' / alles bleibt in Ewigkeit, nicht Du.*[*] Esto es lo que resultaría.

Reflexiona y frunce el ceño.

–Tampoco me gusta –dice.

–¿Y entonces?

–Entonces, nada. Lo contrario de una estupidez siempre es otra estupidez.

Nos reímos juntos.

Cuando acabe esta velada, cuando recuerde esta velada, en la que, de repente, el recuerdo agudo de aquel pasado tan bien olvidado, tan perfectamente hundido en mi memoria, me despertó del sueño que era mi vida, cuando intente contar esta confusa velada, atravesada de aconteci-

---

[*] «Dicha y desdicha, acógelas con inquietud, / pues todo es eterno, excepto tú.» *(N. de los T.)*

mientos tal vez fútiles, pero repletos para mí de significado, advertiré que la joven alemana de ojos verdes, Sigrid, cobra un particular relieve en el relato, advertiré que Sigrid, insensiblemente, se convierte en mi relato en el eje de esta velada, y luego de toda la noche. Sigrid, en mi relato, cobrará un particular relieve quizá naturalmente porque es, intenta con todas sus fuerzas ser, el olvido de aquel pasado que no se puede olvidar, la voluntad de olvidar aquel pasado que nada podrá abolir jamás, pero que Sigrid rechaza, expulsa de sí misma, de su vida, de todas las vidas de su alrededor, con su felicidad de cada momento presente, su aguda certeza de existir, opuesta a la aguda certeza de la muerte que aquel pasado hace rezumar como una áspera resina tonificante. Quizás este relieve, este grabado a punta seca subrayando el personaje de Sigrid en el relato que tendré eventualmente que hacer de esta velada, esta repentina y obsesionante importancia de Sigrid sólo procede de la extrema y abrasadora tensión que ella personifica, entre el peso de aquel pasado y el olvido de aquel pasado, como si su rostro liso y lavado por siglos de lluvia lenta y nórdica, que lo han pulido y modelado suavemente, su rostro eternamente puro y lozano, su cuerpo exactamente adaptado al apetito de perfección juvenil que siempre tiembla en el fondo de cada cual, y que debería provocar en todos los hombres que tienen ojos para ver, es decir, ojos realmente abiertos, realmente dispuestos a dejarse invadir por la realidad de las cosas existentes, provocar en todos ellos una urgencia desesperada de posesión, como si aquel rostro y aquel cuerpo, reproducidos por decenas, quién sabe, de millares de veces por las revistas de moda, no estuvieran allí más que para hacer olvidar el cuerpo y el rostro de Ilse Koch, aquel cuerpo recto y rechoncho, rectamente plantado sobre piernas rectas, firmes, aquel rostro duro y preciso, indiscutiblemente germánico, aquellos ojos claros, como los de Sigrid (aunque ni las fotografías,

150

ni las imágenes de actualidades filmadas por aquel entonces, y desde entonces reproducidas, incluidas en los mon-
tajes de algunas películas, permitieran ver si los ojos claros
de Ilse Koch eran verdes, como los de Sigrid, o bien claros, de un azul claro, o de un gris de acero, más bien de un
gris de acero), aquellos ojos de Ilse Koch, clavados en el
torso desnudo, en los brazos desnudos del deportado que
había escogido como amante, algunas horas antes, su mirada recortando ya de antemano aquella piel blanca y en-
fermiza, según el punteado del tatuaje que la había atraído,
su mirada imaginando ya el hermoso efecto de aquellas líneas
azuladas, aquellas flores y aquellos veleros, aquellas ser-
pientes y algas marinas, aquellas largas cabelleras femeni-
nas y aquellas rosas de los vientos, aquellas olas marinas y
aquellos veleros, una vez más, aquellos veleros desplega-
dos como chillonas gaviotas, su hermoso efecto en la piel
apergaminada que había cobrado, por algún tratamiento
químico, un matiz marfileño, de las pantallas que cubrían
todas las lámparas de su salón, donde, al caer la noche, allí
mismo donde había hecho entrar, sonriente, al deportado
elegido como instrumento de placer, doble, primero en el
acto mismo del placer, y después en el otro placer mucho
más duradero de su piel apergaminada, convenientemente
tratada, ebúrnea, veteada por las líneas azuladas del tatuaje que daba a la pantalla un sello inimitable, allí mismo,
tendida en un diván, reunía a los oficiales de las Waffen-SS
alrededor de su marido, el comandante del campo, para
escuchar a alguno de ellos tocar al piano alguna romanza
o una verdadera obra para piano, algo serio, un concierto
de Beethoven quizá; como si la risa de Sigrid, a la que tenía entre mis brazos, no estuviera aquí, tan joven, tan repleta de promesas, más que para borrar, para hacer volver
al olvido definitivo aquella otra risa de Ilse Koch en el placer, en el doble placer del instante mismo y el de la pantalla que permanecería como un testimonio, como las

conchas recogidas que se traen de un fin de semana a orillas del mar, o las flores secas en recuerdo de aquel placer del instante mismo.

Pero cuando empieza esta velada, cuando todavía no hemos encontrado a François y a los demás, cuando todavía no nos hemos reunido con ellos para ir juntos a otra *boîte*, aún no sé que Sigrid cobrará tal importancia en el relato que tendré que hacer de esta velada. En realidad, todavía no he llegado a preguntarme a quién podré relatar esta velada. Tengo a Sigrid en mis brazos y pienso en la felicidad. Pienso que nunca, todavía, que nunca hasta ahora, he hecho lo que fuere, o he decidido lo que sea, en función de la felicidad o la infelicidad que pudiera proporcionarme. Esa simple idea me daría ganas de reír, el que me preguntaran si había pensado en la felicidad que tal acto, decidido por mí mismo, me podría proporcionar, como si en alguna parte hubiera una reserva de felicidad, una especie de depósito de felicidad, contra el que pudieran extenderse cheques, tal vez, como si la felicidad no fuera algo que llega por añadidura, incluso en medio del mayor desamparo, de la más terrible indigencia, después de haber hecho lo que precisamente había que hacer.

Y tal vez la felicidad no sea más que este sentimiento que me embargó después de huir del espectáculo de las mujeres de Weimar, apelotonadas delante del bloque 50, lacrimosas, al hundir el rostro en la hierba de la primavera, en la opuesta ladera del Ettersberg, entre los árboles de la primavera. Sólo había el silencio y los árboles, hasta el infinito. Los rumores del silencio y del viento entre los árboles, una marea de silencio y de rumores. Y luego, en medio de mi angustia, me invadió aquel sentimiento, mezclado a mi angustia, pero distinto, como el canto de un pájaro mezclado con el silencio, de que sin duda yo había hecho lo que se debía hacer con mis veinte años, y de que tal vez me quedaran todavía una o dos veces veinte años más para seguir haciendo lo que se debía hacer.

También al salir de esta casa alemana me tumbé en la hierba y miré largo rato el paisaje del Ettersberg.

Esta casa se levantaba a la entrada del pueblo, algo aislada.

Me fijé en ella cuando subíamos otra vez hacia el campo, Haroux, Diego, Pierre y yo. Era una casa de aspecto acomodado. Pero lo que me llamó la atención, dejándome clavado en el suelo, fue que, situada como estaba, desde sus ventanas debían de tener una vista perfecta del conjunto del campo. Miré las ventanas, miré al campo, y me dije que era necesario que yo entrara en esta casa, que tenía que conocer a la gente que había vivido aquí a lo largo de todos estos años.

–¡Eh! –grité a los otros–, yo me quedo aquí.

–¿Cómo que te quedas ahí? –preguntó Pierre dándose la vuelta.

Los otros dos también se han vuelto y me miran.

–Me quedo aquí –digo–, voy a visitar esta casa.

Los tres miran la casa y me miran, a la vez.

–¿Qué te pasa ahora? –pregunta Haroux.

–No me pasa nada –digo.

–¿Has visto alguna chica en la ventana? –pregunta Pierre, guasón.

Me encojo de hombros.

–Entonces –dice Haroux–, si no quieres violar a una chica, ¿qué buscas en esta casa?

Enciendo un cigarrillo y miro hacia la casa, miro hacia el campo. Diego sigue mi mirada y sonríe de soslayo, como acostumbra.

–*Bueno, Manuel, y ¿qué?*[*] –pregunta.

–*¿Has visto?*

–*He visto* –dice–, *¿y qué le vas a hacer?*

---

[*] Las palabras en cursiva están en castellano en el original. *(N. de los T.)*

–¡Eh!, oíd, vosotros –grita Haroux–, ¿no podéis hablar como todo el mundo, para que nos enteremos?

–No seas patriotero –dice Diego–, no todo el mundo habla francés, ¿oyes?

–Pero nosotros estamos aquí –dice Haroux–, y quisiéramos comprender.

–Oye, oye –dice Diego–, ¿sabes cuántos millones de personas hablan español?

–Oye, tío –dice Haroux–, ¿me vas a dar ahora lecciones? Diego se ríe.

–No –dice–, es sólo para poner las cosas en su punto. No todo el mundo habla francés.

–Y entonces –pregunta Pierre–, ¿por qué quiere Gérard visitar esta casa?

Diego se encoge de hombros.

–Pregúntaselo –dice.

Entonces, Pierre me pregunta.

–Exactamente, ¿por qué quieres visitar esta casa?

–¿Habéis visto cómo está situada? –les digo.

Miran la casa, y se vuelven después hacia el campo.

–¡Dios! –grita Haroux–, no se puede pedir más, estaban en primera fila.

Pierre menea la cabeza y no dice nada. Me mira.

–Pero ¿de qué te sirve? –pregunta Haroux.

No lo sé. En realidad, no sé en absoluto de qué me puede servir.

–Bueno –digo–, voy a echar un vistazo.

–Si eso te divierte –dice Haroux, encogiéndose de hombros.

–No –digo–, no me divierte en absoluto.

Diego me mira y sonríe otra vez.

–*Bueno* –dice–, *luego nos vemos, Manuel.*[*] Vamos, muchachos, luego nos lo contará.

---

[*] En castellano en el original. *(N. de los T.)*

Hacen un vago ademán y se marchan.

Entonces me acerco a la casa. Empujo la puerta de la valla que rodea el jardincillo, en la parte delantera de la casa. Está abierta y entro. Al final de una vereda, subo tres escalones y llamo a la puerta de la casa.

Al principio, no acude nadie. Entonces golpeo la puerta a puñetazos, y a patadas en la parte baja. Al cabo de un rato oigo una voz de mujer, detrás de la puerta.

—*Aufmachen* —grito—, *los, aufmachen!*

Compruebo que estoy berreando como uno de las SS. *Los* era la palabra clave en el lenguaje de las SS. Me entran ganas de abandonarlo todo y echar a correr tras los compañeros para alcanzarles. Pero ya es demasiado tarde, pues la puerta se ha entreabierto. Una mujer madura, de cabellos casi grises, está en el umbral de la puerta y me observa con aspecto preocupado. No parece que tenga miedo, su aspecto es solamente preocupado, interrogador.

—*Ich bin allein* —dice. Estoy sola.

—*Ich auch.* —Yo también estoy solo.

Mira mi uniforme de presidiario y pregunta lo que quiero.

—*Ich möchte das Haus besuchen.* —Le digo que quisiera visitar su casa, que nada tiene que temer de mí. Simplemente, visitar su casa.

No parece tener miedo, se pregunta simplemente por qué quiero visitar su casa, pero al final abre la puerta y me deja entrar.

Atravieso despacio las habitaciones de la planta baja, con la mujer pisándome los talones. Ya no dice nada, yo tampoco digo nada, miro las vulgares habitaciones de una casa de campo cualquiera. No es exactamente una casa de campesinos, sino una casa de gente que vive en el campo, y me pregunto qué harán en la vida los habitantes de esta casa.

En realidad, las habitaciones de la planta baja no me interesan. Pues es desde el primer piso desde donde debe de haber una bonita vista sobre el campo. Una vista inexpugnable, desde luego. Paso deprisa de un cuarto a otro, con la mujer de pelo gris tras mis talones. Busco la escalera que debe de conducir al primer piso. Encuentro la escalera y subo al primer piso. La mujer se ha detenido un momento al pie de la escalera y mira cómo subo. Debe de preguntarse qué es lo que quiero, con toda seguridad. Por otra parte, no lo entendería si le explicara que sólo quiero mirar, sencillamente mirar. Mirar, no busco otra cosa. Mirar desde fuera aquel recinto donde hemos estado dando vueltas durante años. Nada más. Si le dijera que eso es sencillamente lo que quiero, sólo eso, no lo entendería, ¿cómo podría entenderlo? Es preciso haber estado dentro para entender esta necesidad física de mirar desde fuera. Ella no puede entenderlo, nadie de fuera lo podrá entender jamás. Me pregunto vagamente, mientras subo la escalera hacia el primer piso de la casa, si eso no significa que estoy algo perturbado, esta necesidad de mirar desde fuera el adentro donde dábamos vueltas sin cesar. Tal vez he perdido algún tornillo, como vulgarmente se dice. Esta posibilidad no está descartada. Quizá por eso Diego sonreía de soslayo. Dejémosle saciar esta pequeña manía, tal vez quería decir con su sonrisa de soslayo. De momento, todo esto no me preocupa. Tengo ganas de mirar desde afuera, y eso no es muy grave. No puede hacer daño a nadie. Es decir, sólo puede hacerme daño a mí mismo.

Llego a lo alto de la escalera, y dudo ante las tres puertas que dan al rellano. Pero la mujer de cabellos grises me ha alcanzado y se adelanta. Empuja una de las puertas.

–*Das ist die Wohnstube*[*] –dice.

Le dije que quería visitar su casa, y ella me hace visitar su casa. Empuja una puerta y me dice que aquí está el cuarto de estar. Es muy servicial la mujer de cabellos grises.

[*] «Éste es el salón.» *(N. de los T.)*

156

Entro en el cuarto de estar, y ya está, esto es lo que me esperaba. Pero no, si soy sincero tengo que confesar que aunque me esperaba esto, esperaba también que fuera de otro modo. Era una esperanza insensata, desde luego, porque a menos de borrar el campo, a menos de tacharlo del paisaje, no podía ser de otra manera. Me acerco a las ventanas del cuarto de estar y veo el campo. Veo, encuadrada en el marco mismo de una de las ventanas, la chimenea cuadrada del crematorio. Entonces, miro. Quería ver, y veo. Quisiera estar muerto, pero veo, estoy vivo y veo.

La mujer de cabellos grises habla detrás de mí.

–*Eine gemütliche Stube, nicht wahr?*[*]

Me vuelvo hacia ella pero no consigo verla, no consigo enfocar su imagen, ni enfocar la imagen de esta habitación. ¿Cómo se puede traducir *gemütlich*? Intento aferrarme a este pequeño problema real, pero no lo consigo, resbalo por encima de este pequeño problema real, me deslizo en la hiriente y algodonosa pesadilla en la que se yergue, justo en el marco de una de las ventanas, la chimenea del crematorio. ¿Cuál sería la reacción de Hans, si estuviera aquí, en mi lugar? Seguro que no se dejaría hundir en esta pesadilla.

–Al atardecer –pregunto–, ¿estaban ustedes en esta habitación?

Ella me mira.

–Sí –dice–, siempre estamos en esta habitación.

–¿Viven ustedes aquí desde hace tiempo? –pregunto.

–¡Oh, sí! –dice ella–, desde hace mucho tiempo.

–Al atardecer –le pregunto, pero en realidad ya no es una pregunta, pues no puede haber duda alguna al respecto–, al atardecer, cuando las llamas desbordaban la chimenea del crematorio, ¿veían ustedes las llamas del crematorio?

* «Un cuarto acogedor, ¿no?» *(N. de los T.)*

Se sobresalta bruscamente y se lleva la mano a la garganta. Da un paso atrás y ahora tiene miedo. Hasta ahora no había tenido miedo, pero ahora sí tiene miedo.

–Mis dos hijos –dice–, mis dos hijos han muerto en la guerra.

Me echa como pasto los cadáveres de sus dos hijos, se protege tras los cuerpos inanimados de sus dos hijos muertos en la guerra. Intenta hacerme creer que todos los sufrimientos son iguales, que todas las muertes pesan lo mismo. Al peso de todos mis compañeros muertos, al peso de sus cenizas, opone el peso de su propio sufrimiento. Pero no todas las muertes tienen el mismo peso, por supuesto. Ningún cadáver del ejército alemán pesará jamás el peso en humo de uno de mis compañeros muertos.

–Así lo espero, espero que hayan muerto.

Ella retrocede otro paso y se encuentra pegada a la pared.

Voy a marcharme. Voy a abandonar este cuarto –¿cómo se traduce *gemütlich*?– para salir a la luz de la primavera, voy a reunirme con los compañeros, voy a volver a mi encierro, para intentar hablar con Walter esta noche, ya hace doce años que está encerrado, hace doce años que mastica lentamente el pan negro de los campos con su mandíbula partida por la Gestapo, hace doce años que comparte con sus compañeros el pan negro de los campos, hace doce años que ostenta su invencible sonrisa. Me acuerdo de Walter, aquel día en que escuchábamos por la radio las noticias de la gran ofensiva soviética, la última ofensiva, la que invadió hasta el corazón mismo de Alemania. Recuerdo que Walter lloraba de alegría, porque esta derrota de su país podía ser la victoria de su país. Lloraba de alegría, porque sabía que ahora ya podía morir. Es decir, ahora tenía no sólo razones para vivir, sino también razones para haber vivido. En el 39, en el 40, en el 41, las SS les reunían en la plaza de formaciones, para que escucharan, en posición de firmes, los partes de victoria del Estado Mayor nazi. Entonces, Walter me lo había dicho, apretaban los dientes, y se juraban a sí mismos que aguantarían hasta el final, pasara lo que pasara. Y he aquí que habían aguantado. La mayoría de ellos había muerto, e incluso los supervivientes estaban heridos de muerte, nunca serían vivos como los demás, pero habían aguantado. Walter lloraba de alegría, había resistido, había sido digno de sí mismo, de esta concepción del mundo que él mismo había escogido, hacía ya mucho tiempo, en una fábrica de Wuppertal. Tenía que encontrar a Walter esta noche, tenía que hablar con él.

La mujer de cabellos grises se apoya en la pared y me mira.

No tengo fuerzas para decirle que comprendo su dolor, que respeto su dolor. Comprendo que la muerte de sus dos hijos sea para ella lo más atroz, lo más injusto. No tengo fuerzas para decirle que comprendo su dolor pero que al mismo tiempo me alegro de que sus dos hijos hayan muerto, es decir, que me alegro de que el ejército alemán haya sido aniquilado. No tengo ya fuerzas para decirle todo esto.

Paso por delante de ella, bajo la escalera a todo correr, y sigo corriendo por el jardín y por la carretera, hacia el campo, hacia los compañeros.

–Que no –dice el chico de Semur–, nunca me has contado esta historia.

Estaba persuadido, sin embargo, de que ya se la había contado. Desde que el tren dejó esta estación alemana, vamos a gran velocidad. El chico de Semur y yo hemos empezado a contarnos nuestros recuerdos del maquis, en Semur precisamente.

–¿No te he contado lo de la moto? –le pregunto.

–Que no, tío –dice.

Entonces se lo cuento, y recuerda muy bien, en efecto, aquella moto que se había quedado en la serrería, la noche en que les sorprendieron los alemanes.

–Estabais locos –dice cuando le explico cómo fuimos a buscar la moto aquélla, Julien y yo.

–¿Qué querías que hiciéramos? A Julien le fastidiaba mucho que se perdiera la moto.

–Completamente locos –dice–, ¿y quién es ese Julien?

–Ya te he hablado de él.

–¿El muchacho de Laignes? –me pregunta.

–Eso es, Julien. Y quería aquella moto.

–Qué tontería –dice el chico de Semur.

–Desde luego que sí –reconozco.

–Debieron de disparar sobre vosotros como en el tiro de pichón –dice.

–Pues sí. Pero Julien quería la moto.

–¡Vaya idea! –dice–, no eran motos lo que faltaba.

–Pero quería precisamente aquélla –insisto.

–Con tonterías como ésa es como se lo cargan a uno –dice el chico de Semur.

Eso lo sé yo muy bien.

–¿Y qué hicisteis con ella? –pregunta.

Le cuento cómo la llevamos hasta el maquis del «Tabou», en las montañas entre Laignes y Châtillon. A lo largo de los caminos, los árboles estaban dorados por el otoño. Después de Montbard, en una encrucijada, encontramos un coche de la Feld parado, y cuatro gendarmes alemanes orinando en la cuneta.

El chico de Semur rompe a reír.

–¿Y qué hicieron? –pregunta.

Al oír el ruido de la moto, los cuatro volvieron la cabeza al mismo tiempo, como muñecas mecánicas. Julien dio un frenazo y ellos pudieron ver que íbamos armados.

–Tenías que haberles visto trotar por la cuneta, sin tiempo siquiera de abrocharse.

El chico de Semur ríe otra vez.

–¿Disparasteis sobre ellos?

–Claro que no, no teníamos ningún interés en alborotar la zona. Nos largamos.

–Sin embargo, al final os cazaron –dice el chico de Semur.

–A Julien no.

–A ti te cazaron, pese a todo –insiste.

–Fue más tarde –le respondo–, mucho más tarde. Fue por casualidad, no se podía hacer nada.

Es decir, por casualidad es una fórmula inexacta. Era una de las consecuencias previsibles, razonables, obligatorias, de los actos que cometíamos. Lo que yo quería decir es que la manera cómo sucedió, las circunstancias mismas de la detención fueron, en parte, por casualidad. Todo hubiera podido suceder de otra manera, y hasta hubiera podido no suceder de ningún modo, al menos aquella vez, eso es lo que quería decir. La casualidad consistió en que me detuviera en Joigny justo aquel día. Regresaba de Laroche-Migennes, donde había intentado ponerme otra vez en contacto con el grupo que había hecho saltar el tren de municiones de Pontigny. En realidad, hubiera debido reunirme directamente con Michel en París. La casualidad quiso que yo tuviera sueño, sueño atrasado de muchas noches en blanco. Entonces me detuve en Joigny, en casa de Irène, sólo para dormir durante unas horas. Sólo para que me cogiera la Gestapo. En Auxerre, al día siguiente, había rosas en el jardín del doctor Haas. Me mandaron salir al jardín y pude ver las rosas. El doctor Haas no nos acompañó, se quedó en su despacho. Sólo estaban el alto rubio, que parecía ir maquillado, y el gordo que estaba en Joigny, con Haas, y que jadeaba todo el rato. Me hicieron caminar por el jardín de la villa y vi las rosas. Eran muy bonitas. Tuve tiempo de pensar que resultaba divertido fijarme en las rosas y encontrarlas bonitas, pese a que sabía lo que iban a hacer conmigo. Desde el principio oculté cuidadosamente que entendía el alemán. Hablaban delante de mí, sin desconfiar, y tenía algunos segundos, justo al tiempo de la traducción, para prepararme a lo que iba a venir. Me llevaron a un árbol, en el jardín, al lado del macizo de rosas, y yo ya sabía que iban a colgarme de una rama, por medio de una cuerda pasada entre las esposas, y que luego soltarían el perro contra mí. El perro gruñía, sujeto por la correa, que mantenía el alto y rubio que parecía ir siempre maquillado. Después, mucho después, volví a mirar las rosas a través de la niebla que envolvía mi mirada. Intenté olvidarme de mi cuerpo y de los dolores de mi cuerpo, intenté volver irreales mi cuerpo y todas las trastornadas sensaciones de mi cuerpo, mirando las rosas, dejando que mi mirada se llenase de rosas. Y en el momento en que iba a conseguirlo, me desmayé.

—Siempre se dice lo mismo —dice el chico de Semur.

—¿El qué? —le pregunto.

—Que fue una casualidad, que no se podía hacer nada —dice el chico de Semur.

—A veces es verdad.

—Tal vez —dice—, pero siempre acaban por cogerte.

—Los que están detenidos suelen pensar que siempre acaban por cogerte.

El chico de Semur medita un momento esta verdad tan evidente.

—En esto tienes razón —dice—, por una vez tienes razón. Habría que interrogar a los que no se dejan coger.

—Así es como hay que razonar.

Se encoge de hombros.

—Es muy bonito —dice— eso de razonar, pero mientras tanto aquí estamos como ratas.

—Y ese campo adonde nos llevan —le pregunto—, ya que estás tan bien informado, ¿sabes lo que se hace allí?

—Se trabaja —dice, muy seguro de sí.

162

–¿Se trabaja en qué? –quiero saber.

–Preguntas demasiado –dice–, sé que se trabaja, eso es todo.

Intento imaginar en qué se puede trabajar en un campo de concentración. Pero no consigo imaginar la realidad, tal como la conocí después. En el fondo, no por falta de imaginación, sino sencillamente porque no supe extraer todas las consecuencias de los datos que ya poseía. El dato esencial es que somos mano de obra. En la medida en que no hemos sido fusilados, inmediatamente después de nuestra detención, y en la medida también en que no entramos en la categoría de gente por exterminar, pase lo que pase y sea como sea, como sucede con los judíos, nos hemos convertido en mano de obra. Una especie particular de mano de obra, claro está, ya que no tenemos libertad para vender nuestra fuerza de trabajo, ya que no estamos obligados a vender libremente nuestra fuerza de trabajo. Las SS no compran nuestra fuerza de trabajo, nos la arrebatan, sencillamente, por los medios de coacción más desprovistos de cualquier justificación, por la violencia pura y simple. Porque lo esencial es que somos mano de obra. Sólo que, como nuestra fuerza de trabajo no se compra, no es necesario, económicamente, asegurar su reproducción. Cuando se haya agotado nuestra fuerza de trabajo, las SS irán a buscar más.

Hoy, diecisiete años después de aquel viaje, cuando recuerdo aquel día, en el transcurso de aquel viaje de hace diecisiete años, en que trataba de imaginar qué clase de vida podía hacerse en un campo de concentración, se superponen imágenes diversas, capas sucesivas de imágenes. Del mismo modo que, cuando un avión pica hacia tierra, hacia la pista de aterrizaje, atraviesa varias capas de formaciones nubosas, a veces pesadas y espesas y otras algodonosas y lateralmente iluminadas por los rayos de un sol invisible, o encuentra, entre dos capas de nubes, una franja de cielo libre y azul, por encima del aborregamiento algodonoso en el que se va a hundir después, en su vuelo hacia tierra firme. Cuando pienso hoy en todo aquello, se superponen varias capas de imágenes que provienen de lugares diferentes y de distintas épocas de mi vida. Primero están las imágenes que se fijaron en mi memoria durante los quince primeros días que siguieron a la liberación del campo, aquellos quince días en los que pude ver el campo desde fuera, desde el exterior, con una mirada completamente nueva, aun cuando seguía viviendo dentro de él, estando en su interior. Luego, por ejemplo, vienen las imágenes de *Come back, Africa*, aquella película de Rogosin sobre África del Sur, tras las cuales veía, en transparencia, el campo de cuarentena, cuando aparecían en la pantalla los barracones de los suburbios negros de Johannesburgo. Viene después aquel paisaje de chozas, en Madrid, aquel vallecito polvoriento y hediondo de La Elipa, a trescientos metros de los edificios de lujo, en donde se amontonan los trabajadores agrícolas expulsados de sus tierras, aquel repliegue del terreno donde se arremolinan las moscas y los gritos infantiles. Se trata de universos análogos, y más aún, en el campo teníamos agua corriente, pues ya se sabe lo aficionadas que son las SS a la higiene, a los perros de raza y a la música de Wagner.

Aquel día precisamente yo había intentado pensar en todo aquello, al volver de aquel pueblo alemán adonde habíamos ido a beber el agua clara de la fuente. Pues había comprobado de repente que aquel pueblo no era el afuera, el exterior, sino simplemente otra cara, pero una cara también interior a la misma sociedad que había dado a luz los campos alemanes.

Me encontraba delante de la entrada del campo, mirando la gran avenida asfaltada que conducía al cuartel de las SS, a las fábricas, a la carretera de Weimar. Por aquí salían los *kommandos* al trabajo, en la luz gris o dorada del amanecer o en invierno a la luz de los focos, al son alegre de las marchas que tocaba la orquesta del campo. Por ahí llegamos, en el corazón de la quinta noche de aquel viaje con el chico de Semur. Pero el chico de Semur se quedó en el vagón. Por aquí caminábamos, ayer, con nuestros rostros vacíos y nuestro odio a la muerte, siguiendo a los miembros de las SS que huían por la carretera de Weimar. Y por esta avenida me iré, cuando me marche. Por aquí vi también llegar la lenta columna vacilante de los judíos de Polonia, en medio de este invierno que acaba de terminar, aquel día en el que fui a hablar con el testigo de Jehová, cuando me pidieron que preparase la evasión de Pierrot y otros dos compañeros.

Fue aquel día cuando vi morir a los niños judíos.

Han pasado los años, dieciséis años, y aquella muerte es ya adolescente, ha alcanzado esa edad grave que tienen los niños de la posguerra, los niños de después de aquellos viajes. Tienen dieciséis años, la edad de esta muerte antigua, adolescente. Y tal vez si puedo hablar de esta muerte de los niños judíos, nombrar esta muerte, con todos sus detalles, es con la esperanza, tal vez desmesurada, quizás irrealizable, de que la oigan todos esos adolescentes, o simplemente uno solo de ellos, siquiera uno solo, que alcanzan la gravedad de sus dieciséis años, el silencio y la exigencia de sus dieciséis años. La historia de los niños judíos, de su muerte en la gran avenida del campo, en el corazón del último invierno de aquella guerra, esta historia jamás contada, hundida como un tesoro mortal en el fondo de mi memoria, royéndola con un sufrimiento estéril, tal vez ha llegado ya el momento de contarla, con esa esperanza de la que estoy hablando. Quizás haya sido por orgullo por lo que nunca he contado a nadie la historia de los niños judíos, llegados de Polonia, en el frío del invierno más frío de aquella guerra, llegados para morir en la amplia avenida que conducía a la entrada del campo, bajo la mirada tétrica de las águilas hitlerianas. Tal vez por orgullo. Como si esta historia no incumbiera a todos, y sobre todo a esos adolescentes que hoy tienen dieciséis años, como si yo tuviera el derecho, incluso la posibilidad, de guardármela para mí durante más tiempo. Es verdad que yo había decidido olvidar. En Eisenach, también, había decidido no ser jamás un ex combatiente. Está bien, ya lo había olvidado, ya había olvidado todo, a partir de ahora ya puedo recordarlo todo. Ya puedo contar la historia de los niños judíos de Polonia, no como una historia que me haya sucedido a mí particularmente, sino que les sucedió ante todo a aquellos niños judíos de Polonia. Es decir, que ahora, tras estos largos años de olvido voluntario, no sólo puedo ya contar esta historia, sino que debo contarla. Debo hablar en nombre de lo que sucedió, no en mi nombre personal. La historia de los niños judíos en nombre de los niños judíos. La historia de su muerte, en la amplia avenida que conducía a la entrada del campo, bajo la mirada de piedra de las águilas nazis y entre las risas de los de las SS, en nombre de esta misma muerte.

Los niños judíos no llegaron a medianoche, como nosotros, llegaron bajo la luz gris de la tarde.

Era el último invierno de aquella guerra, el invierno más frío de esta guerra cuya suerte se decidió en medio del frío y de la nieve. Los alemanes habían sido expulsados de sus posiciones por una gran ofensiva soviética que se desplegaba a través de Polonia, y evacuaban, cuando tenían tiempo, a los deportados que habían reunido en los campos de Polonia. Nosotros, cerca de Weimar, en el bosque de hayas por encima de Weimar, veíamos llegar, durante días y semanas, aquellos convoyes de evacuados. Los árboles estaban cubiertos de nieve, cubiertas de nieve las carreteras, y en el campo de cuarentena nos hundíamos en la nieve hasta la rodilla. Los judíos de Polonia llegaban apiñados en vagones de mercancías, cerca de doscientos por vagón, y habían viajado durante días y días sin comer ni beber, en el frío de este invierno que fue el más frío de aquella guerra. En la estación del campo, cuando se abrían las puertas correderas, nada se movía, la mayoría de los judíos había muerto de pie, muertos de frío, muertos de hambre, y era preciso descargar los vagones como si hubiesen transportado leña, por ejemplo, y los cadáveres caían, rígidos, en el andén de la estación, donde los apilaban para llevarlos después, por camiones enteros, directamente al crematorio. Pese a todo, había supervivientes, había judíos todavía vivos, moribundos en medio de aquel amontonamiento de cadáveres helados en los vagones. Un día, en uno de aquellos vagones en que había supervivientes, al apartar el montón de cadáveres congelados, pegados a menudo unos a otros por sus ropas rígidas y heladas, se descubrió a un grupo entero de niños judíos. De repente, en el andén de la estación, sobre la nieve y entre los árboles cubiertos de nieve, apareció un grupo de niños judíos, unos quince más o menos, mirando a su alrededor con cara asombrada, mirando los cadáveres apilados como troncos de árboles ya podados y amontonados al borde de las carreteras, esperando ser transportados a otro lugar, mirando los árboles y la nieve sobre los árboles, mirando como sólo miran los niños. Y los de las SS al principio parecían molestos, como si no supieran qué hacer con aquellos niños de ocho a doce años, poco más o menos, aunque algunos, por su extrema delgadez y la expresión de su mirada, parecieran ancianos. Se hubiera dicho que, en primer lugar, los de las SS no supieron qué hacer con estos niños y los reunieron en un rincón, tal vez para tener tiempo de pedir instrucciones, mientras escoltaban por la gran avenida las escasas decenas de adultos supervivientes de aquel convoy. Y una parte de aquellos supervivientes todavía tendrá tiempo para morir, antes de llegar a la puerta de entrada del campo, pues recuerdo que se veía a algunos de estos supervivientes derrumbarse en el camino, como si su vida latente en medio del amontonamiento de los cadáveres helados de los vagones se apagara de repente, algunos caían de repente, muy rectos, como árboles fulminados, de bruces sobre la nieve sucia y en ocasiones fangosa de la avenida, en medio de la nieve inmaculada sobre las altas hayas estremecidas, otros cayendo de rodillas primero, haciendo esfuerzos para levantarse, para arrastrarse todavía unos metros más, quedando finalmente tendidos, con los brazos estirados hacia adelante, con las manos descarnadas arañando la nieve, se hubiera dicho como en una última tentativa de arrastrarse unos centímetros más hacia aquella puerta de allá abajo, como si aquella puerta estuviera al final de la nieve y del invierno y de la muerte. Pero al final, sólo quedó en el andén de la estación esta quincena de niños judíos. Las SS regresaron en tromba, entonces, como si hubieran recibido instrucciones precisas, o tal vez les hubieran dado carta blanca, quizá ya les habían permitido improvisar la manera en que iban a matar a aquellos niños. De todas formas volvieron en tromba, con perros, se reían estrepitosamente, se gritaban bromas que les hacían estallar en carcajadas. Se desplegaron en arco de círculo y empujaron ante ellos, por la gran avenida, a aquellos quince niños judíos. Lo recuerdo, los chavales miraban a su alrededor, miraban a los de las SS, debían de creer al principio que les escoltaban sencillamente hacia el campo, como habían visto hacer con sus mayores unos momentos antes. Pero los de las SS soltaron los perros y empezaron a golpear con las porras a los niños, para obligarles a correr, para hacer arrancar esta montería por la gran avenida, esta caza que habían inventado, o que les habían ordenado organizar, y los niños judíos, bajo los porrazos, maltratados por los perros que saltaban a su alrededor, mordiéndoles en las piernas, sin ladrar ni gruñir, pues eran perros amaestrados, los niños judíos echaron a correr por la gran avenida hacia la puerta del campo. Quizás, en aquel momento, no comprendieran todavía lo que les esperaba, quizá pensaran que se trataba solamente de una última vejación, antes de dejarles entrar en el campo. Y los niños corrían, con sus enormes gorras de larga visera hundidas hasta las orejas, y sus piernas se movían de manera torpe, a la vez lenta y sincopada, como cuando en el cine se proyectan viejas películas mudas, o como en las pesadillas en las que se corre con todas las fuerzas sin llegar a avanzar un solo paso, y lo que nos persigue está a punto de alcanzarnos, nos alcanza ya, y nos despertamos en medio de sudores fríos, y aquello, aquella jauría de perros y de miembros de las SS que corría detrás de los niños judíos bien pronto devoró a los más débiles de entre ellos, a los que sólo tenían ocho años, quizás, a los que pronto perdieron las fuerzas para moverse, y que eran derribados, pisoteados, apaleados por el suelo, y que quedaban tendidos a lo largo de la avenida, jalonando con sus cuerpos flacos, dislocados, la progresión de aquella montería, de esta jauría que se arrojaba sobre ellos. Pronto no quedaron más que dos, uno mayor y otro pequeño, que habían perdido sus gorras en la carrera desesperada, y cuyos ojos brillaban como reflejos de hielo en sus rostros grises, y el más pequeño comenzaba ya a perder terreno, los de las SS aullaban detrás de ellos, y los perros también comenzaron a aullar, pues el olor a sangre les volvía locos, y entonces el mayor de los niños aminoró la marcha para coger de la mano al más pequeño, que ya iba tropezando, y recorrieron juntos unos cuantos metros más, la mano derecha del mayor apretando la mano izquierda del pequeño, rectos, hasta que los porrazos les derribaron juntos, con la cara sobre la tierra y las manos unidas ya para siempre. Los de las SS reunieron a los perros, que gruñían, y rehicieron el camino al revés, disparando a bocajarro una bala en la cabeza de cada uno de los niños, caídos en la gran avenida, bajo la mirada vacía de las águilas hitlerianas.

Pero hoy está desierta la avenida, bajo el sol de abril. Un jeep americano da la vuelta allá lejos, en el cruce de los cuarteles de la division Totenkopf.

Me vuelvo y camino, hacia la reja de entrada.

Tengo que encontrar a Diego, o a Walter. Tengo ganas de hablar con los compañeros. Enseño mi salvoconducto al centinela americano y miro la inscripción en grandes letras de hierro forjado que está encima de la verja. «ARBEIT MACHT FREI.»[*] Es una hermosa máxima paternalista, nos encerraron aquí por nuestro bien, nos enseñaron la libertad mediante los trabajos forzados. Es una hermosa máxima, sin duda alguna, y no una prueba del humor negro de los SS, se trata simplemente de que los de las SS están convencidos de que tienen razón.

Franqueo la verja y recorro las calles del campo, al azar, mirando a derecha y a izquierda por si veo algún compañero.

Y es entonces, en la gran alameda que bordea el edificio de las cocinas, en la esquina del bloque 34, cuando veo a Émil. Está de pie al sol, con los brazos caídos, mirando al frente con la mirada vacía.

He pensado en Émil no hace mucho tiempo, me acordé de él hace algunas semanas, en los días en que detuvieron a Alfredo. Me preguntaba, en aquellos días de la detención de Alfredo, por qué uno resiste o no ante la policía, bajo la tortura. Alfredo había resistido, y me acordé de Émil, al pensar, en aquellos días, en por qué unos resisten y otros no. Pero lo más grave, lo que más se presta a la reflexión, es la dificultad, la imposibilidad casi, de establecer los criterios racionales de la fuerza de unos y la debilidad de otros. Pensaba en todo aquello porque la prueba puramente empírica, éste ha resistido, aquel otro no, no me satisfacía completamente. Alfredo, era un jue-

[*] «El trabajo os hace libres.» *(N. de los T.)*

ves, teníamos cita a las once. Hacía viento, un soplo seco y cortante que bajaba de las cumbres nevadas. Esperé a Alfredo un cuarto de hora, esos quince minutos de intervalo que uno se da antes de pensar que ha ocurrido algo. Pasaron los quince minutos, algo había ocurrido. Primero se piensa en un impedimento cualquiera, un acontecimiento baladí, aunque imprevisto. Se aparta del pensamiento la idea de algo grave, de algo realmente grave. Pero una angustia sorda comienza a corroer el corazón, una dolorosa contracción de todos los músculos internos. Encendí un cigarrillo y me marché, pese a todo llevamos a cabo la reunión. Luego llamé a Alfredo desde un teléfono público. Respondió una voz de hombre que no era la suya. ¿Sería su padre? No podía afirmarlo. La voz insistía en saber mi nombre, en saber quién llamaba a Alfredo. La voz decía que Alfredo estaba enfermo, que pasara a verle a su casa, que se alegraría de tener visita. Dije: «Claro está, señor; seguro, señor; muchas gracias, señor». Fuera, permanecí de pie sobre la acera, pensando en aquella voz. No era el padre de Alfredo, desde luego. Era una trampa, sencillamente, una trampa de las más viejas. Fumaba un cigarrillo que tenía un sabor amargo, de pie en el viento helado de las cumbres nevadas, y pensaba que era preciso poner en marcha inmediatamente las medidas de seguridad, que era necesario intentar cortar los hilos que unían a Alfredo con la organización. En cuanto a lo demás, todo dependía de Alfredo, de que resistiera o no.

Fumaba mi cigarrillo y me invadía la sensación de lo ya vivido, esa amargura de los gestos frecuentemente repetidos y que habría que repetir aún más veces. Por otra parte no era muy complicado, un trabajo de rutina, en suma, unas cuantas llamadas telefónicas y algunas visitas, eso era todo lo que había que hacer. Después, no quedaría sino esperar. Dentro de unas horas recibiríamos noticias, procedentes de diversos lugares y transmitidas a veces por las vías más imprevistas. El sereno habrá visto salir a Alfredo a las tres de la madrugada, esposado y rodeado de policías. Lo habrá comunicado al amanecer al panadero que tiene la tienda seis casas más arriba, y resulta que este último está relacionado con una de nuestras organizaciones de barrio. Dentro de una hora sonarán algunos teléfonos y se oirán frases extrañas: «Buenos días, señor; le llamo de parte de Roberto, para decirle que el pedido será entregado a las dos», lo cual deja entender que hay que acudir a un lugar convenido para enterarse de una noticia importante. Dentro de unas horas, habremos creado en torno a Alfredo una zona de vacío, de silencios, de puertas cerradas, de ausencias imprevistas, de paquetes cambiados de lugar, de documentos colocados en sitios seguros, de esperas de mujeres una vez más, otra vez todavía, como sucede a menudo desde hace veinte años, desde hace más de veinte años. Dentro de unas horas habremos tejido la más espesa red de gestos solidarios, de pensamientos que afrontan, cada cual por sí mismo y en su propio silencio, la tortura de este compañero que puede ser mañana nuestra propia tortura. Tendremos informaciones, una primera idea de los orígenes de la detención de Alfredo y de sus consecuencias, y podremos deducir si está relacionada con alguna operación de envergadura. Por fin tendremos datos concretos sobre los cuales trabajar para evitar los golpes en la medida de lo posible.

Sólo quedaba esperar. Era el final del otoño, dieciséis años después de aquel otro otoño, en Auxerre. Recuerdo, había rosas en el jardín de la Gestapo. Tiraba un cigarrillo, encendía otro nuevo y pensaba en Alfredo. Pensaba que él iba a resistir, no solamente porque las torturas ya no son lo que eran antes. Pensaba que resistiría de todas formas, incluso entonces lo pensaba, o que habría muerto durante la tortura. Pensaba en todo esto e intentaba esbozar los elementos racionales de este pensamiento, los puntos estables sobre los que descansaba esta espontánea convicción. Cuando se piensa en ello, resulta pavoroso verse obligado, desde hace años, a escudriñar la mirada de los compañeros, a estar atento a los posibles fallos de su voz, a sus gestos en tal o cual circunstancia, a su manera de reaccionar ante tal acontecimiento, para intentar hacerse una idea de su capacidad de resistir, eventualmente, a la tortura. Pero es un problema práctico que hay que tener en cuenta, absolutamente, sería criminal no tenerlo en cuenta. Es pavoroso que la tortura sea un problema práctico, que la capacidad de resistir a la tortura sea un problema práctico que haya que considerar desde un punto de vista práctico. Pero es un hecho, nosotros no lo hemos elegido, y estamos obligados a tenerlo en cuenta. Un hombre debería poder ser un hombre aun cuando no fuese capaz de resistir a la tortura, pero he aquí que tal como están las cosas un hombre deja de ser el hombre que era, que podría llegar a ser, si cede ante la tortura, si denuncia a los compañeros. Tal como están las cosas, la posibilidad de ser hombre está ligada a la posibilidad de la tortura, a la posibilidad de ceder bajo la tortura.

Cogí taxis, fui a donde tenía que ir, hice lo que tenía que hacer, lo que se podía hacer, y seguí esperando, con todas mis fuerzas, amparándome en los gestos rutinarios de la vida. Era preciso que Alfredo aguantara, pues si no lo hacía, todos resultaríamos afectados. Era preciso que Alfredo aguantara, para que su victoria nos fortaleciera a todos. Pensaba en todo esto, y sabía que Alfredo también pensaba en ello, bajo los puñetazos y bajo los porrazos. Piensa en este preciso momento que su silencio no es solamente su victoria personal, sino una victoria que nosotros compartiremos con él. Nuestra verdad revestirá la deslumbrante armadura de su silencio, él lo sabe, y eso le ayuda a sonreír en medio de su silencio.

Pasaban las horas, no ocurría nada y el silencio de Alfredo mantenía aquella calma. Nadie llamó a ninguna puerta, a las tres de la madrugada, a esa hora blanca en que los registros y los primeros golpes le cogen a uno en frío, con la boca repleta de sueño. Es el silencio de Alfredo lo que permite a los compañeros dormir en las casas amenazadas. Pasaban las horas, no ocurría nada, una vez más íbamos a ser vencedores. Recuerdo aquel día de primavera, hace ocho meses, yo estaba sentado en un banco con Alfredo y Eduardo. Hacía calor, estábamos al sol, y el parque desplegaba ante nosotros sus céspedes ondulados. Hablábamos de todo un poco, y ya no sé cómo la conversación recayó en *La question.** Era un libro que habíamos leído y releído atentamente, pues es mucho más que un testimonio. Para nosotros es un libro de gran alcance práctico, repleto de enseñanzas. De alguna manera, un instrumento de trabajo. Porque es muy útil comprender, con tal claridad, con semejante rigor desprovisto de frases inútiles, que se pueden aguantar las sacudidas eléctricas, que se puede guardar silencio a pesar del pentotal. Hablamos de *La question* de modo práctico, tranquilamente, pues era un libro que nos atañía de manera práctica. Era un libro hermoso, útil, que ayudaba a vivir. Acaso Alfredo ha recordado aquella conversación en el parque soleado, frente a las montañas azules, todavía coronadas de algunos regueros de nieve, frente al paisaje severo de olivos y encinas. Después, tomamos una cerveza juntos, antes de despedirnos. Estaba fresca. Era agradable tener sed y saciar la sed.

Me he acordado de Émil, aquellos días, hace unas semanas. Estaba de pie, al sol, con los brazos caídos, en la esquina del bloque 34, la última vez que lo vi. Pasé a su lado y volví la cabeza, no hubiera tenido fuerzas para en-

---

* Ensayo sobre la tortura de Henri Alleg, célebre en Francia durante la guerra de Argelia. *(N. de los T.)*

frentarme con su mirada muerta, con su desesperación, sí, sin duda, su desesperación para siempre, en aquel día de primavera que no era para él el principio de una vida nueva, sino el final, claro está, el final de toda una vida. Émil había aguantado, durante doce años había resistido, hasta que de repente, hace un mes, cuando la partida estaba ya decidida, cuando ya de verdad tocábamos con la mano la próxima libertad, pues toda la primavera estaba llena de los rumores de aquella libertad que se acercaba, de repente, hace un mes, había cedido. Cedió de la manera más tonta, más cobarde, podría decirse que había cedido gratuitamente. Cuando las SS, a la desesperada, acorraladas, pidieron voluntarios para el ejército alemán, hace un mes, sin recibir ni una sola petición, entre todos estos millares de presos políticos, amenazaron a los jefes de bloque. Entonces Émil inscribió en la lista, junto a algunos delincuentes comunes que eran voluntarios, a un deportado de su bloque, un alsaciano movilizado a la fuerza en la Wehrmacht, desertor y detenido por ello. Le había inscrito sin decirle nada, claro está, prevaliéndose de su autoridad de jefe de bloque. Había enviado a la muerte a este alsaciano, o a la desesperación tal vez, convirtió a este joven alsaciano en un hombre perdido para siempre, aun cuando saliera vivo, en un hombre que jamás volvería a tener confianza en nada, en un hombre perdido para cualquier esperanza humana. Yo vi llorar a este alsaciano el día en que las SS vinieron a buscarle, ya que estaba en la lista de voluntarios. Nosotros le rodeamos sin saber qué decirle, y él lloraba, privado de cualquier calor humano, sin comprender lo que se le venía encima, ya no comprendía nada, era un hombre perdido.

Émil era jefe de bloque y estábamos orgullosos de su tranquilidad, de su generosidad, nos alegrábamos de verle emerger de aquellos doce años de horror con una sonrisa tranquila en sus ojos azules, en su rostro hundido, demacrado por los horrores de aquellos doce años. Y he aquí que nos abandonaba bruscamente, se derrumbaba en la noche de aquellos doce años pasados, se convertía en una de las pruebas vivientes de aquel horror y de aquella interminable noche de doce años. He aquí que, en el momento en que las SS estaban vencidas, Émil se convertía en la prueba viviente de su victoria, es decir, de nuestra pasada derrota, agonizante ya, pero que arrastraba en su agonía el cadáver vivo de Émil.

Estaba allí, en la esquina del bloque 34, al sol, con los brazos caídos. Volví la cabeza. Ya no estaba de nuestro lado. Estaba como la buena mujer de hace un rato, como sus hijos muertos, los dos hijos muertos de esta mujer en su casa frente al crematorio, estaba del lado de la muerte pasada, todavía presente. En cuanto a nosotros, teníamos precisamente que aprender a vivir.

–Imagino –dice el chico de Semur–, imagino que de todas formas nos harán trabajar de firme.

Estamos aquí, intentando adivinar qué clase de trabajo nos mandarán hacer las SS, en ese campo adonde vamos.

–Oye, tú –dice una voz, en alguna parte, detrás de nosotros.

El chico de Semur mira.

–¿Nos hablas a nosotros? –pregunta.

–Sí –dice la voz–, a tu compañero, quisiera decirle algo.

Pero estoy apresado por la masa de los cuerpos. No puedo volverme hacia la voz de ese tipo que quiere decirme algo.

–Adelante –le digo, volviendo la cabeza todo lo que puedo–. Adelante, te escucho.

176

Oigo la voz del tipo a mi espalda, y el chico de Semur le mira mientras habla.

–Esta moto de la que hablabas –dice la voz–, ¿fue al maquis del «Tabou» donde la llevasteis?

–Sí –respondo–, ¿lo conoces?

–¿Al «Tabou» –dice la voz–, encima de Larrey?

–Exactamente, ¿por qué, lo conoces?

–Yo estaba allí –dice la voz.

–Ah, bueno, ¿y cuándo?

–Pero si vengo de allí –dice la voz–, prácticamente. Hace un mes que las SS «limpiaron» la región. Ya no hay «Tabou».

Es un golpe duro para mí, lo confieso. Claro que sé que la guerra continúa, que las cosas no van a seguir como siempre, inmutables, tal y como las conocía en el momento de mi detención. Pero es un duro golpe para mí saber que las SS han liquidado el «Tabou».

–Mierda –digo. Y eso es exactamente lo que pienso.

–Me acuerdo de aquella moto –dice la voz–, la usamos mucho, después de que os marchasteis.

–Era una buena moto, casi nueva.

Me acuerdo de aquella excursión, por las carreteras de otoño, y en verdad me revienta que hayan liquidado el «Tabou».

–Si de veras eres tú el de la moto... –empieza la voz.

–Que sí, hombre, que soy yo –le interrumpo.

–Desde luego –dice la voz–, era un modo de hablar. Quiero decir, ya que eres tú, entonces viniste una segunda vez al «Tabou».

–Sí –digo–, con un Citroën «pato». Llevábamos armas para vosotros.

–Eso es –dice la voz–. También me acuerdo de esa vez. Llevabas un revólver de cañón largo, pintado de rojo, y todos queríamos uno igual.

Me río.

–Aquella vez –dice la voz–, ibas con otro tío. Uno alto, de gafas.

El alto de gafas era Hans.

–Desde luego –digo.

–Estaba con nosotros –dice la voz– cuando comenzó la pelea.

–¿Qué pelea? –digo repentinamente inquieto.

–Las SS –dice la voz–, cuando desencadenaron la operación, el alto de gafas estaba con nosotros.

–¿Por qué? ¿Por qué había vuelto?

–No lo sé, hombre –dice la voz del tipo que estaba en el «Tabou»–, había vuelto, eso es todo.

–¿Y después? –pregunto.

–No lo sé –dice la voz–, combatimos durante medio día, al atardecer y parte de la noche, en el mismo sitio, alrededor de la carretera. Después, comenzamos a retirarnos hacia el interior, para la dispersión.

–¿Y mi compañero?

–Tu compañero, no lo sé, debió de quedarse en el grupo de cobertura –dice la voz.

Hans se había quedado con el grupo de cobertura.

–¿No le has vuelto a ver? –pregunto.

–No –dice la voz–, me atraparon en un control, en Châtillon, después de la dispersión. No volvimos a ver a los muchachos del grupo de cobertura.

Hans se había quedado a cubrir a los demás, era previsible.

Más tarde, en la segunda quincena de mayo, aquel año de mi regreso, dentro de dos años, Michel y yo estuvimos buscando las huellas de Hans, de Laignes a Châtillon, de Semur a Larrey, por todas las granjas de la comarca. Michel estaba en el Primer Ejército y había conseguido un permiso, justo después de la capitulación alemana. Estuvimos buscando el rastro de Hans, pero ya no había ni rastro de Hans. Era primavera, y circulamos hasta Joigny, pues Michel se las había apañado para conseguir un coche y una orden de misión. En Joigny, Irène no había regresado. Murió en Bergen-Belsen, de tifus, pocos días después de la llegada de las tropas inglesas. Su madre nos dio de comer, en una cocina como las de antes, y en la bodega seguía flotando el olor pertinaz a plástico. Nos enseñó un recorte del periódico local, que relataba la muerte de Irène en Bergen-Belsen. Albert había sido fusilado. Olivier había muerto en Dora. Julien también había muerto, le sorprendieron en Laroche, se defendió como un diablo y la última bala la había guardado para sí mismo. Recuerdo que decía: «La tortura, ni hablar, no es para mí, si puedo me pego un tiro». Y se mató. Michel y yo escuchábamos a la madre de Irène, oíamos su voz cascada. Comimos conejo a la mostaza, en silencio, con todas las sombras de los compañeros muertos a nuestro alrededor.

Una semana después, conseguimos encontrar a uno de los supervivientes del «Tabou». Fue en una granja, cerca de Laignes, mientras esperábamos en el patio de la granja el regreso de los hombres que estaban trabajando la tierra. Esperábamos con la granjera, pues era su hijo el superviviente de la matanza del «Tabou». Ella contaba con voz lenta, pero clara, la larga historia de aquellos largos años. Escuchábamos sin atención, pues ya conocíamos la historia. Y no era la historia lo que ahora nos interesaba, sino Hans, el rastro de Hans, el recuerdo de Hans. La granjera nos contaba aquella larga historia, y de vez en cuando se interrumpía para decirnos: «¿Tomarán un vasito de vino blanco?», nos miraba y añadía: «¿O una sidra?». Pero no nos daba tiempo a decirle que sí, que a gusto tomaríamos un vaso de vino blanco, pues ensartaba enseguida esta larga historia de los largos años que acababan de terminar.

Ayer, en una taberna cerca de Semur, donde estábamos comiendo jamón, pan y queso, acompañados de un vinillo que hay que ver lo bueno que era, Michel dijo, después de una larga pausa de silencio entre nosotros:

–Por cierto, aún no me has contado nada.

Ya sé de qué quiere hablar, pero no quiero saberlo. El pan, el jamón, el queso y el vino del país son cosas que hay que aprender a saborear de nuevo. Hay que concentrarse. No tengo ganas de contar nada, sea lo que fuere.

–¿Contar? –contesto–. ¿Qué es lo que hay que contar?

Michel me mira.

–Precisamente –dice–, no lo sé.

Corto un cuadradito de pan, corto otro cuadradito de queso, pongo el pan debajo del queso y como. Luego, un trago de vino del país.

–Y yo ya no sé lo que habría que contar.

Michel come también. Luego, pregunta:

–¿Demasiadas cosas, tal vez?

–O demasiado pocas, demasiado pocas en relación con lo que nunca se podrá contar.

Esta vez, Michel se asombra.

–¿Estás seguro? –dice.

–No –debo reconocer–, quizá no era más que una frase.

–Eso me parece –dice Michel.

–De todas formas –añado–, necesitaré tiempo.

Michel reflexiona en esto.

–Tiempo para olvidar –dice–, es posible. Para contar después del olvido.

–Eso es, más o menos.

Y jamás hemos vuelto a tocar este tema, ni en los días que siguieron, mientras buscábamos el rastro de Hans, ni nunca jamás. Y ahora que ha llegado el tiempo del olvido, es decir, ahora que aquel pasado vuelve con más fuerza que nunca a la memoria, ya no se lo puedo contar a Michel. Ya no sé dónde encontrar a Michel.

Al día siguiente, estábamos en este patio de granja y la madre de aquel muchacho que había sobrevivido a la matanza del «Tabou» nos contaba la larga historia de aquellos largos años. Luego vinieron los hombres. Los hombres nos hicieron entrar en la gran sala común de la granja, y al final bebimos aquel vaso de vino blanco.

La larga sala común, o quizá era una cocina, era fresca y tibia, es decir, tibia y ¿quién sabe?, recorrida, por oleadas de frescura, o tal vez era un escalofrío lo que me recorría, oleadas de escalofríos a lo largo de mi columna vertebral, quizá la fatiga o tal vez los recuerdos de la matanza del «Tabou», que aquel muchacho iba recordando de una manera sosa, incapaz seguramente de destacar o de subrayar los episodios más señalados, pero de un modo que nos conmovía más, precisamente a causa de ello. A Michel también, me parece, o eso creí adivinar, aunque no lo llegamos a hablar después, al ponernos otra vez en camino. El desorden y la noche, el desorden y la muerte, y Hans se había quedado en el grupo que cubría la retirada, eso lo recordaba el muchacho perfectamente, es decir, no sólo se había quedado, sino que había decidido quedarse, lo había elegido así. Michel lo recordaba seguramente, era él quien me había hablado de ello, de aquella conversación con Hans, me había indicado el sitio, el lugar donde había ocurrido, cuando Hans le decía: «No quiero morir como un judío», y «¿Qué quieres decir?», le había preguntado Michel, es decir, «No quiero morir sólo porque soy judío», de hecho se negaba a tener su destino grabado en su propio cuerpo. Michel decía, a mí, me decía, que Hans había empleado términos más precisos, más crudos, y eso no me extrañaba, pues Hans solía ocultar bajo excesos verbales sus sentimientos más profundos, ya que es así como se califican los sentimientos auténticos, como si los sentimientos tuvieran distintas densidades, los unos flotando en no se sabe qué aguas, y los otros arrastrándose en el fondo, en no se sabe qué barro de las profundidades. El caso es que Hans no quería morir, en la medida en que tendría que morir, sólo por ser judío, pensaba, creo yo por lo que contó a Michel y que éste me contó a mí, que aquello no era una razón suficiente, quizá válida, lo suficientemente válida como para morir, pensaba, con toda seguridad, que necesitaba tener otras razones para morir, o sea, para que le mataran, porque, y de esto estoy seguro, no tenía ningunas ganas de morir, simplemente, la necesidad de dar a los alemanes otras razones para matarle, llegado el caso, que aquella de ser sencilla y tontamente un judío. Luego tomamos un segundo vaso de vino blanco, después un tercero, y al final nos sentamos a la mesa «porque ustedes se quedarán a comer con nosotros», y el muchacho siguió ensartando su soso relato, su alucinante, soso y desordenado relato de aquella matanza del «Tabou», que sí había sido algo deslucido y desordenado, no una acción brillante, sino algo soso y gris, en el invierno de las montañas, entre los árboles del invierno, de alguna manera una operación de policía, o una redada, cuadriculando aquel bosque de donde salían, cada noche, los golpes del maquis hacia todos los caminos y pueblos de la región. Yo había participado una vez, o dos, ya no lo recuerdo, tal vez lo confundo con otro maquis, pero no lo creo, en aquellos *raids* nocturnos en el Citroën «pato» que iba delante, y todos los caminos eran nuestros, hay que decirlo, toda la noche, los pueblos eran nuestros, todas las noches.

El hecho es que Hans se había quedado en el grupo de cobertura.

–Aquel tipo, alto, de gafas, compañero suyo –dice el muchacho de la granja–, Philippe, me parece que le llamaban así, pues fue él quien cogió el fusil ametrallador al final.

La granjera nos sirve la comida, se queda de pie, apoyada con las dos manos en el respaldo de una silla, mira a su hijo y su mirada es una lluvia de abril atravesada de sol, una alegría de gotitas brillantes, un chubasco que cae sobre el rostro inclinado, pensativo y mascullante de su hijo, que vuelve a anudar los hilos del recuerdo de aquella matanza de la que salió sano y salvo, oh, su hijo sano y salvo, al lado de ella, vivo, alegre o taciturno, murmurando: «tengo hambre, mamá; tengo sed, mamá; dame de beber, mamá».

–¿No comes, madre? –pregunta el granjero.

Así, esta historia comenzaba a tomar un buen sesgo, pero siempre llegaba un momento en el que de repente Hans desaparecía. Aquel tipo en el tren, aquella voz anónima en la penumbra del vagón con la que todo había comenzado, también hablaba de Hans con cierta precisión hasta el momento en que empezó la desbandada. Y ahora este muchacho, el hijo de estos granjeros, cerca de Laignes, tomaba el relevo dando otros detalles sobre los mismos hechos, otra visión de los hechos que prolongaba la historia, pues había permanecido cerca de Hans durante más tiempo, había formado parte de un grupo de jóvenes campesinos de la región que no se habían replegado, que no habían intentado liberarse de la ofensiva alemana refugiándose en las espesuras del bosque, sino que, por el contrario, sacando provecho de su conocimiento de todos los senderos, de los atajos, de los setos, bosquecillos, claros, pendientes, taludes, granjas y tierras de labranza o de pastos, habían franqueado las líneas alemanas, cuando cayó la noche, siempre hacia adelante, reptando en algún momento dado entre los centinelas de las SS, y algunos habían conseguido refugiarse en granjas amigas, más lejos, las puertas se abrían de noche para dejarles entrar, con toda la familia en pie, en medio de la oscuridad, los postigos cerrados, todos jadeantes, escuchando el ruido de las ametralladoras de las SS en la noche, en las montañas del «Tabou».

Y aquel relato del muchacho de Laignes, del hijo de estos granjeros de Laignes, me recuerda otro, es decir, más exactamente, mientras aquel muchacho desgrana su relato, tropezando en las frases, como aquella noche en las raíces, las piedras y los abrojos, otra marcha nocturna acude a mi memoria, es decir, la idea de que tendría que acordarme de otra marcha nocturna, que ésta me recuerda, sin desvelar todavía, sin que sepa todavía de qué otra marcha se trata, ni de quién era el que marchaba, ronda por los confines de mi memoria, bulle suavemente bajo este relato y las evocaciones de este relato. Pero el hecho es que Hans, en esta historia, llega un momento en que desaparece. Y compruebo repentinamente que jamás volveremos a encontrar el rastro de Hans.

Por su parte, Bloch aceptaba su condición de judío. Eso le asustaba, desde luego, sus labios estaban lívidos y temblaba cuando le encontré en medio de la calle Soufflot, y eché a andar con él hacia el liceo Henri IV. La aceptaba, es decir, se instalaba en ella de sopetón, de golpe, con resignación (y hasta quizás, aunque no me atrevo sin embargo a jurarlo, con una resignación jubilosa, con una especie de júbilo al resignarse, al aceptar esta condición de judío, hoy infamante y que comporta riesgos, pero estos riesgos estaban ya inscritos, debía de pensar él, con aquella especie de alegría repleta de tristeza, inscritos desde siempre en su condición de judío: diferente ayer de los demás interiormente, hoy la diferencia se hacía visible, estrellada de amarillo), con espanto y alegría, con cierto orgullo, por qué no, un orgullo corrosivo, ácido, autodestructor.

–Sería mejor para ti que me dejaras solo, Manuel –me dice hacia la mitad de la calle Soufflot, mientras caminamos, pues precisamente esta mañana tenemos clase de filosofía.

–¿Por qué? –pregunto, aunque ya sé por qué, pero quisiera que él dijera el porqué.

–Ya lo ves –dice; hace un gesto con el mentón hacia la estrella amarilla, cosida sobre su abrigo gris.

Entonces me echo a reír, y temo que haya habido en mi risa –y si así fuera quisiera excusarme como fuese– cierto matiz de desprecio, exactamente, algo altivo y frío, que haya podido herir justamente este orgullo de Bloch, este orgullo triste de saber que por fin estallaba a la luz, para lo peor, y no para lo mejor, sólo para lo peor, esta verdad monstruosa de su diferencia con respecto a nosotros.

–¿Y qué? –le digo–, yo no voy a entrar en su juego, ¿no crees?

–¿Qué juego? –dice, mientras seguimos caminando juntos, al mismo paso.

–Tal vez no se trate de un juego –preciso–, ese intento, esa decisión de aislaros, de marginaros.

–Pero es cierto –dice, y ha sonreído, y es en ese preciso momento cuando he sospechado esta dosis de triste orgullo corrosivo que podía haber en su sonrisa.

–Eso –le digo– es asunto tuyo, aceptarlo o no. Pero lo que es asunto mío, y tú no vas a cambiarlo, es precisamente no tenerlo en cuenta. En esto tú no intervienes, es asunto mío.

Inclina la cabeza y no dice nada, y llegamos al Henri IV en el momento en que suena la campana y corremos hacia la clase de filosofía, Bertrand va a explicarnos una vez más por qué y cómo el espíritu es creador de sí mismo y yo voy una vez más también a simular que creo en esta fantasmagoría.

Fue al día siguiente, creo, o en todo caso poco después de aquel día en el que Bloch se presentó con su estrella amarilla –y éramos una clase de filosofía de buenos franceses, sin mancha, no había más que aquella sola, aquella solitaria estrella amarilla de Bloch, por lo mismo mucho más visible (en cuanto a mí, las cosas volvieron a su cauce más tarde, cuando llevé, no ya una estrella, sino un triángulo rojo con el vértice hacia abajo, apuntando al corazón, mi triángulo rojo de rojo español, con una «S» encima)–, al día siguiente, pues, o quizá dos días más tarde, cuando el profesor de matemáticas se creyó obligado a hacer algunos comentarios sobre esta estrella amarilla, sobre los judíos en general y el mundo tal cual era. Bloch me miró, sonreía como el otro día en la calle Soufflot, guardaba su compostura, no era más que la primera etapa de aquel largo sacrificio que sería su vida a partir de ahora, todo esto estaba escrito en los textos, y sonreía, pensando ya, con toda seguridad, en los sacrificios futuros, que también estaban escritos, también inscritos, también descritos.

Pero ni Bloch, ni yo, ni nadie, habíamos pensado en Le Cloarec, habíamos olvidado que siempre hay, en alguna parte, un bretón dispuesto a hacer de las suyas. Le Cloarec se hizo cargo del problema, por las buenas. En noviembre, a principios del curso, estuvimos juntos, en la plaza de l'Étoile, después de habernos puesto de acuerdo, con risotadas y palmadas en la espalda, sobre los puntos siguientes: primero, nos cagábamos en la guerra del 14 al 18, nos reventaba, y nos cagábamos en las tumbas de los soldados desconocidos, no en los soldados desconocidos, sino en las tumbas que se les han erigido, tras haberles enviado a morir de incógnito; esto era el punto de partida, decía Le Cloarec, la referencia abstracta intencional de nuestro acto, añadía, y yo añadía además (y de ahí las risotadas y las palmadas en la espalda), que se trataba del horizonte en el que se desvelaba la consistencia última, la ultimidad consistente de nuestro proyecto, hacia la cual nuestro proyecto se extasiaba; pero, entretanto, decía Le Cloarec, seamos concretos, volvamos a lo concreto, y yo, arrojémonos, sumerjámonos en la desordenada utensibilidad del mundo concreto, es decir, mierda para la guerra imperialista y para los imperialistas por lo tanto, y, entre ellos, nos cagamos particularmente en los imperialistas más particularmente agresivos, virulentos y triunfalistas, en los nazis; entonces, en la práctica, vamos a participar en una manifestación patriótica ante la tumba del soldado desconocido, yo, bretón, y tú, meteco, cerdo español, rojo de mis cojones, porque precisamente hoy esto es lo que más puede joder a los nazis y a todos sus amiguitos que están en la plaza, esto es, precisamente a quienes han instalado esta tumba del soldado desconocido; y ya está, se había rizado el rizo, metódica y dialécticamente, y de ahí las grandes palmadas en la espalda. De todas formas, hubiéramos ido a esta marcha sobre la plaza de l'Étoile, todo esto no era más que para nuestra vanidad personal, hubiéramos marchado con otros centenares de estudiantes (no pensaba que fuéramos tan numerosos), bajo el cielo gris de noviembre, hubiéramos forzado esa barrera de polis franceses, a la altura de la calle Marbeuf (Le Cloarec era una fuerza de la naturaleza) y hubiéramos visto desembocar por la avenida Georges V esa columna de soldados alemanes en uniforme de combate, con ese ruido mecánico y gutural de las botas, las armas y las voces de mando; de todas formas hubiéramos arremetido hasta la plaza de l'Étoile, pues eso era lo que había que hacer.

Entonces, Le Cloarec se hizo cargo del problema, por las buenas.

Cuando nos expuso su plan, le dije: «Ya ves, hasta hay ideas en esta cabecita de bretón bretonante, bretonador, bretonizado». Y él se echó a reír. Y los otros gritaron: «Ouest-État», a coro, con voz estentórea que hizo volverse hacia nosotros la cabeza de corso, de chulo corso, o de poli corso, del vigilante jefe. Pero estábamos en el patio, durante el recreo, y no podía decir nada. Esta broma la había inventado yo, con gran alegría por parte de Le Cloarec. Es tan bretón, este Le Cloarec, dije a los demás, que su padre no sabía más que dos palabras de francés, y estas dos palabras las gritaba con todas sus fuerzas, en la guerra del 14 al 18, cuando se lanzaba al asalto de las trincheras alemanas, dos palabras que para su padre resumían la grandeza de Francia, el espíritu cartesiano, las conquistas de 1789, estas dos palabras: «Ouest-État», que había aprendido a leer en los vagones de la compañía de ferrocarriles que servían Bretaña. Y ellos, después, se reían y gritaban a coro «Ouest-État» cada vez que Le Cloarec hacía de las suyas, y las hacía muy a menudo. Pero cuando yo les decía que no había inventado nada, que esta historia se encuentra en Claudel, en un libro del ilustre embajador de Francia, las *Conversations dans le Loir-et-Cher,* me parece, no querían creerme. «Lo acicalas demasiado», me decía Le Cloarec. «Les tienes rabia a nuestras glorias nacionales», decía Raoul. Por mucho que insistiera, diciéndoles que todo esto lo cuenta Claudel, pero seriamente, con lágrimas en las líneas, y extasiándose con este «Ouest-État», no querían creerme. Ni siquiera pensaban en ir a comprobar la verdad de mi afirmación, pues habían decidido que era pura perversidad por mi parte atribuir a Claudel semejante tontería.

Así pues, como decía, Le Cloarec se hizo cargo del problema. Todos estuvieron de acuerdo en colaborar con el proyecto del bretón. «Ouest-État», este gran grito druídico, era la señal de adhesión, la consigna aullada o susurrada de la acción preparada. Todos, excepto Pinel, claro está. Pinel era el buen alumno en toda su repulsión, siempre entre los tres primeros, en cualquier asignatura, como si se pudiera ser de los tres primeros en todo, sin hacer trampas consigo mismo, sin forzarse de manera estúpida a interesarse en materias que en verdad no tienen el más mínimo interés. Pinel había dicho que no contásemos con él, el proyecto le había escandalizado, nosotros le pusimos de vuelta y media y desde entonces le hicimos, en la medida de lo posible, la vida imposible. En la siguiente clase de matemáticas, así pues, cuando entró Rablon sin mirar a nadie (era de baja estatura y aguardaba a subir al estrado para lanzarnos su mirada fulminante), todos, excepto Pinel, habíamos cosido a nuestro pecho una estrella amarilla, con las cinco letras de «judío» veteando de negro el fondo amarillo de la estrella. Bloch estaba como fuera de sí, hay que decirlo, y murmuraba en voz baja que estábamos todos locos, que era una locura, y Pinel se mantenía muy tieso, inflando el pecho para que se viera que él no llevaba la estrella amarilla. Rablon, como siempre, una vez en el estrado, de pie, él, el matemático, fulminó con la mirada a esta clase de filosofastros y malas cabezas («Filo 2» era una clase tradicionalmente de buenos en redacción y malas cabezas mezclados, no sé si esta tradición se conserva todavía en el liceo Henri IV) y su mirada, de repente, se tornó fija, vidriosa, su boca se hundió, y yo no veía más que la nuez de su garganta subir y bajar en una especie de movimiento espasmódico, Rablon, atacado por sorpresa, desprevenido, por este gran puñetazo en sus cochinos morros, por esta marea de estrellas amarillas que rompía sobre él, extendiéndose como una oleada antes de estallar en lo alto, sobre los graderíos de la clase. Rablon abrió la boca, yo hubiera apostado que iba a vociferar, pero su boca permaneció abierta sin que ningún sonido saliera de ella, y su nuez, en su garganta, se desplazaba espasmódicamente de arriba abajo de su cuello esquelético. Se quedó así, durante un tiempo infinito, mientras en la clase reinaba un silencio absoluto, hasta que finalmente, Rablon tuvo una reacción inesperada, se volvió hacia Pinel, y con voz áspera, hiriente y desesperada comenzó a ponerle de vuelta y media, y Pinel se quedó viendo visiones: «Usted siempre quiere distinguirse, Pinel», le decía, «nunca hace usted como los demás», y cruzó sobre Pinel el fuego de todas sus baterías, de todas sus preguntas, le hizo recitar toda la cosmografía, todas las matemáticas aprendidas, si se puede decir (Pinel sí, las había aprendido), desde el principio del curso hasta ahora. Y se marchó, cuando dio la hora, sin decir una sola palabra, y fue el grito unánime de «Ouest-État» el que saludó la victoria de Le Cloarec, nuestra victoria, y añadimos algún que otro «Pinel al paredón» para que hiciera juego.

–Pero no –digo–, era alemán.

El granjero me mira, sin comprender. Su hijo, este muchacho que sobrevivió a la matanza del «Tabou», me mira también. La madre no está aquí, ha ido a buscar algo.

–¿Cómo? –dice el granjero.

Había dicho, en uno de los momentos en que subrayaba el relato de su hijo con alguna consideración general sobre la vida y los hombres, que con franceses como aquél, como este Philippe amigo nuestro, nunca se hubiera perdido Francia.

–Era alemán –digo–, no era francés, sino alemán.

Michel me mira, con aire cansado, debe de pensar que voy otra vez a fastidiar a todo el mundo con mi costumbre de poner las cosas en su sitio, los puntos sobre las íes.

–Más aún –digo–, era judío, judío alemán.

Michel, con aire cansado, explica con mayor claridad que este Philippe era Hans, y por qué este Hans se convirtió en Philippe. Esto les deja pensativos, inclinan la cabeza, hay que decir que les impresiona. Era judío alemán, pienso, y no quería morir como un judío, pero precisamente nosotros no sabemos cómo murió. He visto morir a otros judíos, en cantidad, que morían como judíos, es decir, sólo porque eran judíos, como si pensaran que ser judíos era una razón suficiente para morir así, para dejarse matar así.

Pero sucedía que nosotros no sabíamos cómo había muerto Hans. Sencillamente, siempre llegaba un momento en esta historia, en este relato de la matanza del «Tabou», fuera quien fuese quien lo contaba, un momento en el que Hans desaparecía.

Pisoteábamos esa hierba, entre los altos árboles del bosque alrededor de lo que había sido el «Tabou», al día siguiente (quizás) y es aquí, exactamente, donde Hans desapareció. Michel camina delante, y golpea los tallos de las altas hierbas con el extremo de una varita flexible. Me detengo un instante a escuchar el bosque. Sería necesario tener más a menudo tiempo, u ocasión, de escuchar el bosque. He pasado siglos enteros de mi vida sin poder escuchar el bosque. Me detengo y escucho. Esta alegría sorda, paralizadora, arraiga en la certeza de la absoluta contingencia de mi presencia aquí, de mi inutilidad radical. No soy necesario para que este bosque exista, susurrante, y éste es el origen de esta sorda alegría. Michel se aleja entre los árboles y aquí es donde Hans desapareció. Para terminar, fue él quien cogió el fusil ametrallador, decía este muchacho ayer (quién sabe, quizás anteayer). Hans no tuvo tiempo para escuchar el bosque, en la noche invernal, sólo escuchaba los ruidos secos de los disparos, en desorden, a su alrededor, en esta noche de invierno en la que tuvo lugar la matanza del «Tabou». Se quedó solo al final, aferrado a su fusil ametrallador, y muy contento, pienso, de arrebatar a los de las SS una muerte amasada de resignación, y de imponerles esta muerte brutal y peligrosa para los asesinos mismos, imponerles esta muerte asesina, en la noche ciega y desordenada en que tuvo lugar la matanza del «Tabou». Michael vuelve hacia mí y grita.

–¡Eh! –grita.

–Escucho –le contesto.

–¿Y qué escuchas? –pregunta.

–Escucho, sencillamente.

Michel deja de segar los tallos altos de las hierbas y escucha, a su vez.

–¿Y qué? –dice luego.

–Nada.

Camino hacia donde está él, de pie, con la varita flexible en la mano con la que segaba los tallos de las hierbas altas. Le ofrezco un cigarrillo. Fumamos en silencio.

–¿Dónde estaba el campamento, lo recuerdas? –pregunta Michel.

–Por ahí –digo–, hacia la derecha.

Nos ponemos en marcha otra vez. Ahora el bosque está mudo. El ruido de nuestros pasos hace callar al bosque.

–¿Eres tú quien me ha contado una historia de una marcha por el bosque, por la noche, una larga marcha por el bosque durante noches y noches? –pregunto a Michel.

Me mira, y mira después a su alrededor. Caminamos por el bosque pero es de día, en primavera.

–No sé de qué me hablas –dice Michel–, no, no recuerdo ninguna marcha nocturna por el bosque de la que te haya hablado.

Vuelve a segar las hierbas altas, con un gesto amplio y preciso. Creo que terminará poniéndome nervioso; creo que pronto voy a estar harto de verle hacer este gesto, mil veces repetido mecánicamente.

–¿Y qué es esta historia de marcha? –pregunta.

–Desde que ese tipo nos ha contado su fuga a través del bosque, la noche del «Tabou», tengo la sensación de que voy a recordar otra marcha nocturna por el bosque. Es otra historia, y en otro lugar, pero no consigo acordarme.

–Eso sucede a veces –dice Michel. Y vuelve a segar las hierbas.

Pero desembocamos en el claro donde estaba el campamento, y no tengo ocasión de decirle que pronto me va a poner nervioso.

Las cabañas, recuerdo, eran medio subterráneas. Los muchachos habían cavado la tierra profundamente, y habían apuntalado con tablas las paredes. Apenas un metro de tablas y bálago sobresalía de la tierra. Había tres cabañas así dispuestas en los tres vértices de un posible triángulo, y en cada una de ellas había espacio para alojar por lo menos diez muchachos. Más lejos, al fondo del claro, habían construido una especie de cobertizo para los dos Citroën, el 402 y la camioneta. Los bidones de gasolina, ocultos bajo lonas y ramaje, estaban también en este lado del claro; todo aquello debió de arder, la noche del «Tabou». Todavía se ven zonas grises y rojizas, entre los matorrales, y árboles medio calcinados. Nos acercamos al centro del claro, al lugar donde se encontraban las cabañas. Pero el bosque está borrando todas las huellas de aquella vida de hace tres años, de aquella muerte tan antigua. Todavía se distinguen, bajo montones de tierra removida, trozos de tablas podridas y algunos pedazos de chatarra. Pero todo esto está perdiendo su aspecto humano, su apariencia de objetos creados por el hombre para necesidades humanas. Estas tablas volverán a convertirse de nuevo en madera, madera podrida, claro está, madera muerta, visiblemente, pero madera que escapa de nuevo a todo destino humano, que ha regresado otra vez al ciclo de las estaciones, al ciclo de la vida y la muerte vegetativas. Sólo un gran esfuerzo de atención permitiría volver a encontrar de nuevo, aún, la forma de una escudilla, de una taza de hojalata, de una culata móvil de una metralleta Sten. Esta chatarra regresa al mundo mineral, al proceso de intercambio con el mantillo en que está enterrada. El bosque está borrando todo rastro de vida antigua, de esta muerte ya vieja, y envejecida, del «Tabou». Y aquí estamos, dando con el pie sin razón ninguna, removiendo con el pie los vestigios de este pasado que las altas hierbas borran, que los helechos oprimen en sus brazos múltiples y susurrantes.

Me decía, hace algunas semanas, me decía que me gustaría mucho ver eso mismo, las hierbas y los matorrales, las zarzas y las raíces socavando al curso de las estaciones, bajo la lluvia persistente del Ettersberg, bajo la nieve del invierno, bajo el sol de abril breve y rumoroso, socavando sin descanso, obstinadamente, con esa obstinación desmesurada de las cosas naturales, entre los crujidos de las maderas separadas y el desmenuzamiento polvoriento del cemento que estallaría bajo el empuje del bosque de hayas, socavando sin cesar este paisaje humano en el flanco de la colina, este campo construido por los hombres, las hierbas y las raíces volviendo a cubrir este paisaje del campo de concentración. Primero se derrumbarían los barracones de madera, los del Campo Grande, de un verde tan bonito, confundiéndose fácilmente, y enseguida ahogados por la invasora marea de las hierbas y arbolillos, y después los bloques de cemento de dos pisos, y por último, ciertamente, mucho después de las demás construcciones, muchos años más tarde, permaneciendo en pie la mayor cantidad de tiempo posible, como un recuerdo o un testimonio, la señal más específica de este conjunto, la cuadrada y maciza chimenea del crematorio, hasta el día en que las zarzas y las raíces hayan vencido también esta salvaje resistencia de la piedra y el ladrillo, esta obstinada resistencia de la muerte erigida en medio de montones de matorrales verdes recubriendo lo que fue un campo de exterminio, y, más aún, quizás, estas sombras de humo denso, negro, veteado de amarillo, flotantes en el paisaje, este olor a carne quemada que tiembla todavía sobre este paisaje, cuando los últimos supervivientes, todos nosotros, hayamos desaparecido hace ya mucho tiempo, cuando ya no quede ningún recuerdo real de todo esto, sino sólo recuerdos de recuerdos, relatos de recuerdos narrados por quienes ya nunca sabrán verdaderamente (como se sabe la acidez de un limón, lo lanoso de un tejido, la suavidad de un hombro) lo que todo esto, en realidad, ha sido.

–Bien –dice Michel–, no hay nada más que buscar aquí.

Y abandonamos el claro del bosque por el lado por donde los muchachos habían construido una pista para los vehículos. La pista conducía a este camino forestal que desembocaba en la carretera, algunos centenares de metros más abajo. Michel se para otra vez.

–Me pregunto si los centinelas estaban en su puesto aquel día –dice, frunciendo el ceño.

–¿Cómo? –digo.

Miro a Michel y no comprendo qué importancia puede tener, a estas alturas, este detalle.

–Pero sí, acuérdate –dice–, aquella vez lo hicimos adrede, para ver qué pasaba, caímos sobre ellos, en el claro, y los centinelas no estaban en sus puestos.

Sí, lo recuerdo, nos acercamos a ellos de improviso, cualquier patrulla de la Feld, de ronda, hubiera podido hacer lo mismo. Y nos peleamos con los muchachos del «Tabou» por esa causa.

–Pero ¿qué importancia tiene eso ahora? –pregunto.

–No importa –dice Michel–, pero debieron de dejarse sorprender, estoy seguro.

–Empiezas a tener espíritu militar, está bien para un ex alumno de la Escuela Normal Superior.

Me mira y sonríe.

–Tienes razón –dice–, dejémoslo.

–De todas formas –digo–, si las SS vinieron en tromba, con centinelas o no, debieron de darse cuenta.

–Sí –dice Michel inclinando la cabeza–, ¿vamos ahora hasta la granja?

–Desde luego, mi capitán, pero pasen ustedes, mi capitán –dice el granjero.

Nos hace señas para que entremos, pero antes de seguir a mi capitán al interior, me vuelvo y miro. La granja se levanta a unos doscientos metros del lindero del bosque, y domina un gran trecho de los zigzags del camino que asciende hacia el «Tabou». Debieron de ver llegar los camiones de las SS, y me pregunto si tuvieron tiempo para avisar a los muchachos. Seguramente lo hicieron, si les dio tiempo, estos granjeros estaban en muy buenas relaciones con los muchachos del «Tabou».

Entro a mi vez, Michel ya está tomando una copita, es algo a lo que uno no puede negarse.

–¿Tuvieron ustedes tiempo –pregunto, cuando ya también tengo mi copa de aguardiente en la mano–, tuvieron tiempo de avisar a los muchachos?

El granjero inclina la cabeza y se vuelve para gritar hacia el interior de la casa.

–Jeanine –grita.

Inclina la cabeza y nos lo cuenta. En efecto, les dio tiempo, y fue su propia hija la que corrió hacia los muchachos para avisarles.

–¿Estaban los centinelas en sus puestos? –pregunta Michel.

Tengo ganas de decir que eso, esta pregunta, no tiene nada que ver, que es un síntoma de senilidad precoz este interés por los centinelas, pero el granjero parece perplejo, como si tomara la pregunta en serio, se diría casi que se siente descubierto en una falta, al no poder responder como se debe a esta pregunta estúpida.

–Ya entiendo, perfectamente, mi capitán –dice–, habrá que preguntar a Jeanine a ver si se acuerda de este detalle. –Pero se corrige enseguida–. Es decir, se trata de una cuestión importante... Los centinelas, mi capitán, comprendo perfectamente, los centinelas...

Menea la cabeza lentamente, antes de vaciar su copa de aguardiente, con un brusco movimiento de todo su cuerpo hacia atrás.

A Jeanine, a su madre y a la mujer del mozo de la granja, los alemanes las dejaron por fin tranquilas. Se llevaron a los hombres y el ganado. El que no tuvo suerte fue su hijo, pues lo deportaron a Alemania.

–Ya no tardará en volver –dice el granjero, con voz dubitativa–, todos los días hay gente que vuelve, lo dicen los periódicos.

Michel me mira, yo miro al granjero, y el granjero mira al vacío. Se hace un silencio.

–¿Han tenido ustedes noticias suyas desde que se lo llevaron a Alemania? –pregunta Michel por fin.

–La madre recibió dos cartas –dice el granjero–, hasta el desembarco. Después, nada más. Y hasta le obligaban a escribir en alemán. Me pregunto cómo se las arreglaría el chico.

–Algún compañero se las habrá escrito –digo–, siempre hay compañeros que saben alemán y que ayudan a quienes no lo saben. Es lo menos que se puede hacer.

El granjero sacude la cabeza y nos sirve otra ronda.

–¿En qué campo estaba su hijo? –pregunta Michel.

–En Buckenval* –dice el granjero.

Me pregunto por qué lo pronuncia de este modo, pero el hecho es que la mayoría lo pronuncia así.

Siento que Michel esboza un gesto hacia mí, y dejo que mi mirada se vacíe de toda expresión, rígidos los músculos de mi rostro, me vuelvo apagado, esponjoso, incomprensible. No quiero hablar del campo con este granjero cuyo hijo no ha vuelto todavía. Mi presencia aquí, si se entera que yo vuelvo del mismo campo, sería un duro golpe para su esperanza de ver todavía volver a su hijo. Cada deportado que vuelve, y que no es su hijo, atenta contra las posibilidades de supervivencia de su hijo, contra las posibilidades de verle regresar vivo. Mi vida, la mía, que ha vuelto de allí, aumenta las posibilidades de muerte de su hijo. Espero que Michel lo comprenda, espero que no insista.

Pero una puerta se abre, al fondo, y entra Jeanine.

–Sí –dice Jeanine–, me acuerdo muy bien de su compañero.

Caminamos otra vez por el bosque, hacia el claro del «Tabou».

–¿Qué edad tenía usted entonces? –pregunto.

–Dieciséis años –dice Jeanine.

* Forma incorrecta de pronunciar el campo de concentración alemán de Buchenwald. *(N. de los T.)*

Hemos comido en la granja, hemos escuchado una vez más el relato de la matanza del «Tabou», otro relato diferente, desde otra perspectiva, pero idéntico, sin embargo, a causa del desorden y la noche, los ruidos confusos de la batalla, y el silencio final, el gran silencio invernal sobre las montañas del «Tabou». La granjera, es evidente, consumida por la espera, no vive más que para esperar a su hijo.

Michel se ha quedado en la granja, según ha dicho, para arreglar el motor del Citroën. Yo camino de nuevo hacia el claro del «Tabou», en medio de las hierbas altas, con Jeanine, que tenía dieciséis años en aquellos días, y que recuerda muy bien a mi compañero.

–A veces venía hasta la granja, los últimos días, antes de la batalla –dice Jeanine.

En realidad, todo se resolvió en algunas horas, pero para ella, con toda seguridad, esas pocas horas de ruidos confusos, de disparos, de gritos de los de las SS invadiendo la granja, todo eso condensa y representa al fin y al cabo la realidad de aquellos cinco largos años de guerra, toda su adolescencia. Es una batalla que simboliza todas las batallas de esta larga guerra, cuyos ecos llegaban, como en sordina, hasta esta granja borgoñona.

Estamos sentados, en el claro del «Tobou», y estrujo las hierbas que crecen sobre los restos de esta guerra que acaba de terminar, desvanecida ya.

–Toda la noche –dice ella–, cuando cesaron los disparos, esperé que llegara, acechando los ruidos en torno a la granja.

Estrujo las hierbas, algunas son cortantes.

–No sé por qué –dice ella–, pero pensaba que aparecería durante la noche por la parte de atrás de la granja, tal vez.

Mastico una hierba, ácida y fresca como esta primavera de la posguerra que comienza.

–Me decía a mí misma que tal vez estuviera herido, y

había preparado agua caliente –dice ella–, y paños limpios, para vendarle.

Recuerdo que tenía dieciséis años y mastico la hierba ácida y fresca.

–La madre lloraba, en un cuarto de arriba, lloraba sin cesar –dice ella.

Imagino esa noche, el silencio que había vuelto a caer sobre las colinas del «Tabou», la huella de Hans, desaparecida para siempre.

–Al amanecer, creí oír un roce en la puerta de atrás. Era el viento –dice ella.

El viento de invierno, sobre las colinas calcinadas del «Tabou».

–Y esperé todavía, esperé durante muchos días, sin esperanza –dice ella.

Me dejo caer hacia atrás, con la cabeza hundida en las altas hierbas.

–Mi madre fue hasta Dijon, pues allí habían encerrado a los hombres –dice ella.

Miro los árboles, el cielo entre los árboles; intento no acordarme de todo esto.

–Recorrí el bosque en todos sentidos, no sé para qué, pero era preciso que lo hiciera –dice ella.

Era preciso volver a encontrar el rastro de Hans, pero ya no había ni rastro de Hans.

–Y aun ahora –dice ella–, en ocasiones vengo aquí, y espero.

Miro el cielo entre los árboles, y los árboles, e intento vaciarme de toda espera.

–Mi hermano tampoco ha vuelto, tampoco, y así estamos –dice ella.

Me doy media vuelta y la miro.

–¿Usted sabía –dice ella– que era alemán?

Me incorporo, apoyándome en un codo, sorprendido, y la miro.

–Cantaba una canción –dice ella– que trataba del mes de mayo.

Entonces me dejo otra vez caer hacia atrás, con la cabeza hundida entre las altas hierbas. Siento mi corazón que late contra la tierra húmeda del claro, y estamos otra vez en el mes de mayo, «*im wunderschönen Monat Mai / wenn alle Knospen blühen*».[*] Siento latir mi corazón, y de repente recuerdo aquella marcha nocturna que obsesionaba mi memoria estos últimos días. La oigo moverse, cerca de mí, en un roce de hierbas y su mano viene a rozar mi pelo al rape. No se trata de una caricia, ni siquiera de un gesto amistoso, sino de un tantear ciego que intentara orientarse, como si explorase el sentido de estos cabellos rapados.

–Le han afeitado la cabeza –dice ella.

Me vuelvo hacia ella. Está tendida cerca de mí, con los ojos muy abiertos.

–¿Usted cree que mi hermano volverá aún?

Entonces le susurro la historia de esta marcha nocturna a través de Europa, es una manera de responderle, la historia de la larga marcha de Piotr y sus muchachos, en medio de la noche de Europa. Ella escucha con una atención apasionada. Y otra vez es el mes de mayo en el claro del «Tabou».

–¿Entiendes? –dice la voz a mis espaldas–, nos dispersamos en pequeños grupos, y no volvimos a ver a los muchachos que nos cubrieron la retirada.

El chico de Semur mira al tipo que habla, y se vuelve hacia mí cuando ha terminado de hablar.

–¿Era un amigo tuyo –pregunta–, un buen amigo?

–Sí –digo.

El chico de Semur menea la cabeza, y vuelve de nuevo el silencio en la penumbra del vagón. Es un golpe duro, esta

---

[*] «En el maravilloso mes de mayo / cuando florecen todos los capullos.» *(N. de los T.)*

noticia del final del «Tabou», un golpe en plena boca del estómago, así, en medio de este viaje. No sabré lo que le ha ocurrido a Hans hasta el regreso de este viaje. Y si no regreso de este viaje, no sabré jamás lo que ha sido de Hans. Si se quedó en el grupo de cobertura, será preciso que me haga a la idea de que Hans ha muerto. Estos días que vienen, las semanas que se adelantan, estos meses que llegan hasta mí, será preciso que me haga a la idea de la muerte de Hans, es decir, será necesario que esta idea (si es que se puede llamar idea a esta realidad opaca y fugitiva de la muerte de alguien que os es querido), será preciso que esta idea se haga a mí, que esta muerte forme parte de mi vida. Tengo la sensación de que tardará algún tiempo. Pero tal vez ya no voy a tener tiempo de hacerme a la idea de esta muerte de Hans, tal vez mi propia muerte venga a liberarme de esta preocupación. En la bola esponjosa que se encuentra detrás de mi frente, entre mi nuca dolorida y mis sienes ardientes, donde resuenan todas las punzadas de mi cuerpo que se quiebra en mil pedazos de vidrio cortante, en esta bola esponjosa de la que quisiera extraer a manos llenas (o, mejor dicho, con pinzas delicadas, una vez levantada la placa ósea que la recubre) los filamentos algodonosos y tal vez estriados de sangre que deben de rellenar todas las cavidades y me impiden ver claro, y que cubren de niebla todo el interior, lo que llaman la conciencia, en esta bola esponjosa se abre camino la idea de que tal vez mi muerte no llegue a ser algo verdaderamente real, es decir, algo que forme parte de la vida de alguien, al menos de alguien. Tal vez la posibilidad de mi muerte como algo real me será negada, aun esta simple posibilidad, y busco desesperadamente quién me echará en falta, qué vida podré dejar vacía, obsesionar con mi ausencia, y no lo encuentro, en este preciso momento no lo encuentro, mi muerte no tiene una posibilidad real, tal vez ni siquiera podré morir, sino que sólo podré desaparecer, dejarme borrar suavemente de esta existencia, sería preciso que Hans viviera, que Michel viviera, para que yo pudiese tener una muerte real, que se aferre a lo real, para que no me desvanezca simplemente en la penumbra maloliente de este vagón.

Cuando el doctor Haas me pidió la documentación, en Epizy, es decir, cerca de Joigny, en casa de Irène, y claro está, yo no sabía aún que se trataba del doctor Haas, entré sencillamente en la cocina, todavía medio dormido, e Irène me dijo con una voz suave y tranquila: «Es la Gestapo, Gérard», sonriendo, y yo entreví vagamente las siluetas de dos hombres y una mujer rubia, la intérprete, eso lo supe después, y uno de los hombres ladró: «Su documentación», o algo parecido, algo en todo caso muy sencillo de entender, y entonces yo hice el gesto de sacar mi Smith and Wesson, pero no, ese día llevaba un revólver canadiense, cuyo tambor no giraba lateralmente, cuya culata y cámara de percusión se plegaban hacia atrás, sobre un eje fijo, para liberar el tambor, pero no pude acabar mi gesto, el revólver debió de engancharse en el cinturón de cuero por la parte abultada del tambor, no salía, y el segundo hombre me derribó de un golpe en la nuca, caí de rodillas, y sólo pensaba, obstinadamente, en sacar mi arma, en tener fuerzas para sacar mi arma y disparar sobre aquel tipo de sombrero flexible y dientes de oro en la parte delantera de la boca, era lo único importante que me quedaba por hacer, liberar el revólver y disparar sobre aquel tipo, lo único sobre lo que podía concentrar mi atención, mi vida; pero el tipo del sombrero flexible, a su vez, me golpeó con todas sus fuerzas en la coronilla con la culata de una pistola, su boca abierta en un rictus repleto de dientes dorados, la sangre brotó a raudales sobre mis ojos ya cubiertos de niebla por el sueño, la mujer rubia lanzaba gritos agudos, y jamás llegaré a sacar este jodido revólver canadiense. Tenía sangre sobre la cara, y esta insípida tibieza era el gusto mismo de la vida, pensaba yo en una especie de exaltación, sin imaginar que el tipo del sombrero flexible pudiera hacer otra cosa, en aquel momento, que dispararme a bocajarro, al ver la culata de mi revólver, que yo seguía intentando liberar inútilmente. Y sin embargo, ni siquiera en aquel momento conseguí tomar conciencia de esta muerte tan próxima, tan verosímil, como una realidad necesaria; incluso en este minuto en el que parecía caer sobre mí, en el que hubiera lógicamente debido caer sobre mí, la muerte seguía estando lejos, como algo, un suceso irrealizable, lo que es en realidad, irrealizable en el plano de la pura individualidad. Más tarde, cada vez que me he rozado con la muerte (como si la muerte fuese un accidente, o un obstáculo sólido, con el cual se tropieza, se topa, se choca y se golpea dentro), la única sensación real que ello provocó en mí fue una aceleración de todas las funciones vitales, como si la muerte fuese algo en lo que se puede pensar, con todas las variantes, formas y matices del pensamiento, pero de ninguna manera algo que puede llegar en realidad a uno mismo. Y así es, en efecto, morir es la única cosa que nunca me podrá suceder, de la que jamás tendré una experiencia personal. Mas la muerte de Hans, sin embargo, sí era algo que me había sucedido en realidad, que formaría parte de ahora en adelante de mi vida.

Después, el vacío. Desde hace dieciséis años, intento evocar aquellas horas que transcurrieron entre la conversación con el muchacho del «Tabou» y la noche de locura que nos esperaba, intento penetrar en la niebla de aquellas pocas horas que debieron de transcurrir forzosamente, intento arrancar, brizna a brizna, la realidad de aquellas pocas horas, pero casi inútilmente. En ocasiones, como en un relámpago, me acuerdo, no de lo que sucedió, porque allí no sucedió nada, jamás sucedió nada en ningún momento de este viaje, sino de los recuerdos y los sueños que me han obsesionado o habitado a lo largo de aquellas horas que faltan a este viaje, donde por otra parte no falta nada, ni un repliegue del paisaje, ni una sola palabra de todo lo que se dijo, ni un segundo de estas interminables noches; memoria tan perfecta que si me consagrara a contar este viaje, con todos sus detalles y rodeos, podría ver a la gente a mi alrededor, a las personas que hubiesen querido, aunque sólo fuese por cortesía, comenzar a escucharme, podría verlas languidecer de disgusto y después morir, suavemente derrumbarse en sus sillas, hundiéndose en la muerte como en el agua apenas corriente de mi relato, o bien vería a estas personas desembocar en la locura, tal vez en una locura furiosa, al no soportar ya el apacible horror de todos los detalles y rodeos, las idas y venidas de este largo viaje de hace dieciséis años. Aquí, desde luego, resumo. Sin embargo me irrita, llegado a este punto, no poder aferrar completamente, no poder desenmascarar, segundo a segundo, estas escasas horas que me desafían y se hunden cada vez más lejos, conforme desalojo alguna nueva presa, mínima, es cierto, del recuerdo perdido de aquellas horas.

De todo ello, no vuelvo a encontrar sino retazos. Así, fue en el curso de aquellas horas cuando tuvo lugar, forzosamente, pues por más que haya deshojado, minuto a minuto, todo el resto del viaje, no he encontrado otro lugar para colocarlo, aquel sueño, o aquel recuerdo, preciso en medio de su confusión, que se destaca claramente, como un punto violentamente luminoso, con la niebla alrededor, el sueño o el recuerdo de este lugar tranquilo, con olores a encerado (libros, estanterías repletas de libros) donde yo me refugiaba, donde escapaba de la maloliente humedad del vagón, este gran silencio perfumado de robles y cera, de roble encerado, donde me sumergía para huir del estrépito cada vez creciente del vagón, que muy pronto, cuando cayó la noche, alcanzaba el paroxismo. No creo haber identificado durante el viaje mismo este lugar tran-

quilo, este lugar de ensueño, con el ruido de las páginas ro-
zadas, hojeadas, olor de papel, de tinta, mezclada con los
aromas del barniz de cera, y esta vaga impresión de que
este lugar mismo se hallaba rodeado de calma, de silencio
amortiguado, de árboles despojados, pero todo ello de manera confusa, no como una certeza, sino como una vaga
sospecha de toda esta calma incrustada en este lugar tranquilo. Más tarde, desde luego, fue un juego de niños iden-
tificar este sueño, o este recuerdo, esta nostalgia brumosa
y clara, brillante y opaca a la vez, en medio de la excesiva-
mente real pesadilla del vagón. Se trataba de la librería,
mejor dicho del primer piso de la librería de Martinus
Nijhoff, en La Haya. Hoy, veintitrés años después, podría
todavía subir esta escalera con los ojos cerrados, sabría todavía orientarme en ella, entre las largas estanterías de libros del primer piso. Nijhoff, por lo general, permanecía
en la planta baja, y me miraba pasar hacia la escalera con
ojos chispeantes tras de las gafas de aro dorado. En el primer piso se encontraban los estantes de libros franceses,
nuevos y de ocasión, y yo pasaba allí horas enteras leyendo
los libros que no podía comprar. Una luz plácida bañaba
la gran sala, esta luz hermosa, sin aristas cortantes, del invierno nórdico, una luminosidad esférica, que bañaba por
igual los objetos más cercanos y los más alejados, tamiza-
da, en la gran sala atiborrada de estanterías severas (y este
aroma a encerado se convertía de alguna manera en el
equivalente sensible del puritanismo un poco altivo, y en
el fondo frágil, irrisorio en resumidas cuentas, de todo el
conjunto), por las vidrieras con nervios de plomo cercan-
do los fragmentos de vidrio coloreado, dispuestos aquí y
allá según un orden antiguo y tal vez un poco monótono.
Pero todo esto, desde luego, no forma parte de aquel sueño en el curso de este viaje. Aquel sueño no era más que la
nostalgia de este lugar tranquilo y cerrado, no identificado
con claridad, que no conducía más que al confuso senti-

miento de una pérdida irreparable, de una ausencia imposible de colmar, en medio de la humedad maloliente del vagón, pronto traspasada por gritos desaforados. Ni el aspecto sonriente y santurrón de Nijhoff, ni las avenidas a las que el invierno había desnudado, ni los canales helados, ni la larga carrera desde la salida del Tweede Gymnasium hasta este lugar tranquilo y apartado, no formarán parte de este sueño, o mejor dicho de este recuerdo intenso, aunque impreciso, que ha llegado a asaltarme en el curso de estas horas melancólicas, entre la conversación con el muchacho del «Tabou» y la noche de Walpurgis que nos esperaba. Este lugar tranquilo y apartado no era sino uno de los puntos en torno a los cuales se organizaba mi universo infantil, torpedeado por todas partes por los rumores bramantes del mundo, por los aullidos de la radio, durante el Anschluss de Viena, y el triste y estúpido estupor de septiembre de 1938, que confirmaba la derrota de mi país, vencido en todas partes, batido como los diques de Scheveningen, al fondo de los árboles y las dunas, sobre los que rompían las mareas equinocciales, este mar al que era preciso alzar la mirada, al que era preciso subir, en la desembocadura de los árboles y las dunas, y que parecía a punto, cada minuto, de precipitarse hacia abajo, hacia la tierra firme. Estas largas sesiones de lectura en la librería de Martinus Nijhoff sólo eran un alto, una parada, y este presentimiento me atormentaba ya, en el largo camino del exilio, comenzado en Bayona, pero no, comenzado en realidad mucho antes, en esa noche de sobresaltado despertar, en la casa de las últimas vacaciones, al pie de los pinares, cuando todo el pueblo se puso en marcha, en el silencio anhelante, cuando el brusco incendio de las colinas y la llegada de los refugiados del pueblo más cercano, hacia el este, anunciaron que las tropas italianas de Gambara se acercaban pisoteando el País Vasco. (Algunos hombres, a la entrada del puente, levantaban una barricada con sacos de arena, llevaban escopetas de caza, latas de conservas llenas de dinamita, y yo conocía a alguno de ellos, pescadores encontrados en el puerto, durante estos veranos, jugadores de pelota que subían a Mendeja, al frontón adosado a la vieja iglesia, para reanudar eternamente la sempiterna partida entre equipos rivales, la pelota de cuero restallando en las manos desnudas, o golpeando, con un ruido desgarrador, el ribete de hierro que marcaba en el muro de enfrente el límite inferior de la superficie de juego; miraban las colinas arrasadas por el incendio, apretaban contra su corazón las escopetas de caza y fumaban en silencio; apartarse de ellos, dejarles detrás de esta barricada inútil, frente a los tanques de Gambara, era romper los lazos más esenciales, comprometerse en el camino del exilio, hubiéramos querido crecer unos años de repente para seguir con ellos, y nos prometimos, de manera confusa, en nuestra terrible desesperación infantil, reparar algún día este retraso, recuperar a toda costa este tiempo perdido; pero ya nos alejábamos, partíamos a la deriva en la oleada nocturna de esta muchedumbre deslizándose en medio del ruido rugoso de las alpargatas sobre el asfalto de la carretera en cornisa sobre el mar y los rumores de la resaca; nos alejábamos, ya está, nos habíamos marchado, y sería necesaria una espera de años, una larga noche de años perforados de incendios, y de disparos, antes de recuperar un puesto, de poder ocupar un puesto, al lado de otros hombres, de los mismos hombres, detrás de otras barricadas, de las mismas barricadas, el mismo combate sin terminar todavía.) La librería de Nijhoff, los olores a encerado, el crujido de las páginas arrugadas, el calor adormecedor tras la larga carrera flanqueando los canales helados, entre los fantasmas de árboles despojados por el invierno, no era más que un alto, una parada relativamente breve, en este interminable viaje del exilio.

El chico de Semur, en todo caso, no volvió a hablar

durante estas horas que precedieron a la noche de la locura, la última noche de este viaje. Tal vez el chico estuviera ya a punto de morir, es decir, tal vez la muerte estuviera ya haciendo acopio de sus fuerzas y sus astucias para el asalto final, una súbita invasión a través de las arterias, un frío coágulo de sombra que avanzaba. De todas formas, ya no decía nada. Dentro de poco, abrirá la boca, en un arranque desesperado, «no me dejes, tío», y va a morir, es decir, que su muerte llegará a su término. Por otra parte, todas las conversaciones se han apagado, todas las palabras han callado en el curso de estas horas. Se apoderaba de nosotros un embrutecimiento gangoso, un silencio de magma, hirviente como una jarra de burbujas de gritos contenidos, de bruscos sobresaltos de cólera o espanto, en ondas concéntricas, donde ya no éramos ni yo, ni él, ni tú, quien gritaba o susurraba, sino todo el magma gangoso que formábamos, por estas ciento diecinueve bocas anónimas hasta el estallido final de la desesperación, de los nervios en carne viva, del agotamiento de los últimos resortes de la voluntad.

Ahora que lo pienso, también debí de ir a la librería de Martinus Nijhoff en primavera, en medio de la humedad de los árboles verdes y de los canales de aguas apenas corrientes, pero el recuerdo que surge siempre, de manera espontánea, es el de la blancura crujiente del invierno, de los árboles despojados, recortándose en esta luz grisácea, pero infinitamente irisada, de la que no se sabe ya, en resumidas cuentas, si es la luz real o la de los pintores que íbamos a contemplar al Rijksmuseum, o al museo Boymans, la luz de Delft o la de Vermeer de Delft. (Y es sencillo advertir que esta cuestión se complica extrañamente por el hecho de la falsedad misma de algunos cuadros de Vermeer, una falsedad tan verdadera, es decir, que le adhiere a uno de tal manera a la realidad de esta luz de la que hablo, que resulta perfectamente bizantino intentar saber quién ha imitado al otro, pues quizá resulta que, con algunos siglos de premonición, es Vermeer quien ha imitado a Van Meegeren, y qué importancia tendría, es lo que me pregunto, pero en Cimiez, donde Van Meegeren vivió durante la ocupación alemana, y donde pasé algunos días, en casa de unos amigos que por aquel entonces habitaban en ese lugar, es una lástima pero ya no quedaba ni un solo falso Van Meegeren o verdadero Vermeer, pues fue la falsedad de los cuadros del falsificador la que ha elevado a su mayor perfección la verdad esbozada por Vermeer, la verdad de esta luz gris, irisada desde su interior, que me rodeaba mientras corría, entre los árboles despojados, hacia la librería de Martinus Nijhoff.)

Yo corría entonces, desesperadamente, hacia este lugar tranquilo y cerrado, pero cada vez, en el momento de llegar a él, en el momento en que el recuerdo parecía precisarse, en el que tal vez estaba a punto de reconocer este lugar, de identificarlo, una sacudida de la masa de los cuerpos jadeantes, un grito agudo, surgido de las entrañas mismas del espanto sin remisión, me atrapaba de nuevo, me arrastraba hacia atrás, me hacía recaer en la realidad de la pesadilla de este viaje.

–Hay que hacer algo, muchachos –dice una voz detrás de nosotros.

No veo bien lo que podríamos hacer, salvo esperar, aferrarse a sí mismo, resistir. El chico de Semur tampoco debe de verlo, menea la cabeza, dubitativo, o tal vez sencillamente alelado. Pero siempre hay alguien que toma a su cargo la situación, cuando la situación se hace insostenible, siempre hay una voz que surge de la masa de las voces anónimas y que dice lo que hay que hacer, que indica los caminos, tal vez sin salida, a menudo sin salida, pero caminos al fin y al cabo, en los que empeñar las energías todavía latentes, aunque dispersas. En estos momentos, cuando resuena esta voz, y resuena siempre, la simple aglomeración de seres reunidos por casualidad, de manera informe, revela una estructura escondida, voluntades disponibles, una asombrosa plasticidad organizándose según líneas de fuerza y proyectos, con objetivos tal vez irrealizables, pero que conceden un sentido, una coherencia, a los actos humanos más irrisorios, hasta a los más desesperados. Y siempre se hace oír esta voz.

–Muchachos, hay que hacer algo –dice esta voz a nuestras espaldas.

Es una voz límpida, precisa, que contrasta con el estrépito de todas las demás voces, enloquecidas, agonizantes. De repente nos asfixiamos, de repente ya no podemos más, de repente los compañeros comienzan a desvanecerse, se derrumban, se arrastran unos a otros en su caída, quienes caen bajo la masa de los cuerpos se ahogan a su vez, empujan con todas sus fuerzas para liberarse, sin conseguirlo, o apenas, y gritan a voz en cuello, aúllan que van a morir, y esto provoca un alboroto ensordecedor, un absoluto desorden, nos sentimos empujados a derecha e izquierda, tropezamos sobre los cuerpos derrumbados, somos aspirados hacia el centro del vagón, rechazados después hacia las paredes, y el chico de Semur tiene la boca abierta como un pez, intenta tragar la mayor cantidad de aire posible, «Dadme la mano», grita un viejo. «Tengo la pierna aprisionada por abajo, se va a romper», grita el viejo, mientras otro, hacia la derecha, golpea, iracundo, a su alrededor, a ciegas, le cogen de los brazos, se libera con un aullido feroz, finalmente le derriban, cae, le pisotean, «Esto es una locura, muchachos, tranquilizaos, guardemos la calma», dice alguien desesperadamente; «Necesitaríamos agua», dice otro, «es fácil de decir: ¿de dónde quieres que saquemos esa agua?», y después surge esta queja, en el otro extremo del vagón, esta queja interminable, inhumana, de la que sin embargo no deseamos oír el fin, que querría decir que este hombre, esta fiera, este ser que exhala esa queja ha muerto, esa queja inhumana es todavía la señal de una vida humana que se debate, el chico de Semur tiene un tipo a su lado que acaba de desvanecerse, ha estado a punto de derribarle, se agarra a mí, y yo intento apoyarme con una mano en la pared del vagón hacia la cual hemos sido impelidos, poco a poco, me enderezo todo lo que puedo, el chico de Semur vuelve a recuperar el equilibrio, sonríe, pero no dice nada, ya no dice nada, hace mucho tiempo, recuerdo, leí el relato del incendio del Novedades, un teatro, y el pánico que siguió y los cuerpos pisoteados, pero tal vez, no consigo aclarar este punto, quizá no fuese una lectura infantil de un periódico robado, quizá fuese el recuerdo de un relato escuchado, tal vez ese incendio del Novedades y ese pánico se produjeron antes de que yo tuviera edad para leer sobre eso en un periódico robado de la mesa del salón, no consigo aclarar este punto, de todas formas es una cuestión baladí, me pregunto cómo puedo interesarme en semejante tema, en este momento, en verdad qué importancia puede tener que yo haya escuchado el relato de boca de alguna persona mayor, tal vez de Saturnina, o que lo haya leído yo mismo en algún periódico cuya primera página habría estado manchada, supongo, por los grandes titulares de un suceso tan apasionante.

–Eh, muchachos, tenéis que ayudarme –dice otra vez el mismo tipo.

–¿Ayudarte? –pregunto.

Se dirige a mí, evidentemente, al chico de Semur también, a todos los que le rodean y que todavía no han sido golpeados, derribados o puestos fuera de combate por el remolino de pánico que se desencadena en el vagón.

–Hay que reanimar a los que se desvanecen, ponerles de pie –dice el tipo que ha tomado a su cargo la situación.

–No estaría mal –digo, no muy convencido.

–Habrá muertos, si no, y otros pisoteados, y otros que se van a asfixiar –dice el tipo.

–No cabe duda –le contesto–, pero de todas maneras va a haber muertos.

El chico de Semur escucha, menea la cabeza, tiene siempre la boca abierta de par en par.

–Tenéis que encontrarme recipientes –dice el tipo con voz autoritaria–, latas de conserva vacías o algo parecido.

Miro a mi alrededor, maquinalmente, busco recipientes con la mirada, latas de conserva vacías o algo parecido, como dice el tipo.

–¿Para qué? –pregunto.

No comprendo en absoluto lo que quiere hacer con los recipientes, las latas de conserva vacías o algo parecido, como él mismo dice.

Pero la voz autoritaria comienza a surtir efecto. Llaman al tipo, de aquí y de allá, unas manos le tienden, en la penumbra aullante y húmeda del vagón, cierto número de latas de conserva vacías.

Miro al tipo, a lo que va a hacer, como se mira en el circo a alguien que empieza a preparar su número, sin saber todavía si hará juegos malabares con estos platos y esos bolos, o los va a hacer desaparecer, o si va a convertirlos en conejos vivos, en palomas blancas, en mujeres barbudas, en hermosas muchachas dulces y ausentes, con aspecto ausente, vestidas con un *maillot* rosa punteado de brillante oropel. Le miro, como en el circo, sin conseguir todavía interesarme en lo que hace, me pregunto sencillamente si le saldrá bien el número.

El tipo escoge las latas de conserva más grandes, y abandona las otras.

–Ahora –dice– hay que orinar en estas latas, muchachos, todos los que puedan, tenéis que llenarme estas latas.

Al chico de Semur el asombro le desencaja la mandíbula inferior, y menea todavía más la cabeza. Pero yo creo adivinar lo que quiere hacer este tipo, creo haber comprendido cuál es su número.

–No tenemos agua, muchachos –dice–, entonces vamos a empapar pañuelos en la orina, sacaremos los pañuelos mojados al aire nocturno y así tendremos compresas frías para reanimar a los que se desmayan.

Más o menos es lo que yo había creído adivinar.

Los muchachos, a mi alrededor, orinan en las latas de conserva. Cuando están llenas, el tipo las distribuye, reúne pañuelos, que empapa en la orina, pasándolos después a los que se encuentran cerca de la abertura, para que los agiten en el aire helado de la noche. Después, nos ponemos a trabajar, a las órdenes de este tipo. Recogemos a los que se han desmayado, les ponemos los pañuelos húmedos y helados en la frente, en la cara, y les acercamos todo lo posible al aire fresco de la noche, eso les reanima. Y el hecho de tener una actividad sostiene a los demás, a los que todavía no se habían desmayado, eso les da fuerzas y les calma. Desde nuestro rincón, de este modo, la calma se extiende, se propaga progresivamente hacia el resto del vagón en oleadas concéntricas.

–Cerrad la boca, cerrad los ojos –dice el tipo–, cuando tengáis los pañuelos en la cara.

El pánico cesa poco a poco. Sigue habiendo muchachos que se desploman, pero enseguida son recogidos, empujados hacia las aberturas, hacia los que tienen las latas de conserva llenas de orina. Se les reanima, a veces dándoles grandes sopapos, con pañuelos mojados y helados sobre los rostros inertes.

–Mi lata está vacía –dice alguien–, habría que llenarla.

–Pásamela por aquí –dice otro–, tengo para darte.

Comienzan a estallar algunas risas, incluso. Bromas cuartelarias.

Por supuesto, a algunos no ha habido forma de reanimarlos. Estaban muertos de verdad. Completamente muertos. Los hemos reunido cerca del primer cadáver de este viaje, el del pequeño anciano que dijo: «¿Os dais cuenta?», y que murió inmediatamente después. Los hemos reunido para que no los pisoteen, pero no fue un trabajo sencillo en la turbamulta húmeda del vagón. Lo más sencillo era entonces mantener los cadáveres en posición horizontal, y hacerlos avanzar así, de mano en mano, hasta el lugar en donde habíamos decidido reunirlos a todos. Sostenidos por brazos invisibles, los cadáveres de ojos fijos, abiertos sobre un mundo apagado, parecían avanzar por sí solos. La muerte estaba en marcha en el vagón, silenciosamente, una fuerza irresistible parecía empujar a estos cadáveres hacia su última acción. Así era, y esto lo supe después, como los compañeros alemanes hacían subir a la plaza de formaciones los cadáveres de los detenidos muertos durante la jornada. Era en los primeros tiempos, durante los tiempos heroicos, cuando los campos de concentración lo eran de verdad, verdaderos campos; ahora, según parece, no son más que sanatorios, esto es en todo caso lo que decían los veteranos despectivamente. Las SS pasaban revista a las filas impecables de detenidos, alineados en cuadrados, bloque tras bloque. En el centro del cuadrado, los muertos, de pie, sostenidos por manos invisibles, presentaban cierta compostura. Enseguida se ponían rígidos en el frío glacial del Ettersberg, bajo la lluvia del Ettersberg resbalando sobre sus ojos muertos. Las SS echaban la cuenta, y era la cifra establecida, controlada dos veces mejor que una, la que servía para fijar las relaciones del día siguiente. Con el pan de los muertos, con la porción de margarina de los muertos, o con su rancho, los compañeros formaban un fondo de alimentación para acudir en ayuda de los más débiles, de los enfermos. En la plaza de formaciones, con la lluvia del Ettersberg resbalando sobre sus ojos apagados, con la nieve adhiriéndose a sus pestañas y cabellos, los cadáveres de los compañeros muertos durante la jornada prestaban un magnífico servicio a los vivos. Ayudaban a vencer, provisionalmente, a la muerte que acechaba a todos los que sobrevivían.

Entonces fue cuando el tren se detuvo, una vez más.

Se hace el silencio en el vagón, pero un silencio muy particular, no el silencio producido por la ausencia momentánea, y debida sólo al azar, de los ruidos del ambiente, sino un silencio al acecho, de espera, de respiraciones contenidas. Y de nuevo, como en cada ocasión en que el tren se ha detenido, una voz pregunta si hemos llegado, muchachos.

–¿Hemos llegado, muchachos? –pregunta la voz.

Una vez más, nadie responde. El tren silba en la noche, dos veces. Aguzamos el oído, atentos, tensos por la espera. Los chicos ni siquiera piensan en desmayarse.

–¿Qué se ve? –pregunta alguien.

También es una pregunta habitual.

–Nada –dice uno de los que se encuentran cerca de una abertura.

–¿No es una estación? –preguntan todavía.

–Nada, nada –es la respuesta.

De repente, se oye ruido de botas sobre el balasto de la vía.

–Vienen.

–Deben de hacer una ronda, cada vez que nos paramos hacen una ronda.

–Pregúntales dónde estamos.

–Eh, que alguien les pregunte si vamos a llegar pronto.

–¿Y crees que van a contestar?

–Les trae sin cuidado saber que ya estamos hartos.

–¿Tú crees? Desde luego, no les pagan para eso.

–A veces tropiezas con un tipo correcto y te contesta.

–A veces mi tía los tenía bien puestos, era mi tío.

–Calla, voceras, ya me ha pasado algunas veces.

–Eres la excepción que confirma la regla.

—En serio, una vez, en Fresnes...

—No nos cuentes tu vida, nos fastidias.

—Ya me ha sucedido, he dicho, eso es todo.

—¡Callad, voceras, dejadnos escuchar!

—No hay nada que escuchar, hacen una ronda, eso es todo.

De nuevo se hace el silencio.

Se acercan los ruidos de botas, están ahí, al pie mismo del vagón.

—Es un soldado solo —murmura un tipo que está cerca de la abertura.

—Pregúntale, Dios, no arriesgamos nada.

—Señor —dice el tipo—. ¡Eh, señor!

—Mierda —dice alguien—, qué manera de dirigirse a un *boche*.

—Y qué —dice algún otro—, se pide una información, hay que ser cortés.

Rechinan risas desengañadas.

—Esta cortesía, tan francesa, nos perderá —dice una voz, sentenciosa.

—Diga, señor, ¿no sabe usted si llegaremos pronto?

Fuera, el soldado responde, pero no se entiende lo que dice, estamos demasiado lejos.

—¿Qué dice? —pregunta alguien.

—Mierda, esperad, ya nos lo dirá después el muchacho.

—Desde luego —dice el muchacho—, ya no podemos más, aquí dentro.

La voz del alemán se alza de nuevo, fuera, pero sigue sin entenderse lo que dice.

—¿Es verdad eso? —dice el muchacho que habla con el soldado alemán.

La voz del soldado alemán resuena de nuevo fuera, ininteligible.

—Bueno, gracias, muchas gracias, señor —dice el muchacho.

El ruido de botas se aleja de nuevo sobre el balasto.

–Mierda, anda que eres cortés, tío –dice el mismo tipo de antes.

–Bueno, ¿y qué ha dicho?

Las preguntas surgen de todas partes.

–Dejadle contar, Dios, en lugar de rebuznar –vocifera alguien.

El muchacho cuenta.

–Bueno, pues cuando le he preguntado si llegaríamos pronto, él me ha respondido: «¿Tanta prisa tenéis por llegar?», y ha meneado la cabeza.

–¿Ha meneado la cabeza? –pregunta alguien, a la derecha.

–Sí, ha meneado la cabeza –dice el muchacho que cuenta su conversación con el soldado alemán.

–¿Y qué parecía decir? –pregunta el mismo tipo de la derecha.

–Nos estás jodiendo, mierda, ¿qué más da que meneara la cabeza? –grita algún otro.

–Parecía que, en nuestro lugar, él no tendría tanta prisa por llegar –dice el que ha hablado con el soldado alemán.

–¿Y por qué? –preguntan, desde el fondo.

–Oh, ya está bien, callaos de una vez, ¿llegaremos pronto sí o no? –grita una voz exasperada.

–Ha dicho que prácticamente ya hemos llegado, que ahora vamos a coger la vía que conduce a la estación del campo.

–¿Vamos a un campo? ¿Qué tipo de campo? –dice una voz, asombrada.

Un concierto de imprecaciones se eleva en torno a esta voz asombrada.

–¿Creías que íbamos de colonias escolares? Mierda, ¿de dónde sales, imbécil?

El tipo se calla, debe de rumiar el descubrimiento.

–Pero ¿por qué ha meneado la cabeza? Me gustaría saber por qué ha meneado la cabeza –dice el tipo de antes, obstinado.

Nadie le presta atención. Todo el mundo se abandona a la alegría de pensar que este viaje pronto habrá terminado.

–¿Has oído? –digo al chico de Semur–. Prácticamente hemos llegado.

El chico de Semur sonríe débilmente y menea la cabeza, como acaba de hacer, hace un momento, este soldado alemán, según dice el tipo que habló con él. No parece entusiasmarle la idea de que prácticamente estemos al final del viaje.

–¿Te pasa algo? –pregunto al chico de Semur.

No responde enseguida, y el tren arranca, con una brusca sacudida, en medio de un gran estrépito de ejes que chirrían. El chico de Semur se ha tambaleado hacia atrás, y le sujeto. Sus brazos se aferran a mis hombros y la luz de un proyector que barre el vagón ilumina un instante su rostro. Tiene una sonrisa crispada y una mirada de intensa sorpresa. La presión de sus brazos en mis hombros se hace convulsa, y grita, con una voz baja y ronca: «No me dejes, tío». Yo iba a decirle que no dijera tonterías, no digas tonterías, tío, cómo podría yo dejarle, pero de repente su cuerpo se vuelve rígido, se hace pesado, y he estado a punto de desplomarme en medio de la masa sombría y jadeante del vagón, con este peso repentino a mi cuello, de piedra pesada y muerta. Intento apoyarme en mi pierna útil, la que no tiene la rodilla hinchada y dolorida. Intento incorporarme, sosteniendo al mismo tiempo este cuerpo pesado, infinitamente pesado, abandonado a su propio peso muerto, el peso de toda una vida, desaparecida de repente.

El tren corre a buena velocidad, y yo sostengo por las axilas el cadáver de mi compañero de Semur. Lo sostengo a pulso, el sudor me chorrea por la cara, pese al frío de la noche que se precipita por la abertura, donde ahora centellean las luces.

Me ha dicho: «No me dejes, tío», y encuentro esto irrisorio, pues es él quien me deja, es él quien se ha marchado. Él no sabrá cómo acaba este viaje, el chico de Semur. Pero quizá sea verdad, quizá sea yo quien le he abandonado, quien le he dejado. Intento escudriñar en la penumbra su rostro, a partir de ahora, esta expresión de intensa sorpresa que ostentaba, en el mismo momento en que me pedía que no le dejara. Pero no lo consigo, mi compañero de Semur ya no es más que una sombra indescifrable y pesada de sostener, a pulso y crispadamente.

Nadie nos presta atención, a nosotros, muerto y vivo soldados uno a otro, y en medio de un enorme estrépito de frenos llegamos, viajeros inmóviles, a una zona de luz cruda y ladridos de perros.

(Más tarde, y siempre, en los repliegues de la memoria más secreta, mejor protegida, esta llegada a la estación del campo, entre los bosques de hayas y los grandes abetos, explotó de repente, como un enorme chisporroteo de luz fulgurante y de ladridos rabiosos. En mi recuerdo se produce siempre, todas las veces, una estridente equivalencia entre los ruidos y la luz, el rumor, hubiera apostado, de decenas de perros ladrando y la cegadora claridad de todos los focos y proyectores, inundando con sus luces heladas este paisaje de nieve. Si se piensa bien, saltan a la vista la voluntad teatral, la sabia orquestación de todos los detalles de esta llegada, este mecanismo muy ensayado, mil veces repetido, como un ritual. Por eso mismo hay que guardar las distancias, esta empresa puede hacer sonreír por su irrisorio salvajismo. Su aspecto wagneriano, falsificado. Sin embargo, al final de estos cuatro días, de estas cinco noches de viaje jadeante, al salir bruscamente de este túnel interminable, teníamos la respiración cortada, es comprensible. Tanta desmesura impresionaba la imaginación. Todavía hoy, de modo imprevisto, en los más banales momentos de la existencia, estalla este chisporroteo en la memoria. Está uno aliñando la ensalada, en el patio se oyen voces y una melodía tal vez desoladora de vulgaridad; está uno aliñando la ensalada, maquinalmente, se deja llevar por este ambiente espeso y soso del día que termina, con los ruidos del patio, todos esos minutos interminables que acabarán siendo una vida, y de repente, como un escalpelo que cortara limpiamente unas carnes tiernas, un poco blandas, estalla este recuerdo de manera tan desmesurada como desproporcionada. Y si le preguntan a uno: «¿En qué piensas?», porque se ha quedado petrificado, tiene que responder: «En nada», desde luego. En primer lugar es un recuerdo difícilmente comunicable, y además, hay que arreglárselas solo.)

–¡Terminal, todo el mundo se apea! –ha gritado alguien, en el centro del vagón.

Pero nadie ríe. Nos baña una claridad violenta, y decenas de perros ladran rabiosamente.

–¿Qué es todo este circo? –murmura a mi izquierda el tipo que hace un rato se hizo cargo de la situación.

Me vuelvo hacia la abertura para intentar ver algo. El chico de Semur pesa cada vez más.

Frente a nosotros, sobre un andén bastante amplio iluminado por los proyectores, a cinco o seis metros de los vagones, una larga fila de miembros de las SS espera. Están inmóviles como estatuas, con sus rostros escondidos por la sombra de los cascos que la luz eléctrica hace brillar. Están con las piernas abiertas, el fusil apoyado en la bota que calza su pie derecho, sostenido por el cañón con el brazo extendido. Algunos no tienen fusil, y llevan en su lugar una metralleta colgada con una correa sobre el pecho. Ésos mantienen los perros en traílla, perros lobo que ladran hacia nosotros, hacia el tren. Son perros que saben a qué atenerse, desde luego. Saben que sus dueños les van a permitir abalanzarse hacia estas sombras que van a salir de los vagones cerrados y silenciosos. Ladran rabiosamente hacia sus futuras presas. Pero los de las SS permanecen inmóviles, como estatuas. El tiempo pasa. Los perros dejan de ladrar y se echan, gruñendo, con el pelo erizado, al pie de los de las SS. Nada se desplaza, nada se mueve en la fila de las SS. Tras ellos, en la zona iluminada por los reflectores, unos árboles altos tiemblan bajo la nieve. El silencio vuelve a caer sobre toda esta escena inmóvil, y me pregunto cuánto tiempo va a durar. En el vagón, nadie se mueve, nadie dice nada.

Resuena una orden breve, en algún lado, y brotan silbidos por todas partes. Los perros están otra vez erguidos y ladran. La fila de las SS, con un único y mecánico movimiento, se ha aproximado al vagón. Y los de las SS se ponen a vociferar también. Esto provoca un alboroto ensordecedor. Veo a los de las SS agarrar sus fusiles por el cañón, la culata en el aire. Entonces, las puertas del vagón se corren brutalmente, la luz nos golpea en el rostro, nos ciega. Como un *ritornello* gutural, estalla el grito que ya conocemos, y que sirve a los de las SS para formular prácticamente todas sus órdenes: «*Los, los, los!*». Los compañeros comienzan a saltar al andén, por grupos de cinco o seis cada vez, empujándose. A veces no calculan bien el impulso, o se estorban mutuamente, y caen de bruces sobre la nieve embarrada del andén. Otras veces tropiezan bajo los culatazos que los de las SS distribuyen al azar, resoplando ruidosamente, como leñadores en la faena. Los perros se abalanzan sobre los cuerpos, las fauces abiertas. Y siempre este grito, que domina todo el alboroto, restallando secamente por encima del desordenado remolino: «*Los, los, los!*».

Se hace el vacío a mi alrededor, y sigo sosteniendo al chico de Semur por las axilas. Voy a tener que dejarle. Tengo que saltar al andén, en medio del barullo, pues si espero demasiado y salto solo todos los golpes serán para mí. Ya sé que a los de las SS no les gustan los rezagados. Se ha acabado, este viaje se ha acabado y voy a dejar a mi compañero de Semur. Es decir, es él quien me ha dejado, estoy solo. Tiendo su cadáver en el suelo del vagón, y es como si depositara mi propia vida pasada, todos los recuerdos que me unen todavía al mundo de antes. Todo lo que le había contado en el transcurso de estos días, de estas noches interminables, la historia de los hermanos Hortieux, la vida en la prisión de Auxerre, Michel y Hans, y el muchacho del bosque de Othe, todo eso que era mi vida va a desvanecerse, puesto que él ya no está aquí. El chico de Semur ha muerto y estoy solo. Pienso que había dicho: «No me dejes, tío», y ando hacia la puerta, para saltar al andén. Ya no me acuerdo si había dicho eso: «No me dejes, tío», o si me había llamado por mi nombre, es decir, por el nombre por el que me conocía.

Tal vez había dicho: «No me dejes, Gérard», y Gérard salta al andén, en medio de la luz cegadora.

II

Vuelve a caer de pie, por suerte, y se libera a codazos del barullo. Más lejos, los de las SS van alineando a los deportados en columnas de a cinco. Corre hacia allá, intenta deslizarse en medio de la columna, sin conseguirlo. Un remolino del grupo le expulsa hacia la fila exterior. La columna se pone en marcha a paso ligero y un culatazo en la cadera izquierda le empuja hacia adelante. El aire helado de la noche le corta la respiración. Alarga el paso, para alejarse todo lo posible del miembro de las SS que corre a su lado y que resopla como un buey. Mira de reojo al de las SS, que tiene la cara deformada por un rictus. Quizá sea por el esfuerzo, quizá por el hecho de que no para de vociferar. Felizmente, no es un SS con perro. De repente, un agudo dolor le atraviesa la pierna derecha, y comprueba que va descalzo. Ha debido de herirse con algún guijarro oculto en la nieve enfangada que recubre el andén. Pero no tiene tiempo de ocuparse de sus pies. Instintivamente, intenta controlar la respiración, adaptarla al ritmo de su paso. De pronto le entran ganas de reír, recuerda el estadio de La Faisanderie, la hermosa pista de hierba bien cortada entre los árboles de la primavera. Había que dar tres vueltas para hacer mil metros. Pelletoux le atacó en la curva de la segunda vuelta, y él cometió el error de resistir al ataque. Mejor hubiera sido dejarle pasar y adaptarse a su ritmo. Mejor hubiera sido conservar la reserva de velocidad para la recta final. Hay que decir que era la primera vez que corría los mil metros. Luego había aprendido a controlar su carrera.

–Están locos, estos tíos.

Reconoce esta voz, a su derecha. Es el muchacho que intentó hace un rato poner orden en el vagón. Gérard le lanza una ojeada. El tipo ha debido de reconocerle también, pues le hace una señal con la cabeza. Mira detrás de Gérard.

–¿Y tu compañero? –dice.

–En el vagón –dice Gérard.

El tipo tropieza y se endereza ágilmente. Parece estar en forma.

–¿Y cómo es eso? –pregunta.

–Muerto –dice Gérard.

El tipo le lanza una ojeada.

–Mierda, no he visto nada –dice.

–Justo al final –dice Gérard.

–El corazón –dice el tipo.

Un muchacho cae cuan largo es, ante ellos. Saltan por encima de su cuerpo y continúan. Detrás, se produce un barullo y las SS, sin duda, intervienen. Se oye ladrar a los perros.

–Hay que pegarse al grupo, chico –dice el tipo.

–Ya lo sé –dice Gérard.

De repente, el de las SS que corría a su izquierda se ha quedado atrás.

–No te ha tocado un buen sitio –dice el tipo.

–Ya lo sé –dice Gérard.

–Nunca en el exterior –dice el tipo.

–Ya lo sé –dice Gérard.

Decididamente, estos viajes están llenos de gente razonable.

Desembocan en una gran avenida, brillantemente iluminada. La velocidad de la marcha, de repente, se aminora. Marchan a paso lento, bajo la luz de los reflectores.

A cada lado de la avenida se yerguen altas columnas, coronadas de águilas con las alas plegadas.

–Mierda –dice el tipo.

Cae una especie de silencio. Los de las SS tienen que recobrar el aliento. Los perros también. Se oye el susurro de miles de pies descalzos en la nieve enfangada que recubre la avenida. Los árboles murmuran en la noche. Hace mucho frío, de repente. Los pies están rígidos e insensibles, como pedazos de madera.

–Mierda –susurra otra vez el tipo.

Es comprensible.

–Tienen pretensiones estos cerdos –dice el tipo. Y ríe socarronamente.

Gérard se pregunta qué quiere decir, exactamente. Pero no tiene ganas de preguntárselo, de preguntarle por qué dice que tienen pretensiones estos cerdos. La brusca aminoración de la marcha, el frío, cortante, que se percibe de repente, y la ausencia de su compañero de Semur, le abruman. La rodilla hinchada llena su pierna, y todo el cuerpo, de retortijones dolorosos. Pero, en el fondo, es evidente lo que quiere decir. Esta avenida, estas columnas de piedra, estas águilas altivas están construidas para perdurar. Este campo hacia el que marchamos no es una empresa provisional. Hace siglos, él marchó ya hacia un campo, en el bosque de Compiègne. Quizás el tipo de su derecha también formaba parte de esta marcha en el bosque de Compiègne. Estos viajes están llenos de coincidencias. De hecho, habría que hacer un esfuerzo y contar los días que le separan de esta marcha en el bosque de Compiègne, de la cual diría que le separan siglos. Habría que contar un día para el viaje de Auxerre a Dijon. Hubo el despertar, antes del amanecer, el rumor de toda la prisión, despierta de repente, para gritar su adiós a los que se iban. Le llegó la voz de Irène, desde la galería del último piso. El muchacho del bosque de Othe le estrechó entre sus brazos, en el umbral de la celda 44.

–Adiós, Gérard –había dicho–, quizá volvamos a encontrarnos.

–Alemania es muy grande –le respondió él.

–Quizá sí, a pesar de todo –había dicho el muchacho del bosque de Othe, obstinado.

Luego vino el tren de vía secundaria, hasta Laroche-Migennes. Habían tenido que esperar durante mucho tiempo el tren de Dijon, primero en un café convertido en *Soldatenheim*, «casa del soldado». Gérard pidió permiso para ir a los lavabos. Pero el tipo del Servicio de Seguridad que mandaba el convoy no le había desatado del viejo campesino de Appoigny encadenado a la segunda esposa. Había tenido que arrastrar al viejo tras él para ir a mear, y para colmo no tenía verdaderas ganas de mear. En estas condiciones no se podía intentar nada. Luego, esperaron sobre el andén de la estación, rodeados de metralletas apuntándoles. Avanza con pasos acompasados por esta avenida brillantemente iluminada, en la nieve del invierno que comienza, y habrá todo un invierno después de este invierno que comienza. Mira las águilas y los emblemas que se suceden sobre las altas columnas de granito. El tipo de su derecha también mira.

–Todos los días se aprende algo –dice el tipo, desengañado.

Gérard intenta todavía contar los días de este viaje que termina, las noches de este viaje. Pero todo está terriblemente enmarañado. En Dijon no pasaron más que una noche, de eso está seguro. Luego viene la niebla, poco más o menos. Entre Dijon y Compiègne hubo por lo menos un alto. Recuerda una noche pasada en un barracón, en el interior de un cuartel, o de un edificio administrativo cualquiera, vetusto y destartalado. En un rincón, unos individuos se pusieron a cantar, como en sordina, «Vous n'aurez pas l'Alsace et la Lorraine», y lo encontró ridículo y conmovedor. Algunos invocaban otros sortilegios, apelotonados en torno a un cura joven, de tipo pelma, siempre dispuesto a levantarle a uno la moral. En Dijon, Gérard ya se había visto obligado a poner las cosas en claro, diciéndole amablemente, pero de modo inapelable, que no tenía ninguna necesidad de consuelo espiritual. A continuación, hubo una confusa discusión sobre el alma, de la que guarda un divertido recuerdo. Se acurrucó en un rincón aislado, en forma de bola, con el abrigo apretado en torno a las piernas, buscando la paz, la fugitiva felicidad del acuerdo consigo mismo, esta serenidad que proporciona el control de su propia vida, la asunción de sí mismo. Pero un tipo joven vino a sentarse a su lado.

–¿Tienes algo para fumar, viejo? –le preguntó.

Gérard menea la cabeza con un gesto negativo.

–No soy de naturaleza previsora –añade Gérard.

El muchacho prorrumpe en una risa estridente.

–Yo tampoco, mierda. Ni siquiera he pensado en hacerme detener con ropa de invierno.

Y ríe otra vez.

En efecto, no lleva más que una chaqueta y un pantalón muy ligeros, con una camisa de cuello abierto.

–El abrigo –dice Gérard– me lo trajeron a la prisión.

–Porque tienes una familia –dice el muchacho. Otra vez suelta su risa estridente.

–En fin –dice Gérard–, son cosas que pasan.

–Me pagan por saberlo –dice el otro, enigmático.

Gérard le lanza una ojeada. Parece un poco alocado este muchacho, un poco fuera de sí.

–Si no te molesta –dice Gérard–, voy a descansar.

–Necesito hablar –dice el otro.

Repentinamente parece un niño, a pesar de su rostro flaco y marcado.

–¿Qué necesitas? –pregunta Gérard, y se vuelve hacia él.

–Hace semanas que no hablo –dice el muchacho.

–Explícate.

–Es muy sencillo, he estado tres meses incomunicado –dice el muchacho.

–A veces, con Ramaillet, me decía que hubiera preferido estar incomunicado –le dice Gérard.

–Yo hubiera preferido incluso a Ramaillet.

–¿Acaso es tan duro? –le pregunta Gérard.

–No conozco a tu Ramaillet, pero hubiera preferido a un Ramaillet, estoy seguro.

–Quizás es que no sabes estar dentro de ti mismo –dice Gérard.

–¿Dentro de qué?

Su inquieta mirada no para de ir y venir.

–Te instalas en la inmovilidad, te relajas, te recitas versos, recapitulas los errores que has podido cometer, te cuentas tu vida, arreglando un detalle aquí y otro allí, intentas recordar las conjugaciones griegas.

–No he estudiado griego –dice el muchacho.

Se miran y rompen a reír juntos.

–Mierda, mira que no tener nada que fumar –dice el muchacho.

–¿Si le pidieras al cura de vanguardia? –dice Gérard–. A lo mejor tiene.

El otro se encoge de hombros, enojado.

–Me pregunto qué hago aquí –dice.

–Ya es hora de que lo sepas –le dice Gérard.

–Lo intento –dice el muchacho. Y golpea sin parar con su puño derecho en su mano izquierda.

–Quizás hubiera sido mejor que te quedaras en casa –dice Gérard.

El otro se ríe otra vez.

–Fue mi padre quien me entregó a la Gestapo –dice.

Fue su padre quien le entregó a la Gestapo, sólo para tener tranquilidad en casa, decía, y la Gestapo le ha torturado, tiene la pierna derecha marcada con hierro al rojo vivo. Se ha levantado el pantalón hasta la rodilla, pero las cicatrices suben aún más, al parecer hasta la cadera. Y él ha resistido, no ha entregado a «Jackie», el jefe de su red, y dos meses después se ha enterado, por pura casualidad, de que «Jackie» era un agente doble. Desde entonces ya no sabe lo que hace aquí, se pregunta si no se verá obligado después a matar a su padre. (Esta historia de «Jackie» recuerda a Gérard la nota que Irène le hizo llegar a Auxerre. Alain le hacía saber, contaba Irène, que Londres la autorizaba a ponerse al servicio de los alemanes, para evitar nuevas torturas, aunque siguiera trabajando para «Buckmaster» en sus nuevas funciones. «¿Me imagináis haciendo de agente doble?», preguntaba Irène, y había subrayado la nota con un trazo rabioso de lápiz. Este Alain era un cerdo, se le veía en la cara.) Gérard se pregunta si volverá a encontrar a este muchacho en el campo al que llegan marcando el paso, por esta avenida monumental. Debe de formar parte del convoy, cree haberle visto esa mañana en la que las SS reunieron la larga columna de salida, en Compiègne. La gente estaba todavía en lo más profundo de sus sueños, en las casas a oscuras, o tal vez preparándose para una nueva jornada de trabajo. A veces se oían sonar los despertadores en las casas a oscuras. El último ruido de la vida de antaño fue este ruido brutal, agrio, de los despertadores desencadenando el mecanismo de una nueva jornada de trabajo. Alguna mujer, aquí y allá, entreabría alguna ventana, para mirar a la calle, atraída sin duda por este rumor, este murmullo de la interminable columna en marcha hacia la estación. A culatazos, los de las SS cerraban las contraventanas de las plantas bajas. Y gritaban injurias, apuntando con sus armas, hacia los pisos adonde no podían llegar. Las cabezas desaparecían a toda velocidad. Esta impresión de corte, de aislamiento en otro universo, la habían experimentado ya el día de la llegada a Compiègne. Les hicieron bajar en Rethondes, y aquel día hacía sol. Caminaron entre los árboles del invierno, y el sol irisaba la vegetación. Era una pura alegría, después de esos largos meses de piedra rezumante y de patios de tierra apisonada, sin una sola hierba, sin una hoja que temblara al viento, sin una rama que crujiera bajo el pie. Gérard respiraba los aromas del bosque. Daban ganas de decirles a los soldados alemanes que se dejaran de juegos estúpidos y les soltaran, para que todos pudieran marcharse al azar de los caminos del bosque. En un recodo de un monte bajo, una vez, hasta vio saltar un animal, y el corazón le dio un vuelco, como suele decirse. Es decir, que su corazón se puso a latir locamente, a seguir los saltos de este cervatillo, ligero y soberano, de un seto a otro. Pero también este bosque de Compiègne tenía fin. Hubiera seguido caminando de muy buena gana, durante horas, por este bosque, a pesar de las esposas que le encadenaban a Raoul, pues en Dijon se las había arreglado para que le encadenaran a Raoul, antes de volver a salir para este largo e incierto viaje. Con Raoul, por lo menos, se podía hablar. Al viejo de Appoigny, por el contrario, no había forma de sacarle nada. Este bosque de Compiègne también tenía fin, y se encontraron de nuevo martilleando el pavimento de las calles de Compiègne. A medida que la columna penetraba en la ciudad, en filas de a seis, encadenados de dos en dos, se esparcía un silencio pesado. No se oía nada excepto el ruido de sus pasos. No había nada vivo excepto el ruido de sus pasos, el ruido de su muerte en marcha. Las gentes se quedaban inmóviles, en su sitio, petrificadas, al borde de las aceras. Algunos volvían la cabeza, otros desaparecían por las calles adyacentes. Esa mirada vacía sobre ellos, pensaba Gérard al recordarlo, es la mirada que contempla la dispersión de los ejércitos derrotados retirándose en desorden. Caminaba en la fila exterior de la columna, a la derecha, a lo largo de la acera, pues, e intentaba, aunque inútilmente, cruzar una mirada, captarla. Los hombres bajaban la cabeza, o la volvían. Las mujeres, con niños de la mano a veces, era la hora, creía recordar, de la salida de la escuela, no volvían la cabeza, pero su mirada se convertía en una especie de agua fugitiva, en una transparencia opaca y dilatada. Como tardaron bastante tiempo en cruzar la ciudad, Gérard se dedicó a verificar estadísticamente esta primera impresión. No cabía duda, la mayoría de los hombres volvían la cabeza, la mayoría de las mujeres dejaban flotar por encima de ellos esa mirada desprovista de expresión alguna.

Sin embargo, recuerda dos excepciones.

Al ruido de su paso, el hombre debió de abandonar su taller, tal vez un garaje, o cualquier otra empresa mecánica, pues llegaba limpiándose las manos grasientas y negras con un trapo igualmente negro y grasiento. Llevaba un grueso jersey de cuello alto debajo de su mono de trabajo. Llegó al borde de la acera, limpiándose las manos, y no volvió la cabeza cuando vio de qué se trataba. Por el contrario, dejó su atenta mirada colmarse con todos los detalles de esta escena. Seguramente debió de calcular, en general, de cuántos hombres se componía esta columna de detenidos. Debió de intentar adivinar de qué regiones de su país llegaban, si se trataba de gentes de la ciudad o del campo. Debió de centrar su atención en la proporción de jóvenes que componían la columna. Su atenta mirada sopesaba todos los detalles, mientras seguía allí, al borde de la acera, limpiándose las manos con un gesto lento e infinitamente recomenzado. Como si necesitara hacer y rehacer este gesto, ocuparse con las manos para poder reflexionar más libremente en todos los aspectos de esta escena. Como si primero quisiera fijarla bien en su memoria, para después analizar todas las enseñanzas que pudiera extraer de ella. En efecto, cada uno de los que pasaban, según su porte, edad y vestimenta, le traía un mensaje de la profunda realidad de su país, una indicación sobre las luchas que en él se desarrollaban, incluso las lejanas. Claro está, cuando Gérard pensó en todo esto, cuando llegó a decirse que la actitud de este hombre, su aspecto atento y apasionado podían decir todo eso, el hombre en cuestión había quedado ya muy lejos, atrás, había desaparecido para siempre jamás. Pero Gérard ha seguido observando su columna en marcha a través de la mirada atenta, tensa y ardiente de este hombre que quedó atrás, ya desaparecido, que seguramente regresó a su trabajo en alguna máquina precisa y brillante, reflexionando en todo lo que acababa de ver, mientras sus manos hacían funcionar, maquinalmente, la máquina brillante y meticulosa. Gérard observó, a través de la mirada que le prestó este desconocido, que su columna en marcha se componía, en su inmensa mayoría, de jóvenes, y que esos jóvenes venían del maquis, eso se veía en sus gruesos zapatones, en sus blusones de cuero o sus cazadoras forradas y en sus pantalones desgarrados por las zarzas. No eran seres anodinos, grises, arramblados por casualidad en cualquier ciudad, sino combatientes. Su columna, por lo tanto, desprendía una impresión de fuerza, permitía leer en ella como en un libro abierto, una verdad densa y compleja de destinos comprometidos en una lucha libremente aceptada, aunque desigual. Por esta razón, la mirada que era preciso posar sobre ellos no era esta luz vaga y fugitiva de los ojos aterrorizados, sino una mirada tranquila, como la de este hombre, una mirada de igual a iguales. Y Gérard tuvo de repente la impresión de que la mirada de este hombre hacía de su marcha no la de un ejército derrotado, sino más bien una marcha conquistadora. Compiègne se abría dócilmente ante esta marcha conquistadora. Y era indiferente pensar, o suponer, que la mayoría de ellos marchaban con este talante conquistador hacia un destino que no podía ser otro que el de la muerte. Su futura muerte en marcha avanzaba por las calles de Compiègne con paso firme, como una oleada viviente. Y la oleada había crecido, se derramaba ahora sobre esta avenida de ópera wagneriana, entre las altas columnas, bajo la mirada muerta de las águilas hitlerianas. El hombre de Compiègne, limpiándose las manos grasientas interminablemente, al borde de la acera, cuando Gérard llegó a su altura, cuando pasó a menos de un metro delante de él, sonrió. Sus miradas se cruzaron durante unos breves segundos, y se sonrieron.

–¿Qué sucede? –dice el tipo a la derecha de Gérard.

La columna se ha inmovilizado.

Gérard intenta ver por encima de los hombros de los que le preceden. Al fondo de la noche, las dos hileras paralelas de focos que iluminan la avenida parecen converger en una masa oscura que cierra el camino.

–Eso debe de ser la entrada del campo, allá –dice Gérard.

El tipo mira también y menea la cabeza.

–Me pregunto –dice, pero se interrumpe y no dice qué es lo que se pregunta.

A los dos lados de la avenida, en el halo luminoso de los proyectores, se destacan las siluetas de construcciones de diferente altura, dispersas entre los árboles del bosque.

–Es grande como una ciudad este burdel –dice Gérard.

Pero el hombre de la escolta ha vuelto a su altura y ha debido de oírle hablar.

–*Ruhe* –grita.

Y le pega un fuerte culatazo en las costillas.

En Compiègne, la mujer estuvo también a punto de recibir un culatazo en plena cara. Ella tampoco había vuelto la cabeza. Ella tampoco había dejado enturbiarse su mirada como un agua muerta, opaca. Se puso a caminar al lado de ellos, sobre la acera, a su mismo paso, como si quisiera asumir una parte, la mayor parte posible, del peso de su marcha. Tenía un modo de andar altanero, a pesar de sus zapatos con suela de madera. En un momento dado, les gritó algo, en su dirección, pero Gérard no pudo oírlo. Fue algo breve, quizás una sola palabra, los que marchaban a su altura se volvieron hacia ella y le hicieron una señal con la cabeza. Pero este grito, este estímulo, o esta palabra, fuera lo que fuese, para romper el silencio, la soledad, la suya propia, y la de estos hombres, encadenados de dos en dos, apretados unos contra otros pero solitarios, pues no podían expresar lo que había de común entre ellos, este grito atrajo la atención de un soldado alemán que avanzaba por la acera, algunos pasos delante de ella. Se volvió y vio a la mujer. La mujer marchaba hacia él con su paso firme, y sin duda no apartó los ojos. Marchaba hacia el soldado alemán con la cabeza bien alta, y el soldado alemán le gritó algo, una orden o una injuria, una amenaza, con el rostro deformado por el pánico. Al principio, esta expresión de miedo sorprendió a Gérard, pero en verdad era perfectamente explicable. Todo acontecimiento que no está de acuerdo con la visión simplista de las cosas que tienen los soldados alemanes, todo gesto imprevisto de revuelta o de firmeza, debe de aterrorizarles, en efecto. Pues evoca instantáneamente la profundidad de un universo hostil, que les cerca, incluso si su superficie sobrenada en una calma relativa, incluso si superficialmente las relaciones de los soldados ocupantes con el mundo que les rodea se desarrollan sin tropiezos demasiado visibles. De repente, esta mujer marchando hacia él, con la cabeza alta, a lo largo de esta columna de prisioneros, evoca para el soldado alemán mil realidades de disparos que surgen de la noche, de emboscadas mortales, de guerrilleros que surgen de la sombra. El soldado alemán aúlla de terror, a pesar del suave sol de invierno, a pesar de sus compañeros de armas que marchan delante y detrás de él, a pesar de su superioridad sobre esta mujer desarmada, sobre estos hombres encadenados, aúlla y lanza la culata de su fusil contra la cara de esta mujer. Quedan frente a frente unos segundos, él aullando siempre, y finalmente el soldado alemán sale corriendo para recuperar su puesto a lo largo de la columna, no sin lanzar una última mirada de odio atemorizado hacia la mujer inmóvil.

Tres días después, cuando de nuevo atravesaron Compiègne camino de la estación, no había nadie en las aceras. No había más que estos rostros, fugitivamente entrevistos en alguna ventana, y este ruido agrio de los despertadores sonando en las casas todavía a oscuras. Desde que el de las SS ha vuelto a su altura, el tipo que está a la derecha de Gérard ya no dice nada. Siguen inmóviles. Gérard siente que el frío empieza a paralizarle, que el frío se apodera, como un reguero de lava helada, de todo el interior de su cuerpo. Hace un esfuerzo para no cerrar los ojos, para fijar bien en su memoria las imágenes de esta larga avenida flanqueada de altas columnas, la masa sombría de los árboles y las construcciones, más allá de la zona luminosa. Se dice que semejante aventura no sucede frecuentemente, que hay que aprovecharla al máximo, llenarse bien los ojos con estas imágenes. Mira las altas columnas, las águilas del Reich milenario, con las alas plegadas, el pico erguido en medio de la noche de nieve, en medio de la luz, difusa a esa altura y a esta distancia, pero extremadamente cruda y precisa en el centro de la avenida, que derraman estas decenas de proyectores. Sólo falta, se dice Gérard, mientras lucha por mantener los ojos abiertos, por no dejarse ir ahora, justo al final de este viaje, en la torpeza entumecida del frío que se apodera del interior de su cuerpo, el interior de su cerebro, que está cuajando –como se dice de una jalea, de una mayonesa, de una salsa cualquiera–, sólo falta una hermosa y solemne música de ópera que lleve la parodia bárbara hasta el final, y es extraño que los de las SS, algunos de ellos, al menos, los más imaginativos, y sabe Dios si los de las SS imaginativos tienen imaginación, no hayan pensado en este detalle, en este último retoque de disposición escénica. Pero los ojos se le cierran, tropieza hacia adelante, y la caída iniciada de su cuerpo le saca de su entumecimiento y se endereza, recobra el equilibrio. Se vuelve hacia el tipo de su derecha, y el tipo de su derecha lo ha visto todo, y se aproxima insensiblemente a Gérard para que Gérard pueda apoyarse en su hombro izquierdo, en su pierna izquierda. Esto pasará, le dice Gérard con el pensamiento, con la mirada, pues el de las SS sigue ahí, acechándoles, esto pasará, gracias, es sólo un momento, ya llegamos, gracias, le dice Gérard sin abrir la boca, sin mover los labios, sin decirle nada, en realidad, sólo con la mirada, lo último que nos queda, ese último lujo humano de una mirada libre, que escapa definitivamente a las voluntades de los de las SS. Es un lenguaje limitado, desde luego, y Gérard tendría ganas de contarle a su compañero, cuyo hombro izquierdo y cuya pierna izquierda le ayudan a seguir de pie, pero sólo con los ojos es imposible contarle esta idea que se le ha ocurrido a propósito de la música, de una hermosa música noble y grave sobre este paisaje de nieve y este orgullo desmesurado de las águilas de piedra entre los árboles susurrantes de enero. Si se hubiera podido entablar esta conversación, si el de las SS no estuviera ahí, tan cerca, acechando, quizá con una sonrisa, un desfallecimiento, su compañero, quién sabe, hubiera podido explicar a Gérard que la música no suele faltar en el ceremonial de las SS. Los domingos, por ejemplo, después de la llamada de mediodía, los altavoces difunden música en todos los dormitorios, a veces canciones, con ritmo de vals, frecuentemente, a veces conciertos de música clásica. Su compañero, tal vez, si esta conversación hubiera podido tener lugar, de pie en la nieve, esperando que se abran las puertas de este recinto hacia el que viajan desde hace tantos y tan largos días, hubiera podido explicarle que pasarán algunas tardes de domingo, por ejemplo cuando llueva, o cuando nieve, acodados a

238

la mesa del dormitorio escuchando un concierto de Bach, entre el barullo de estas tardes de descanso, las más terribles, que les esperan. Hubieran podido llegar a la conclusión, si esta conversación hubiese podido desarrollarse, que solamente razones técnicas impedían a las SS utilizar alguna partitura musical, bien escogida, noble y grave, para dar un último retoque, verdaderamente perfilado, a su disposición escénica de la llegada ante las puertas del recinto, tal vez una simple falta de créditos. Por otra parte, había música, y todos los días del año, cuando los *kommandos* salían al trabajo, al amanecer, y cuando volvían por la noche. Pero, bien pensado, es poco probable que hubieran podido llegar a esta conclusión, incluso si su conversación hubiera podido tener lugar, pues es poco probable que su compañero hubiera podido estar tan informado de las cosas de este lugar hacia el que avanzan, ante cuyas puertas permanecen, inmóviles, en el frío de este invierno que comienza, y otro invierno entero vendrá tras este invierno que comienza. Es poco verosímil, desde luego, que este compañero sobre cuyo hombro izquierdo Gérard ha encontrado un apoyo, pueda contarle esta salida con música hacia el trabajo de cada día, hacia las fábricas Gustloff, las Deutsche Ausrüstungs Werke, en abreviatura DAW, la Mibau, todo ese rosario de fábricas de guerra alrededor del campo, en el interior del segundo recinto, dentro del cual se encuentran ya, sin saberlo, el trabajo en las canteras, en las empresas de excavaciones. Es inverosímil que hubieran podido, durante esta conversación, suponiendo siempre que hubiera podido tener lugar, dar muestras de imaginación suficiente para adivinar que los músicos de esta orquesta llevan un uniforme con pantalones rojos enfundados en botas negras, y encima una chaqueta verde con grandes alamares amarillos, y que tocan marchas animadas, algo así como una música de circo, justo antes de la entrada en la pista de los elefantes, por ejemplo, o de la amazona rubia y de rostro colorado, con el cuerpo enfundado en seda rosa. Sin duda alguna, ni Gérard ni su compañero hubieran podido dar muestras de tal imaginación, esta realidad de la orquesta del campo, de estas salidas con música, de estos regresos, derrengados, a los sones animados de marchas pomposas y de relumbrón, esta realidad se encuentra todavía, no por mucho tiempo, todo hay que decirlo, más allá de sus capacidades imginativas. Muy pronto, cuando hayan franqueado los escasos centenares de metros que les separan todavía de la puerta monumental de este recinto, ya no tendrá sentido decir de algo, no importa qué, que es inimaginable, pero por el momento siguen todavía trabados por los prejuicios, por las realidades de otro tiempo, que hacen imposible imaginar lo que, en resumidas cuentas, resultará ser perfectamente real. Y como esta conversación no puede tener lugar, ya que ahí está el de las SS acechando la menor infracción de las reglas establecidas, el primer desfallecimiento, que le daría derecho a rematar de un tiro en la nuca al prisionero caído en tierra y que no pudiera seguir a la columna, como el silencio y el apoyo prácticamente clandestino en el hombro izquierdo de este muchacho son los únicos recursos que nos quedan, Gérard lucha contra las súbitas debilidades de su propio cuerpo, intentando seguir con los ojos abiertos, intentando que sus ojos se llenen de esta luz helada sobre este paisaje de nieve, estos proyectores a todo lo largo de la monumental avenida, flanqueada de altas columnas de piedra coronadas por la violencia hierática de las águilas hitlerianas, este paisaje desmesurado donde no falta más que la música, noble y grave, de alguna ópera fabulosa. Gérard intenta retener en la memoria todo esto, al tiempo que piensa, de un modo vago, que entra dentro de lo posible que la muerte cercana de todos los espectadores venga a borrar para siempre jamás la memoria de este espectáculo, lo que sería una lástima y no sabe por qué, es preciso remover toneladas de algodón nevado en su cerebro, pero sería una lástima, la certeza confusa de esta idea le obsesiona, y le parece, de repente, que esta música noble y grave se eleva, amplia y serena, en la noche de enero, le parece que de este modo llegan al final de este viaje, y que así, en efecto, entre las oleadas sonoras de esta música noble, bajo la helada luz que estalla en chisporroteos movedizos, que así es como hay que abandonar el mundo de los vivos, esta frase hecha empieza a dar vueltas vertiginosamente en los repliegues de su cerebro, empañado como un cristal por las ráfagas de una lluvia rabiosa, abandonar el mundo de los vivos, abandonar el mundo de los vivos.

Últimos títulos